# 北大清华

# 名师演讲录

二

两校名师讲堂编委会 编

# 图书在版编目(CIP)数据

北大清华名师演讲录(二)/ 韩向利,郭明瑞主编. —北京:北京大学出版社,2007.7
 ISBN 978-7-301-12560-1

Ⅰ.北… Ⅱ.①韩…②郭… Ⅲ.名人-演说-中国-当代 Ⅳ.I267

中国版本图书馆 CIP 数据核字(2007)第 113749 号

书　　　名：北大清华名师演讲录(二)
著作责任者：韩向利　郭明瑞　主编
责　任　编　辑：徐文宁
标　准　书　号：ISBN 978-7-301-12560-1/C · 0451
出　版　发　行：北京大学出版社
地　　　址：北京市海淀区成府路 205 号　100871
网　　　址：http:// www.pup.cn
电　　　话：邮购部 62752015　发行部 62750672　编辑部 62750112
　　　　　　出版部 62754962
电　子　邮　箱：pw@pup.pku.edu.cn
印　　刷　者：三河市欣欣印刷有限公司
经　　销　者：新华书店
　　　　　　787 毫米×1092 毫米　16 开本　18 印张　280 千字
　　　　　　2007 年 7 月第 1 版　2008 年 5 月第 2 次印刷
定　　　　价：32.00 元

未经许可,不得以任何方式复制或抄袭本书之部分或全部内容。
版权所有,侵权必究　　举报电话：010－62752024
　　　　　　　　　　　电子邮箱：fd@pup.pku.edu.cn

# 学术委员会与编辑委员会

## 学术委员会

顾　　问：张承先　沈克琦　杜建寰　钱振为　贺崇铃
主　　任：韩向利　郭明瑞　岳素兰　岑章志
副 主 任：于文书　崔明德　江林昌　韩晓玲　房绍坤
　　　　　王吉法　郭善利　程郁缀　许庆红　高秀芹
　　　　　雷　虹　姚新喜　戴东风　刘　平

## 编辑委员会

主　　编：韩向利　郭明瑞
副 主 编：江林昌（常务）　程郁缀　许庆红
编　　委：戴东风　刘　平　王京强　于仁松　孙基男
　　　　　段治国　刘德敏　关　涛　张国平　栾　浩
　　　　　马　群　孙　进　孙旭涛　周雪莹　祝建军
　　　　　赵久满
秘　　书：栾　浩　赵久满　孙　进
摄　　影：袁肇君　李臣玉

# 目录

1  前言

1  钱理群
   漫说大学之大

25 龙驭球
   学习方法与境界

35 李晓东
   创意思维与世界构成

51 李学勤
   古文字与古文明:21世纪初的认识和展望

65 葛晓音
   日本雅乐与隋唐乐舞

76 栗德祥
   全面关注生态环境建设

88 寇 元
   能源、资源、环境与催化

99 汪建成
   美国刑事司法漫谈

114 贺卫方
职业化视野下的法律教育
——中国法律教育的过去与未来

139 孙富春
数学与信息科学及工程研究

156 龙桂鲁
量子计算机与量子搜索算法

164 柳冠中
设计思维方法

180 秦佑国
中国建筑呼唤精致性设计

191 郑曙旸
装饰·空间·环境
——新世纪室内设计的理想定位

204 许懋彦
日本新生代建筑师特征及思潮初识

237 骆　正
运动心理与情绪控制

255 曹和平
当前经济热点问题与中国产业发展战略

264 宋豫秦
我国典型城市生态问题评析

280 编后记

# 前　言

"北京大学清华大学名师讲堂"自2004年春天在烟台大学开讲以来,至今已举办了100多期。有计划前来演讲的教授,有的是国学大师,有的是资深院士,有的是长江学者……演讲的内容涉及历史、语言、考古、文学、新闻、法律、经济、医药、数学、生物、化学、物理、建筑、环境、计算机、土木工程、外语教学等不同学科和专业。这些演讲有的已整理成单篇论文在全国各类刊物上发表,并被《新华文摘》、SCI、EI等权威机构转载介绍,在国内外学术界产生了广泛影响。每年的春天与秋天,烟台大学几乎成了北大、清华的第二讲堂,每星期都有北大、清华名师的演讲。烟台大学作为一个地方性综合大学,虽然偏居胶东半岛,但是烟台大学的学生却能十分幸运地聆听到中国一流高校一流学者最前沿的学术报告。这种特殊的条件,正逐步铸就着烟台大学特有的校园文化与大学精神。烟台大学的师生以此为自豪,并以此为契机,逐步靠近乃至真正走进科学文化的殿堂。

清华大学老校长梅贻琦先生曾有一句广为流传的名言:"大学者,非大楼之谓也,有大师之谓也。"北大著名教授钱理群先生在烟台大学演讲时也指出,"北大、清华,'大'在哪里,就大在有一批大学者"。北大与清华都是百年老校,由于历代学术大师的承传积累,才逐步形成了独有的大学文化与大学精神。北大的"学术自由,兼容并包"、清华的"自强不息,厚德载物",几乎成了两校特色的代言词,在国内外学术文化界产生了深广的影响。

烟台大学建校只有二十余年,不可能在这么短的时间内就马上形成自己的大学文化与大学精神。然而,"登高而招,臂非加长也,而见者远;顺风而呼,声非加疾也,而闻者彰;假舆马者,非利足也,而致千里;假舟楫者,非能水也,而绝江河。君子生(性)非异也,善假于物也。"(《荀子·劝学》)上个世纪80年代初期,烟台大学在党中央、国务院的关心下,直接得到了北大、清华的援建。建校初始,即承传了北大、清华的学术精华;十年之后,虽然北大、清华的援建队伍逐步撤离，但北大、清华支援烟台大学的工作一直没有间断。这其中重要的标志之一，就是在2003年11月举办的"北京大学、清华大学支援烟台大学建设委员会"第七次会议上，决定在烟台大学设立"北大清华名师讲堂"。大家希望通过这种形式，使北大、清华对烟台大学的援建工作能够进一步具体化和持久化。

  事实证明，"北大清华名师讲堂"是行之有效的。烟台大学的青年教师和研究生、本科生，通过连续几年系统地聆听北大、清华的名师讲座，极大地激发了学习热情，开拓了学术视野，夯实了学术基础，提升了科学理念。很多青年学子听完报告后，树立了终生献身学术的志向，并纷纷报考北大、清华博士、硕士研究生。有些教师还以"北大清华名师讲堂"为契机，与北大、清华名师建立了密切的学术联系，或参与或共同申报国家级科研课题，共同推出一系列学术成果。我们相信，只要这样努力下去，烟台大学终将逐渐形成具有北大、清华学术文化背景的自己的大学文化和大学精神，从而在全国同类高校中更好更快地发展。

  这应该就是"北大清华名师讲堂"设立并实施的最终目标和深远意义。

烟台大学副校长 江林昌<br>
2007年7月于烟台大学

北大清华名师演讲录 | 钱理群
## 漫说大学之大

　　钱理群(1939—　)，四川重庆人，祖籍浙江杭州。1960年毕业于中国人民大学新闻系，1981年毕业于北京大学中文系，获文学硕士学位。同年留校任教至今。现为北京大学中文系教授、现代文学专业博士生导师。主要著作有：《鲁迅作品十五讲》、《心灵的探索》、《周作人论》、《话说周氏兄弟》、《中国现代文学三十年》(合著)等。

# 漫说大学之大

时间：2004 年 9 月 26 日
地点：烟台大学法学院报告厅

今天看到烟台大学的同学们，我很自然地想起了 48 年前的事。48 年前我 17 岁，考取了北大中文系，也是非常的兴奋，同时也有点惶惑。我想，这是跟诸位上大学的心情是一样的。上大学对人生来说是非常重要的一件大事情，有许多问题需要认真思考。其中一个最重要的问题，是我当年思考的，我想也是今天在座的诸位同学所要思考的，就是"如何度过大学四年——这人生最宝贵的时光"？

## 一、大学时代：人生的盛夏

为什么说这是人生最宝贵的时光呢？根据我的经验，16 岁到 26 岁是人生的黄金岁月。16 岁以前什么都懵懵懂懂的，完全依赖于父母和老师，16 岁以后就开始独立了，26 岁以后就开始考虑结婚啊、生孩子啊这么一大堆乱七八糟的事，真正属于自己的独立的时间就不多了。而这 16 岁到 26 岁十年之间，大学四年又是最独立、最自由的。当然如果你想延长的话，你还可以考研究生，将这四年再延长一下。如何不虚度人生中这最自由的、最没有负担的、真正属于自己的四年的时间，是摆在每一个大学生面前的问题。

大学之不同于中学，最根本的转变在于：中学时你是未成年人，对你的要求很简单，你只要听老师的、听父母的，按照他们的安排去生活就行了；到了大学你就是公民了，可以享受公民的权利，但又不到尽公民义务的时候。

中学生和大学生最大的区别是：大学生是一个独立自主的个体，中学生是被动地受教育，而大学生是主动地受教育。当然在大学你还要听从老师的安排、听从课程的安排，那是国家教育对你们的要求。但是更重要的是要发挥自己的主动性，自由地设计和发展自己。有同学给我写信说我考上大学了，满怀希望进大学，结果一上课就觉得老师的课不怎么样，对老师不满意。我觉得其实每个大学都有一些不太好的老师，北大也一样！不可能所有课都是好的。中学老师不太好的话，会影响你的高考。但是在大学里，关键在你自己，时间是属于你的，空间是属于你的，你自己来掌握自己，自己来学习。不必像中学那样仅仅依赖老师，需要自己独立自主，自我设计。那么这就产生了一个问题，大学是干什么的？你到大学来是为了完成什么任务？我想起了周作人的一个很基本的观点：一个人的成长一切都顺其自然。他说人的生命就像自然的四季：小学和中学是人生的春天；大学是人生的夏天，即盛夏季节；毕业后到中年是人生的秋天；到了老年就是人生的冬天。人生的季节跟自然的季节是一样的，春天该做春天的事，夏天该做夏天的事。自然季节不能颠倒，人生季节同样不能颠倒。而现在的问题恰好是人生的季节颠倒了。我在北京老看见那些老大妈在那里扭秧歌，扭得非常起劲。按说这时候不应该再扭秧歌，但因为她们在年轻的时候没有好好扭过秧歌，所以到老了就要扭秧歌，而且扭得非常投入、非常狂。我有时候就在想，"老夫聊发少年狂"是可以的，如果"老夫"没完没了地在那里"狂"就不对了，到处都在跳就不大正常了。现在是老年人狂，相反，少年却是少年老成。这就出了大问题。所以我经常对北大的学生讲："你此时不狂更待何时？"这人生的季节是不能颠倒的。按照我的观点，儿童就是玩，没别的事，如果让儿童去救国，那有点荒唐。在大人方面来说是失职，没有把国家治理好，让儿童来救国；对儿童来说是越权，因为这不是他的权利，不是他的事。

作为青年人的大学生主要该干什么？这又让我想起还是48年前我刚进北大一年级的时候，中文系给我们开了一个迎新晚会，当时的学生会主席，后来成为著名作家的温小珏师姐说过一句话：祝贺你们进入大学，进入大学就要三样东西：知识、友谊和爱情。爱情这东西可遇不可求，你不要为爱情而爱情，拼命求也不行。现在好多年轻人赶时髦，为时髦而求爱情是不行的。但遇到了千万不要放掉,这是我们过来人的教训。我在大学,其实是在中学就遇到了非常喜欢的女孩子,但是不敢;另外当时我是书呆子,就知道一门心思读书,懵懵懂懂不知道这就是爱情。所以大学里如果遇到了真正纯真的爱情就不要放弃。知识、友谊和爱情,这是人生最美好的三样东西,知识是美的!友谊是美的!爱情是美的!大学期间同学的友谊是最可珍贵的,因为这种友谊是超功利的、纯真的友谊,同学之间没有根本的利益冲突。说实在话,进入社会之后,那种朋友关系就多多少少有些变味了,多少有利益的考虑。你们可能体会不到,我们都是过来人,现在我们大学同学喜欢聚会就是回忆当年那种纯洁的、天真无邪的友谊。一生能够有这样的友谊是非常值得珍惜的。所以我说大学是人生最美好的季节,因为你追求的是人生最美好的三样东西:知识、友谊和爱情。记得作家谌容有篇小说叫《减去十年》,如果我可以减去十年或二十年,如果现在是当时的话,我会和同学们一起全身心地投入,理直气壮地、大张旗鼓地去追求知识、友谊和爱情,因为这是我们年轻人的权利!

## 二、"立人"之本:打好两个底子

我们还要问的是,在大学期间要把自己培养成什么样的人?我们通常说大学是培养专家的。你在大学里是学得专业知识技能,使自己成为合格的专业人才,以后一方面可以适应国家建设的需要,适应人才市场的需要,另一方面对个人和家庭来说也是谋生的手段。我想对谋生这类问题我们不必回避。鲁迅早说过:"一要生存,二要温饱,三要发展。"我们求学应有这种明确的功利目的——那就是求得知识,成为专家,以后可以谋生。

但是人不仅仅要有功利目的,他还要有更大、更高的一个目标,一个精神目标。我们所确定的上大学的目标,不能局限在做一个专业技术人才、一个学者、一个专家,更要做一个健全发展的人,有人文关怀的人。人文关怀是指人的精神问题。具体地说,你在大学时要考虑这样两个问题:一、人生的目的是什么?二、怎样处理人与人、人与社会、人与自然的关系?怎样在这几者之间建立起合理的、健全的关系?思考这样一些根本性的问题就是人文关怀。这样才会建立起自己的一种精神信念，以至于信仰，才能为你一辈子的安身立命奠定坚实的基础。这个问题大学期间解决不了，研究生阶段也一定要解决，因为这是安身立命的最基本的问题。同时要不断开拓自己的精神自由空间，陶冶自己的性情，锻炼自己的性格，发展自己的爱好，提高自己的精神境界，开掘和发展自己的想象力、审美力、思维能力和创造能力，使自己成为一个健全发展的人。大学的根本的任务不仅是传授专业知识，而且是"立人"。所以大学期间要打好两个底子。首先是专业基础的底子、终生学习的底子。在现代社会知识的变化非常快，你将来工作需要应用的知识不是大学都能给你的。尤其是自然科学，你一年级学的某些东西到了四年级就有可能过时了，知识的发展太快了。因此，大学的任务不是给你提供在工作中具体应用的知识，那是需要随时更新的，大学是给你打基础的，培养终生学习的能力。今后的社会发展快，人的职业变化也很快。不是像我们想象的那样，你大学学物理你就一辈子搞物理，你很可能做别的事情。你在大学就必须打好专业技术知识的基础和终生学习的基础，这是一个底子。第二个底子就是精神的底子，就是刚刚我提到的安身立命的人文关怀。这两个底子打好了，就什么都不怕了，就像李玉和对他妈妈说的："有妈这碗酒垫底，儿子什么都能对付"。大学里这两个底子打好了，那么走到哪里你都能够找到自己最合理的生存方式。

前面说过，大学里要追求知识、友谊和爱情。我在这里侧重谈一谈该怎么求知识、怎么读书的问题。关于读书，周氏兄弟有两个出人意外却意味深长的比喻。鲁迅说："读书如赌博"。就像今天爱打麻将的人，天天打、夜夜打，连续地打，有时候被公安局捉去了，放出来还继续打。打麻将的妙处在于一张一张的牌摸起来永远变化无穷，而读书也一样，每一页都有深厚的趣味。真正会打牌的人打牌不计输赢，如果为赢钱去打牌在赌徒中被称为"下品"，赌徒中的高手是为打牌而打牌，专去追求打牌中的趣味的。读书也一样，要为读书而读书，要超功利，就是为了好玩，去追求读书的无穷趣味。周作人也有一个比方，他说："读书就像烟鬼抽烟"。爱抽烟的人是手嘴闲空就觉得无聊，而且真正的烟鬼不在抽，而是在于进入那种烟雾飘渺的境界。读书也是这样，就在那种读书的境界——它是其乐无穷的。我们的教育，特别是中学教育的最大失败就在于,把这如此有趣如此让人神往的读书变得如此功利、如此的累,让学生害怕读书。对此我想同学们在中学里都是深有体会的:一见到书就头痛,其实要是我一见到书就高兴,就兴奋。中学教育把最有趣味的读书变成最乏味的读书,这是我们教育的最大失败。现在同学们进入大学后就应从中学那种压抑的、苦不堪言的读书中解放出来,真正为趣味而读书,为读书而读书,起码不要再为考试去读书。这里涉及到一个很有趣的问题:读书是为什么?读书就是为了好玩!著名的逻辑学家金岳霖先生当年在西南联大上课,有一次正讲得得意洋洋、满头大汗,一位女同学站起来发问——这位女同学也很著名,就是后来的巴金先生的夫人萧珊女士——:"金先生,你的逻辑学有什么用呢?你为什么搞逻辑学?""为了好玩!"金先生答道,在座的同学们都觉得非常新鲜。其实"好玩"两个字,是道出了一切读书、一切研究的真谛的。

  还有一个问题:读什么书?读书的范围,这对同学们来说可能是更现实的、更具体的问题。鲁迅先生在这方面有非常精辟的见解:年轻人大可看本分以外的书,也就是课外的书。学理科的偏看看文学书,学文学的偏看看科学书,看看别人的研究究竟是怎么一回事。这样对于别人、别的事情可以有更深切的理解。周作人也自称是杂家,他主张大家要开拓自己的阅读范围,要读点专业之外的书。

  这里我想着重地谈一谈理科学生的知识结构问题。恩格斯曾经高度评价文艺复兴时期的那些知识分子说:"这是一个产生巨人的时代。"所谓巨人,都是多才多艺、学识渊博的人。那时候的巨人像达芬奇这些人,不仅是会四、五种外语,而且在几个专业上都同时发出灿烂的光辉。恩格斯说:"他们没有成为分工的奴隶,"这使他们的性格得到完整、全面的发展。在"五四"时期也是这样,"五四"开创的新文化的重要传统就是文理交融。比如鲁迅和郭沫若原本是学医的,受过严格的科学训练;还有好多著名的科学家最初都是写小说、诗歌的,像著名的考古学家、人类学家裴文中先生,他的一篇小说就被鲁迅收入新文学大系,有相当高的水平;还有著名的建筑学家杨钟健先生、植物学家蔡希陶先生,他们的小说创作都具有很高的水平。丁西林是北大第一个开设《普通物理学》的教授,是著名的物理学家,同时也是戏剧家。大家都熟悉、都羡慕的杨振宁、邓稼先，他们在西南联大读书的时候，人们在回忆他们时，印象最深的就是他们在一棵大树底下背诵古典诗词的画面，他们有很高的古典文学造诣。前几年我看了几篇杨振宁先生关于美学和外国文学的论文，谈得非常到位，造诣很高。在这里我不妨谈谈我的大哥钱宁——著名的科学院院士、黄河泥沙专家。我大哥在文学方面有很高的造诣。大家可能注意到我有一部关于曹禺的研究著作，最早告诉我曹禺还有《原野》这部戏剧的就是我大哥。他对《红楼梦》很有研究，我在他面前自叹不如。他对《红楼梦》的热爱直接影响到他的学术研究，在临死之前他写了一篇文章，提出了一个富于浪漫主义的想法——建立与"红学"相媲美的"黄学"，研究黄河文化。这样的一种想象力、这样的气魄让我非常佩服。自然科学达到最高境界的时候，一定是与人文交融的。那是一种科学的大境界！

我们中国的第一代、第二代甚至到第三代自然科学家，他们都是在两个方面都有很高的造诣。问题是到了建国后，由于这种文、理、工、医、农的合校大学体制的改变，专业划分越来越细，越来越专业化，使得学生知识越来越单一，越来越狭窄。现在有些学者在精神气质、气度、精神修养上与前辈学者有距离，这个距离不是临时努力读书能够弥补的。精神气质差异的根本原因在于知识结构的不同，在于缺少文理交融的境界。在一般情况下，学理科的人缺少文学的修养，缺少哲学的修养显不出他有什么缺欠。反过来，一般学文学的人不懂自然科学好像也没有什么关系。但是到一定高度的时候，学理工的有没有文学修养和学文学的有没有自然科学的修养就会显出高低了。知识结构的背后是一个人的精神境界的问题，而一个人能否成功最主要的就是看他的精神境界。

理科学生首先要成为专业的人才，这个门槛是不容易进的。相对来说，学文科的是考试难，进了大学要毕业非常容易。而学理科的就不行，入学难，毕业的门槛也很高，理科的学生真正要把专业的知识学到手是非常难的——也可能是因为我不懂理科，所以把理科看得很神圣。学理科确实可以把一个人带到一个陌生的全新的世界，但是如果你把眼光完全局限在专业范围内，发展到极端就容易把自己的专业技术的世界看做是唯一的世界，唯知专业而不知其他。这样就把一个人的精神天地局限在非常狭小的空间里，知识面越来越窄，兴趣越来越单调，生活越来越枯燥，这是很多理科学生都会经历的过程。这个时候你的精神就会平庸化、冷漠化！大家可以发现，这几年出现的让人瞠目结舌的事件，发生在理科学生身上的居多，一个就是清华大学学生的"硫酸伤熊"事件，还有一个北大的高材生到了美国枪杀自己的导师。这都发生在理科学生身上，引起我长久的思考。这些学生在专业上已经很好了，但是由于知识的狭窄导致精神上的冷漠化，缺少对人的关怀、对生命的爱。当然这个问题文科生不是不存在，但理科学生更容易把技术看做是一切，这样实际上就把专业功利化、把个人工具化了，就成了专业知识的奴隶。实际上这就是我们通常讲的现代科学技术病。这是一个非常严重的问题。所以我觉得对于理科学生来说，首先要进入专业，打下坚实的专业基础，要做本专业的第一流的人才。但同时也要走出专业，不要局限在自己的专业里，要看到专业技术之外还有更广阔的世界。对于理科的学生来说，这个问题格外重要，就是你在丰富自己的专业技术知识的同时，还要丰富自己的精神世界，这样你才能获得真正的自由，不然你就是奴隶！

在座的还有许多学外语的同学，在这里我还要对你们做一点忠告。我发现这些年外语学习越来越技术化、工具化，学外语就是学语言，缺少了对文化的学习。学英语、学俄语恰好缺少对英国、俄国的文化、文学的必要修养，这成了一个非常严重的问题。我曾为北大外语系硕士生考试出过我们专业的考试题，我就发现最简单的题他们都做不出来，连胡风是什么人都不知道。这其实是一种职业的危机，随着外语教育的发展，以后说外语对年轻一代是越来越寻常的事，因此如果你仅仅是把语言说得流利，而不懂得语言背后的文化，你就失去了优势。特别是到外国去留学，仅仅会外语有什么用处？仅仅是语言好形成不了你的优势，因为别人的语言也会很好。学语言也不是多难的事情，在学校里打好了基础，在外国呆几年，语言也会好得很。所以你必须要有文化，你学俄语，就必须对俄国的文化、文学有很高的修养。学语言的同学不要把你的专业就变成单纯地学语言，要注意学习语言背后的文化、语言背后的文学，否则你同样会成为一个工具。当年周作人就说："不能只盯着英语文学，我们还有德、法，还有朝鲜、蒙古。"这就是世界眼光，尤其就全球化以后的发展大趋势来看,我们必须要有世界的眼光。学语言的人不仅要精通一种语言,还要旁通几种语言,这需要一种更开阔的视野。

因此,所谓如何读书、读什么书,实际上就是如何设计自我的知识结构的问题。大学期间自我设计的一个非常重要的方面,就是知识结构的设计。周作人对知识结构的设计,能给我们很大启发,他说:我们的知识要围绕一个中心,就是认识人自己;要围绕着认识人自己来设计自己的知识结构。周作人提出要从五个方面来读书:第一,要了解作为个体的人,因此应学习生理学(首先是性知识)、心理学、医学知识;第二,要认识人类就应该学习生物学、社会学、民俗学和历史;第三,要认识人和自然的关系,就要学习天文、地理、物理、化学等知识;第四,"关于科学基本",要学习数学与哲学;第五,"关于艺术",要学习神话学、童话学、文学、艺术及艺术史。他说的这些方面,我们每个人都应该略知一二。既精通一门,同时又是一个杂家,周作人提出的这一点并不是做不到的。

那么在大学期间我们如何朝着这个方向去努力呢?怎样打基础呢?我有这样一个看法,提供给大家参考。我觉得大学期间的学习,应该从三个方面去做。

第一方面,所有的学生,作为一个现代知识分子,都必须学好几门最基础的课程。一个是语言,包括中文和外语,这是所有现代知识分子的基础。顺便说一下,这些年人们越来越重视外语的学习——你们的外语水平都比我强得多了,我非常羡慕——但是却忽略了对中文的学习,包括许多学中文的学生甚至到了博士阶段还有文章写不通,经常出现文字、标点的错误。有一些学生外文非常好,中文非常差,这样一个偏倚就可能失去母语,造成母语的危机。这是一个令人非常焦虑的问题。越是像北大这样的学校,问题越严重。作为一个健全的现代中国知识分子,首先要精通本民族的语言,同时要通一门或者两门外文,不能偏废。在注意语言的同时,还有两门学科的修养值得注意。一个是哲学,哲学是科学的科学,哲学的思维对人很重要,无论你是学理的还是学文的,都要用哲学的思维考虑问题,有没有哲学思维是很重要的问题。还有一个是数学,数学和哲学都是最基础的学科,也同样关系着人的思维问题。当然,不同的专业对数学和哲学的要求不一样。比如学经济学的人，必须有很高的数学修养。对学中文的人来说，数学修养虽然不必那么高，但是你也要有一定的修养，数学是训练人的思维能力与想象力的。不同的专业有不同的要求，但所有学科的所有学生都要打好一个语言、哲学与数学的底子。这是关系到你的终生学习与终生发展的基础。

第二方面，必须打好自己专业基础知识的底子。我认为在专业学习上要注意两个要点。一个是要读经典著作。文化讲起来非常玄、非常复杂，其实都是从一些最基本的经典著作生发出来的。就我所知道的中国古典文学而言，中国早期的文史哲是不分的，中国的文史哲、中国的文化其实都是从《论语》、《庄子》、《老子》这几本书生发开来的。我带研究生，尽管学的是现代文学，我也要求他们好好地读《论语》，读《庄子》，读《老子》，有时间还要读《史记》，学文学的要读《文心雕龙》，就这么几本书，并不多。当然，这属于补课，按说这几本书，在大学期间就要下功夫好好地读，把它读得比较熟。读的时候最好读白本，读原文，千万不要去读别人的解释。必要的时候看一点点注释，主要应该面对白本原文、面对原著，你反复读，读多了自然就通了。有了这个以后，你的学术发展就有了坚实的基础。就我的专业——现代文学而言，我就要求学生主要要读三个人的著作：鲁迅、周作人、胡适。把这三个人掌握了，整个中国现代文学你就拎起来了，因为他们是领军人物。专业学习要精读几本书，几本经典著作，在这几本经典著作上必须下足够功夫，把它读熟、读深、读透。这是专业学习的第一个要点。第二个要点是掌握专业学习的方法。通过具体学科、具体课程的学习，掌握住专业学习的方法。这样在专业方面，你既打了基础，有经典著作做底子，同时又掌握了方法，那么以后你就可以去不断深造了。我刚才说过理科学生也要学文，那么学什么呢？我也主张读几本经典。每个民族都有自己几个原点性的作家、作为这个民族思想源泉的作家，这样的作家在他这个民族是家喻户晓的。人们在现实中遇到问题的时候，常常会到这些原点性作家这里来寻找思想资源。比如说所有的英国人都读莎士比亚、所有的俄国人都读托尔斯泰、所有的德国人都读歌德，每个民族都有几个这样的大思想家、大文学家。这些大思想家大文学家，是这个民族无论从事什么职业的人都必须了解的，也是这个民族的知识的基础、精神的基础、精神的依靠。具体到我们民族，如果你对文学有兴趣,大体可以读这样几本书:首先是《论语》、《庄子》,因为这两本书是中国文化的源泉,最早的源头。其次,如果你对文学有兴趣就必须读《诗经》、《楚辞》,还要读唐诗。唐代是中国文化的高潮时期,唐诗是我们民族文化青春期的文学,它体现了最健全、最丰富的人性与民族精神。再次是《红楼梦》。这是一部总结式的著作、百科全书式的著作。最后是鲁迅,他是开现代文学先河的。我觉得理工科学生即使时间不够,也应该在以上所谈的几个方面中至少一两个方面认真读一点经典著作。我建议开设这样的全校性选修课,你们修这样一两门课。有这样一个底子,对你以后的发展很有益处。

第三方面,要博览群书。要学陶渊明的经验——"好读书不求甚解",用鲁迅的话说就是"随便翻翻",开卷有益,不求甚解。在北大有无数的讲座,我鼓励我的学生都去听讲座,听多了你就不一样了。我们北大有个传统,听课的有一半是旁听的。课堂上老师姑妄讲之,学生姑妄听之。你睡着了也不要紧,懵懵懂懂也听到了几句话,这几句话就能让你受益无穷。我们曾经开玩笑,也是北大人比较自豪的一点,说"我们的学生就是四年睡在寝室里不起床,他听也听够了"。因为那地方信息广泛,什么消息、什么人都有,听够了出去就可以吹牛。你不要看是北大学生就怕他,他虽然什么东西都知道一点,但其实大部分都是听来的。他虽然不求甚解,但他知道一点儿就比你高明。所以你们每个人底子打好了,然后就博览群书,知识有的是读来的,有的是听来的。人才是熏陶出来的,是不经意之间熏出来的,不是故意培养出来的。我做王瑶先生的学生,王先生从来不正儿八经给我们上课,就是把我们带到他客厅沙发上胡吹乱侃。王瑶先生喜欢抽烟斗,我们就是被王先生用烟斗熏出来的。我现在也是这么带学生,我想到什么问题了,就让学生到我家的客厅来和他们聊天,在聊天中让学生受益。真正的学习就是这样,一边老老实实、认认真真地把基本的经典读熟、读深、读透,一边博览群书,不求甚解,对什么都有兴趣,尽量开拓自己的视野。从这两方面努力,就能打下比较好的基础。如果你还有兴趣,那么就读研究生。硕士研究生就要进行专业的训练,博士生在专的基础上还要博。一个人的知识结构应该是根据不同的人生阶段来设计,这是非常重要的一个问题。

### 三、沉潜十年:最诚恳的希望

我还要讲一个问题,读书、学习是要有献身精神的。这些年大家都不谈献身了,但是根据我的体会你真正想读好书,想搞好研究,必须要有献身精神。我至今还记得王瑶先生在我刚刚入学作硕士研究生的时候对我说:"钱理群,一进校你先给我算一个数学题:时间是个恒量,对于任何人,一天只有24小时,要牢牢地记住这个常识——你一天只有24小时。这24小时就看你如何支配,这方面花得多了,另一方面就有所损失。要有所得,必须有所失,不能求全。"讲通俗点,天下好事不能一个人占了。现在的年轻人最大的毛病就是想把好事占全,样样都不肯损失。你要取得学习上的成功、研究上的成功,必须在时间、精力、体力、脑力上有大量的付出,必须有所牺牲,少玩点甚至是少睡点觉,根本没有多少时间来打扮自己。你打扮自己的时间多了,读书的时间就少了,这是一个非常简单的道理。怎么安排时间,我没有一个价值判断。你打扮自己、你整天玩,那也是一种人生追求,不能说读书一定就比玩好。不过你要想清楚,这边花得多那边就有损失,你打扮的时间、玩的时间多了,那就会影响读书。想多读书就不要过分想去玩、去打扮自己。这背后有一个如何处理物质和精神的关系问题,既要物质的充分满足又要精神的充分满足,那是一种理论的说法,是一种理想状态的说法,或是从整个社会发展的合理角度说的,落实到个人是比较难实现的。我认为落实到个人,物质首先是第一的,所以鲁迅先生说:"一要生存,二要温饱,三要发展。"他说得很清楚,生存、温饱是物质方面的,发展是精神方面的。在物质生活没有基本保证之前是谈不上精神的发展的。过去我们有一种说法就是要安贫乐道,这是一种骗人的东西,千万不要上当。要你安贫乐道的人自己在那里挥霍,我们不能安贫,我们基本的物质要求要满足,要理直气壮地维护自己的物质利益。

但是一旦你基本的物质权利得到保证了,比如你已经有助学金了,你已经基本吃饱了,你有教室,有宿舍让你住下来了,基本的生活条件已经有了,那各位同学就应该考虑如何设计、安排自己今后的一生,并为此做好准备。

如果你一门心思去追求物质也可以,但你就不要想精神方面要怎么样,不要喊"我痛苦啦!我痛苦啦!"有人在全心赚钱,同时又在想"我空虚"——你不要空虚,你就是要追求享乐那就这样做好了,不必要求全。将物质要求作为人生的主要追求,那你精神方面一定有损失,这是肯定的。我对自己也有设计:第一,我的物质生活水平要在中等,最好要在中上水平。比方我需要有一间宽敞的书房,这不仅是一间书房的问题,这是一个精神空间的问题,它与我的精神自由性联系在一起。但具备了这样一些基本的生存条件以后,就不能有过高的物质要求,因为我要求我的精神生活是第一流的。我不能同时要求精神是一流的,物质也是一流的,我不能跟大款比,那我心理永远不平衡。所以我觉得同学们应该考虑好,如果你决心偏重于精神追求,在物质上就必须有牺牲,当然前提是基本物质要求要有保证。在基本物质得到保证的基础上,你就不能拼命去追求那些东西了,这一方面你得看淡一点。有所得必有所失,这不是阿Q精神。面对大款我并不羡慕他们,但我也不鄙弃他们,他们有他们的价值,有他们的追求。只要你是诚实劳动得到你应该得到的东西,我一样尊敬你,但是我和你不一样,我追求的是精神。我讲的献身精神不是像过去讲的那样,什么物质也不要只是去献身,我不是这个意思。现在年轻人最大的毛病就是贪得无厌,什么都想得全,恨不得什么都是第一流的,稍有一点不满就牢骚满腹,我见过很多同学都有这种问题,这是不行的。因为这是你自己做的选择,既是选择,有所得就会有所失,反过来,也正是有所失才又会有所得。

另外,在学习上必须要潜下来。我一再跟我的学生说:"要沉潜下来"。我有一个对我的研究生的讲话,这个讲话后来整理成一篇文章,题目就叫《沉潜十年》。"沉"就是沉静下来,"潜"就是潜入进去,潜到最深处,潜入生命的最深处、历史的最深处、学术的最深处。要沉潜,而且要十年,就是说要从长远的发展着眼,不要被一时一地的东西诱惑。我觉得很多大学生,包括北大的学生,都面临很多诱惑。北大学生最大的问题就是诱惑太多,因为有北大的优势要赚钱非常容易。我想烟台诱惑少一点,这是你们的优势。还有就是很容易受外界环境的影响,很多北大学生刚入学的时候非常兴奋,充满种种幻想。一年级的时候混混沌沌的,到了二三年级就觉得自己失去目标了,没意思了。看看周围同学不断有人去经商,去赚钱,羡慕得不得了;再看到有人玩得非常痛快,也羡慕得不得了,最后受环境的影响变得越来越懒惰。现在大学生的致命弱点就是懒惰——北大有所谓"九三学社"的说法:早上九点上床,下午三点起床。有的人受周围环境的影响,一门心思想赚钱,一门心思想这样那样。有的人非常热心做社会工作,我不反对做社会工作,但有的人目的性极强,过早地把精力分散了,就无法沉下来,缺少长远的眼光,追求一时一地的成功。同学们要记住,你现在是人生的准备阶段,还不是参与现实,还不是赚钱的时候。当然,你做勤工俭学是必要的,也是应该提倡的,但是你不能在大学期间只忙于赚钱,要不然以后你会后悔的。因为你一生之中只有这四年是独立自由的,只有权利而没有义务的,赚钱以后有的时间赚,从政以后有的时间搞。这四年你不抓紧时间,不好好读书,受种种诱惑,图一时之利,放弃了长远的追求,底子打不好,以后是要吃大亏的,会悔之莫及。

  我跟我的学生谈得非常坦率,我说:我们讲功利的话,不讲大道理。在现今社会有三种人混得好:第一种人,家里有背景,他可以不好好读书。但他也有危险,当背景出了问题,就不行了。最后一切还得靠自己。第二种人,就是没有道德原则的人,为达到目的,无论红道、黑道还是黄道,他都干。但对于受过教育的人,毫无道德原则地什么事都干,应该是于心不甘的吧。第三种能站住的人就是有真本领的人,社会需要,公司需要,学校也需要。所以,既没好爸爸又有良心有自己道德底线的人,只有一条路——就是有真本事。真本事不是靠一时一地的混一混,而是要把自己的基础打扎实。今后的社会是一个竞争极其激烈的社会,是一个发展极其迅速的社会。在这种发展迅速、变化极快、知识更新极快的社会,你要不断地变动自己的工作,这就要靠你们的真本事。大家要从自己一生发展的长远考虑,就是讲功利也要讲长远的功利,不能从短时的功利考虑。我们不必回避功利,人活着自然会有功利的问题。大家应该抓好自己的这四年时间,把自己的底子打好。这样,你才会适应这个迅疾万变的社会。"沉潜十年"就是这个意思。现在不要急着去表现自己,急忙去参与各种事。沉下来,十年后你再听我说话,这才是好汉!因此,你必须有定力,不管周围怎么样,不管同寝室的人怎么样,人各有志,不管别人怎么做生意,不管别人在干什么,你自己心里一定要有数——我就是要扎扎实实地把底子打好。要着眼于自己的长远发展,着眼于自己的、也是国际、民族的长远利益,扎扎实实,不为周围环境所动,埋头读书,思考人生、中国以及世界的根本问题,就这样沉潜十年。从整个国家来说,也需要这样一代人。我把希望寄托在十年后发表自己意见的那一批人身上,我关注他们,或许他们才会真正决定中国的未来。中国的希望在这一批人身上,而不在现在表演得很起劲的一些人身上,那是昙花一现!沉潜十年,这是我对大家最大、最诚恳的希望。

在沉潜的过程中,还有一个问题要注意。读书,特别是读经典著作的时候,会面临两个难关:第一,面对经典你进不进得去。你读《庄子》、《论语》、《楚辞》《诗经》,甚至读鲁迅,都有这个问题。所谓进不进得去,是讲两个障碍,第一就是文字关。现在中文系许多学生古文都读不通了,标点都不会点了,那你还谈什么进去,这就是文字关。还有更难的,中国的文化是讲感悟、讲缘分的。你读得滚瓜烂熟却不一定悟得到,找不到它的底蕴,体会不到它的神韵,自然也就无缘。有的人就是把《论语》、《孟子》都背下来了,但你听他讲起来还是隔着一层东西,所以很难进去。进去后就是如何再从里面出来,因为东西方传统文化都可以用四个字来概括——博大精深。在你没读懂的时候你可以对它指指点点,等你读得越懂你就会越佩服它,佩服得五体投地。这样,你就被它俘虏了,跳不出来了;这样,你就失去了自我,还不如不进去的好。

我现在就面临这个问题。有人问我:"钱先生,您和鲁迅是什么关系?"我说了三句话:第一、我敢说我进去了。进去很不简单啊,这是一个很高的自我评价;第二、我部分地跳出来了;第三、没有根本地跳出来。正因如此,所以才会有人说"钱理群走在鲁迅的阴影下"。不是我不想跳,我当然想能跳出来超越鲁迅,能成为鲁迅的对手——那是什么境界啊!所有的学者都向往这样一个境界。在这个问题上,如果没有足够的文学力量,没有足够的思想力量,没有足够的创造力和想象力,是跳不出来的。在某种意义上,你失去了自我,所以这是更难的一点。记得当年闻一多先生去世的时候郭沫若对他的一个评价:"闻先生终于进去了!但是闻先生刚刚出来的时候就被国民党杀害了。这是'千古文章未尽才'。"我们讲"沉潜"也面临这个问题：你怎么"进去"又怎么"出来"？这是非常困难的，大家对这样的前景要有充分的认识，不要把它简单化。否则你沉了一年又进不去，觉得很苦就退出来了。更不能"三分钟热度"，受到某种刺激，比如说今天听了我如此这般说了一番，兴奋了，明天就进图书馆了，进了几天，或者几个星期，或者遇到了"拦路虎"，啃不下去了，或者看到别人都玩得很痛快，觉得自己这么苦读，有点划不来，就不干了。这样不行，不能知难而退，要知难而进，不能半途而废，要坚持到底，要"沉潜"就要有一种韧性精神。鲁迅曾经谈到天津的"青皮"，也就是一些小无赖，给人搬行李，他要两块钱，你对他说这行李小，他还说要两块，对他说道路近，他还是咬死说要两块，你说不要搬了，他说也仍然要两块。鲁迅说："青皮固然是不足为法的，而那韧性却大可以佩服"。意思就是，一旦你认准一个目标，比如说我要沉下来读书，那就死咬住不放，无论出现什么情况，无论遇到多少挫折、失败，都不动摇，不达目的绝不罢休。这叫认死理，拼死劲——听说山东汉子就有这样的传统，你们的父老乡亲中就有这样的人——在我看来，要干成一件事，要干出个模样，就得有这样的精神，有这股劲头。这看起来有点傻，但需要的就是这样的傻劲。现在的人都太聪明了，但不要忘了，我们中国有句老话，叫做"聪明反被聪明误"，我看到某些聪明人，特别是年轻的聪明人，常常会有这样的杞人之忧。当然，我也没有意思要将"沉下来读书、思考"这样的选择绝对化、神圣化，好像非得如此不可。我希望大家沉潜十年，不是说不沉潜十年这个学生就不行了，人各有志，是不必也不能强求的。但你如果有志于此，那我就希望你沉潜十年，你实在沉潜不了，那也就罢了，但是你得找到适合你自己的事去做，找到适合你自己的生存方式。

**四、读书之乐：以婴儿的眼睛去发现**

话又说回来，读书是不是就只是苦呢？如果读书只是一件非常苦的事情，那我在这里号召大家吃苦就是我不讲道德了。世上真正的学术，特别是具有创造性的学术研究是非常愉快的。现在我讲学术的另外一个方面。这话要从我读中学时说起。我读中学的时候是一个非常好的学生,很受老师宠爱,品学兼优。我高中毕业的时候,语文老师劝我学文学,数学老师劝我学数学,当然后来我学了文学。高考时用今天的话说就是"非常牛",所以我报考了取分最高的北京大学中文系新闻专业。我高中毕业的时候学校让我向全校的学生介绍学习经验,讲一讲为什么学习成绩这么好。我是南师大附中的学生,我的经验现在在南师大附中还很有影响,我们学校的同学、老师到现在还记得我的经验,这里我也向大家介绍一下。我说:"学习好的关键原因是有兴趣,要把每一课当做精神享受,当做精神探险。我每次上课之前都怀着很大的期待感、好奇心:这一堂课老师会带着我们去发现一个什么样的新大陆?我上课之前都作预习,比如今天讲语文我会先看一遍,然后带着问题去听课,怀着一种好奇心去学习。"这一点其实说到了学习的本质。学习的动力就是一种对未知世界的好奇,当时只是一个中学生朦胧的直感,后来才体会到这背后有很深的哲理。作为一个独立的个体,我和周围的世界是一种认知的关系。世界是无限丰富的,我已经掌握的知识是有限的,还有无数的未知世界在等着我去了解。而我自己认识世界的能力,既是有限的,又是无限的。基于这样一种生命个体和你周围世界的认知关系,就产生了对未知世界的期待和好奇,只有这种期待和好奇才能产生学习探险的热忱和冲动。这种好奇心是一切创造性的学习研究的原动力。带着好奇心去读书、去探索未知世界,你就会有自己的发现。读一本书、一篇小说,不同的人对它有不同的发现。同样一篇小说,十年前读我有发现,十年后读我仍然会有发现,这是一个不断发现的过程。为什么你能有这样的发现,别人却做不了?显然是你内心所拥有的某样东西被激发了以后,你才能有所发现。因此,你在发现对象的同时也是在发现自己,这是一种双重发现——既是对未知世界的发现,更是一种对自我的发现。我们用一句形象的话来说:当你读一篇好的小说的时候,你自己内在的美和作品的美都一起被发掘出来了,于是,你发现自己变得更加美好了,这就是学习的最终目的。因为这样,对外在世界和对你内在世界的不断发现,便给你带来一种难以言说的愉悦、满足感和充实感,从而就会形成一个概念:"学习和研究是一种快乐的劳动"。金岳霖先生说读书研究是为了好玩,就是说的这个意思。从本质上说,学习和研究同样是游戏,一种特殊游戏,它所带来的快乐是无穷无尽的。

读书是常读常新的。我读鲁迅的书有无数次了,但是每一次阅读,每一次研究都会有新的发现。这是一个永无止境的过程。这就带来一个问题:你如何始终如一地保持这种学习、探讨、发现的状态,从而获得永恒的快乐?很多同学都是,某一个时期读书读得很快乐,有发现,但读得多了就没有新鲜感了,好像就这么回事。就这个问题而言,你得永远保持新鲜感和好奇心才能保持永远的快乐——这是会读书与不会读书、真读书与假读书的一个考验。我本人也曾不断地探讨这个问题,后来还是从北大的一个老教授、一位诗人——林庚先生那里找到了答案。林庚先生上的最后一堂课给我留下了深刻的印象,那是林庚先生的绝唱。大概是80年代的时候,系里让我组织退休的老教授来上最后一堂课。当时我去请林先生讲课时,他就非常兴奋,整整准备了一个月,不断地换题目,不断地调整内容,力求完美。他那天上课是我终生难忘的,他穿着一身黄色衣服、黄皮鞋,一站在那儿,当时就把大家镇住了。然后他开口讲诗,说"诗的本质是发现,诗人要永远像婴儿一样睁大好奇的眼睛,去看周围的世界,发现世界新的美。"然后他讲了一首我们非常熟悉的唐诗,讲得如痴如醉,我们听得也如痴如醉。这堂课上完了我扶他走,走出教室门口就走不动了。回到家里他就大病一场,他是拿他生命的最后一搏来上这堂课的,所以就成了绝唱。他自身以及他的课都成了美的化身,给人以美的享受。这是极高的教学境界。

林庚先生的一个观点就是"要像婴儿一样,睁大好奇的眼睛来看世界,发现世界新的美"。所谓"婴儿的眼光",就是第一次看世界的眼光和心态,这样才能不断产生新奇感。你读鲁迅的作品,打开《狂人日记》,不管你研究多少回了,都要用第一次读《狂人日记》的心态,以婴儿的好奇心去看,这样才能看出新意。我想起美国作家梭罗在他的《瓦尔登湖》里提出的一个很深刻的概念:"黎明的感觉"。每天一夜醒来,一切都成为过去,然后有一个新的开始,用黎明的感觉来重新感觉这个世界,重看周围的世界都是新的。黎明的感觉,就是我们中国古代所说的"苟日新,日日新,又日新"。每一天都是新的,这时你就会不断地有新的发现、新的感觉,有新的生命诞生的感觉。我想向同学们提一个建议:你们每天早晨,从宿舍到教室,看够了烟台大学的一切。明天早晨起来,你试试用第一次看周围世界的眼光,骑自行车走过烟台大学的林荫大道,再看看周围的人、周围的树,你就会有新的发现。重新观察一切,重新感受一切,重新发现一切,使你自己进入生命的新生状态,一种婴儿状态,长期保持下去,就会有一颗赤子之心。人类一切具有创造性的大科学家,其实都是赤子。

今天讲大学之大,大在哪里?就在于它有一批大学者。大学者大在哪里?就在于他们有一颗赤子之心,因而具有无穷的创造力。刚才讲的金岳霖先生,他天真无邪、充满了对自己所做事业的情感,而且是真性情,保持着小孩子的纯真、好奇和新鲜感。其实这就是沈从文说的"星斗其文,赤子其人",他们有星斗般的文章,又有赤子之心。说到真性情,我想稍微做一点点发挥。凡是一个真正的学者、知识分子,他都有真性情,古往今来皆如此。中国古代的知识分子,孔子、庄子、屈原、陶渊明、苏轼,哪一个不是有真性情的人?鲁迅也有真性情。但今天能够保留真性情的人却是越来越少了。我们必须面对这个现实。鲁迅说过:中国是一个文字的游戏国,中国多是些做戏的虚无党。今天的中国知识分子,今天的中国年轻一代,也可能包括大学生,连我自己在内,都在做游戏,游戏人生。而且这戏必须做下去,谁要是破坏了游戏规则就会受到谴责,为社会所不容。所以我经常感觉到,现在我们面临全民族的大表演。我进而想起鲁迅的一句格言:"世上如果还有真要活下去的人们,就先该敢说、敢笑、敢哭、敢怒、敢骂、敢打"。"敢"其实是和"真"联系在一起的,在"敢"之外还应真说、真笑、真哭、真怒、真骂、真打。可怕的是"假说"、"假笑"、"假哭",甚至"骂"和"打"也是"假骂"、"假打",仅仅是一种骗人喝彩的表演。我们现在缺少的是真实的深刻的痛苦,真实的深刻的欢乐。所有这些归根到底还是怎么做个真性情的人的问题。大学之所以大,就在于它聚集了一些真性情的人。本来年轻的时候就是真性情的时代,人到老了,总要世故的。最真实的时候就是青年时代,就是在座的各位,如果这时你还没有真性情,那就完了。我现在发现,年轻人比我世故得多,我成了"老天真"了。人家经常说:"钱老师,你真天真!"这是季节的颠倒!你们才是该天真,我应该世故!

### 五、两层理想：永远活出生命的诗意与尊严

要保持赤子之心很难，怎么能够一辈子保持赤子之心？这是人生最大的难题。在这方面我想谈谈我个人的经验，因为在座的还有一些将要毕业的同学，我想讲点当年我大学毕业后的遭遇以及我是如何面对的，这可能对在座的即将毕业的同学有点意义。大家一步入社会就会发现，社会比学校复杂千百万倍，大学期间是一个做梦的季节，而社会非常现实。人生道路绝对是坎坷的，会遇到很多外在的黑暗，更可怕的是这些外在的黑暗都会转化为内在的黑暗、内心的黑暗。外在压力大了以后，你就会觉得绝望，觉得人生无意义，这就是内在的黑暗。所以你要不断面对并战胜这两方面的黑暗，就必须唤醒你内心的光明。我为什么前面强调打好底子？如果你在大学期间没有打好光明的底子，当你遇到外在黑暗和内在黑暗的时候，你心里的光明唤不出来，那你就会被黑暗压垮，或者和它同流合污，很多人都走这个路子。你要做到不被压垮，不同流合污，在大学里就要打好光明的底子，无论是知识底子还是精神底子，内心要有一个光明的底子。我自己每当遇到外在压力的时候，总是为自己设计一些富有创造性的工作，全身心地投入进去，在这一过程中抵御外在和内在的黑暗。压力越大，书读得越多，写东西也就越多，我每一次的精神危机都是这样度过的。

我经常讲，我们对大环境无能为力，但我们是可以自己创造小环境的。我一直相信梭罗的话：人类无疑是有力量来有意识地提高自己的生命的质量的，人是可以使自己生活得诗意而又神圣的。这句话可能听着比较抽象，我讲具体一点。我大学毕业以后，由于家庭出身，由于我一贯自觉地走"白专"道路，所以尽管我毕业成绩非常好，但是就不准许我读研究生。他们说："钱理群，你书读得还不够吗？正是因为书读得多，你越来越愚蠢。再读书，你要变修正主义了。你的任务是到底层去工作。"所以大学毕业以后我被分到贵州安顺，现在看是旅游胜地了，当时是很荒凉的。你想我是在北京、南京这种大城市长大的，我一下子到了一个很边远的底层，又正遇上饥饿的时代，饭都吃不饱。我被分到贵州安顺的一个卫生学校教语文。我印象很深，

一进课堂就看到讲台前面放了一个大骷髅头标本。卫生学校的学生对语文课程根本不重视,我讲课没人听。对我来说,这是遇到了生活的困境,是一个挫折、一个坎坷。话说回来,这对当地人来说并不是坎坷,因为他们也那样活下去了,但从我的角度来说,却是一个坎坷。我当时想考研究生,想跳出来,人家不让我考。这个时候怎么办?我面临一个如何坚持自己理想的考验。我就想起了中国古代的一个成语:狡兔三窟。我给自己先设了两窟,我把自己的理想分成两个层面:一个层面是现实的理想,就是现实条件已经具备,只要我努力就能实现的目标。当时我分析,自己到这里教书虽然对我来说是一个坎坷,但是毕竟还让我教书,没有禁止我教书,所以我当时给自己定了一个目标:我要成为这个学校最受学生欢迎的老师,而且进一步,我还希望成为这个地区最受学生欢迎的老师。我把这个作为自己的现实目标,因为让我上课,就给了我努力的余地。于是我走到学生中去,搬到学生的宿舍里,和学生同吃同住同劳动,和学生一起踢足球,爬山,读书,一起写东西。在这个过程中,我从我的学生身上发现了内心的美。我全身心投入给学生上课,课上得非常好,我就得到一种满足。人总要有一种成功感,如果没有成功感,就很难坚持。我当时一心一意想考研究生,但是不让考,所以我从现实当中,从学生那里得到了回报,我觉得我的生命很有价值,很有意义,也很有诗意。当时我还写了无数的诗,红色的本子写红色的诗,绿色的本子写绿色的诗。我去发现贵州大自然的美,一大早我就跑到学校对面的山上,去迎接黎明的曙光,一边吟诗,一边画画。为了体验山区月夜的美,我半夜里跑到水库来画。下雨了,我就跑到雨地里,打开画纸,让雨滴下,颜料流泻,我画的画完全像儿童画,是儿童感觉。我坚持用婴儿的眼睛去看贵州大自然,所以还是保持赤子之心,能够发现人类的美、孩子的美、学生的美、自然的美。虽然生活条件非常艰难,饭也吃不饱,但是有这个东西相伴,我渡过了难关,我仍然生活得诗意而神圣。也许旁边人看见我感觉并不神圣,但是我感觉神圣就行了,在这最困难的时期、饥饿的年代、文革的年代,我活得诗意而神圣。我后来果然成为这个学校最好的老师,慢慢地在地区也很有名,我的周围团结了一大批年轻人,一直到今天,我还和他们保持联系,那里成了我的一个精神基地。

但另一方面,仅有这一目标,人很容易满足,所以还得有一个理想的目标。理想目标就是现实条件还不具备,需要长期的等待和努力准备才能实现的目标。我当时下定决心:我要考研究生,要研究鲁迅,要走到北大的讲台上去向年轻人讲我的鲁迅观。有这样一个努力目标,就使我一边和孩子们在一起,一边用大量的业余时间来读书,鲁迅的著作不知读了多少遍,写了很多很多研究鲁迅的笔记、论文。文革结束以后,我拿了近一百万字的文章去报考北大,今天我之所以能在鲁迅研究方面有一点成就,跟我在贵州安顺打基础很有关系。但是这个等待是漫长的,我整整等了18年!我1960年到贵州,21岁,一直到1978年恢复高考,39岁,才获得考研究生的机会。那一次机会对我来说是最后一次,是最后一班车,而且当我知道可以报考的时候,只剩下一个月的准备时间,准备的时候,连起码的书都没有。当时我并不知道北大中文系只招6个研究生,却有800人报考;如果知道了,我就不敢考了。在中国,一个人的成功不完全靠努力,更要靠机会,机会稍纵即逝,能否抓住完全靠你,靠你原来准备得怎样。虽然说我只有一个月的准备时间,但从另一个角度说我准备了18年,我凭着18年的准备,在几乎不具备任何条件的情况下,仓促上阵。我考了,而且可以告诉大家,我考了第一名。我终于实现了我的理想,到北大讲我的鲁迅,明天我还要给烟台大学的同学讲我的鲁迅观。但是话又说回来,如果我当初没有抓住机会,没有考取北大的研究生,我可能还在贵州安顺或者贵阳教语文,但我仍不会后悔。如果是在中学或是大学教语文的话,我可能没有今天这样的发展,我有些方面得不到发挥,但是作为一名普通的教师,我还是能在教学工作中,就像几十年前一样获得我的乐趣,获得我的价值。

我觉得我的经验可能对在座朋友有一点启示,就是你必须给自己设置两个目标:一个是现实目标,没有现实目标,只是空想,你不可能坚持下来——只有在现实目标的实现过程中,你不断有成功感,觉得你的生活有价值,然后你才能坚持下去;另一个是理想目标,你只有现实目标,没有理想目标,你很可能就会满足现状,等机会来的时候,你就抓不住这个机会。人总是希望不断往上走的,所以我觉得人应该有现实目标和理想目标这样两个目标,而且必须有坚持的精神。你想对于我,18年是一个什么概念?是我21

岁到39岁这18年。所以一个人的选择是重要的,更可贵的是有坚持下来的恒心,有定力。这18年有多少诱惑、多少压力,但不管怎样,认定了就要这么做。你可以想见"文化大革命"那种干扰多大呀,但不管这些干扰,你要认定我就要这么做,认定了,坚持下来,你总会有一个机会。即使没有机会实现理想目标,你还有一个可以实现的现实目标。大家可以体会到,在中国的现实下,人掌握自己命运的能力很小,但并不等于就毫无作为,人是可以掌握自己命运的,至少可以在一定程度上,在小环境里掌握自己的命运,也就是我刚才所说的,人是可以使自己在任何条件下都生活得诗意而神圣。

我就是把这样的经验带到我进入北大之后的几十年生命历程之中的。在这后几十年中,我的生活仍然有高峰,有低谷,有时候是难以想象的压力,身心交瘁,内外交困,但是我始终给自己设置大大小小的目标。一个人的生命、生活必须有目标感,只有大目标、大理想是不行的,要善于把自己的大理想、大目标、大抱负转化为具体的、小的、可以操作的、可以实现的目标。我把读一本书、写一篇文章、编一本书、策划一次旅游或者到这里来演讲这样的一件一件事情作为具体的目标,每一次都带着一种期待、一种想象,怀着一种激情、冲动,全身心地投入其中、陶醉其中,用婴儿的眼光重新发现,把这看做是生命新的开端、新的创造,从中获得诗的感觉。我每一次上课都非常紧张——包括这一次上课,因为我要面对新的对象。虽然我讲的内容有讲稿,但是诸位是陌生的对象,我就很紧张:我这一套东西年轻人能不能接受?烟台大学的学生能不能接受?我是你们的爷爷辈,爷爷和孙子之间能对话吗?而且还是我所不熟悉的、一个远方海滨城市的孙子辈,他们能够听懂我的话吗?我在北京就开始准备,昨天晚上还在准备,一直到今天,我看了好几遍讲稿,反复琢磨,有一种新鲜感、一种期待感。现在从现场反应看来大家接受了我,我就有一种满足感。有些内容可能是重复的,但是在我讲来却充满激情,因为我有新鲜感,有一种创造感。尽管这是一次普通的演讲,但它是一次新的创造,是一种新的发现,包括对诸位的发现,也是对我自己内心的发现。而且我追求生命的强度,要全身心地投入。大家看我的演讲的风格就是全身心地投入。我曾经给北大的学生有一个题词:"要读书就玩命地读,要玩就拼命地玩。"无论是玩还是读书,都要全身心地投入,把整个生命投入进去。这样才能使你的生命达到酣畅淋漓的状态,这是我所向往的。

在我结束演讲的时候,送给大家八个字:沉潜、创造、酣畅、自由。这也是我对演讲的主题——"大学之大"的理解。我觉得"大学之为大",就在于首先它有一个广阔的生存空间。顺便说一下,我今天参观了贵校,我看你们的校园很大,宿舍很大,教学楼很大,这基本上就有了一个大的生存空间。然后,更主要的是要提供大的精神空间,我刚才强调读书要广、要博,就是要有一个大的精神空间。所谓大学,就是在这样一个大的生存空间和精神空间里面,活跃着这样一批沉潜的生命、创造的生命、酣畅的生命和自由的生命。以这样的生命状态作为底,在将来就可能为自己创造一个大生命,这样的人多了,就有可能为我们的国家、我们的民族,以至为整个世界,开创出一个大的生命境界:这就是"大学之为大"。

谢谢大家!

(张守海整理  孙进编校)

北大清华名师演讲录 | 龙驭球
# 学习方法与境界

　　龙驭球(1926— )，湖南安化人。清华大学土木工程系教授，中国工程院院士。曾任国家教育部高等学校工科力学课程教学指导委员会主任委员兼国家教育部高等学校工科结构力学教学指导组组长。主要从事结构力学、有限元法、能量原理、壳体结构的教学科研工作。在有限元与变分原理方面，取得多项国内外首创成果。在壳体计算理论方面，创立柱壳和折板的力法(1962)、薄壳应力集中的摄动法(1965)和新型薄壳有限元(1993)。在工程应用方面取得显著成效：参加制定建设部"薄壳结构设计规程"，创立薄壳大孔口分析方法，提高薄壳结构设计水平。著有《新型有限元论》、《变分原理·有限元·壳体分析》等专著和《结构力学》、《结构力学教程》、《壳体结构概论》等教材。获过3个国家级奖、5个省部级奖和2个全国贡献奖，9项为第一获奖者。

# 学习方法与境界

时间:2005年5月12日
地点:烟台大学建筑馆报告厅

"爱学"和"会学"是有效学习的两个翅膀。爱学——让学习成为一种乐趣和牵挂;会学——学习要讲究方法。爱学,越会学;会学,越爱学。二者是互补互动的。

谈到学习方法这个问题,我想到了华罗庚院士的一个形象比喻:由薄变厚,再由厚变薄。由薄变厚,指知识的摄取与积累,是加法;由厚变薄,指知识的提炼与升华,是减法。会学,不仅要学会加法,更要学会减法,而且减法似乎比加法更难、更重要。

除了学会加法与减法,还要会问、会用、注意创新。做学问,要既学又问,问是学习的一把钥匙。学和用要结合,在学中用,在用中学,用是学的继续、检验和深化。在学习中要有创新意识,要有创新。

在这里我把学习方法分为五个环节六个字:加—减—问—用—创新。

## 一、加 法

### 1. 日积月累,集腋成裘,博大高深,博为基础

加法就是要积累知识,要勤于积累,就像一个金字塔,你必须要宽博,只有宽博才能做得高。怎样才能做到宽博?就是要肯于下苦功夫、笨功夫。用郭沫若先生讲的一句话诠解,就是:一分神来,九分汗下。即要付出九分

的汗水，才能得到一分的神韵。胡适先生也说过，凡是有大成就的人，都是绝顶聪明而肯下笨功夫的人。就是说，只靠聪明是不够的，还需要"笨"，肯做笨功夫的人才能取得成功。所以，既要聪明也要笨，也就是要勤快。聪明＋勤快＝成功。

### 2. 善于积累——织网寻脉

除了勤快以外，学习中还要善于积累，善于织网。积累的知识要用心梳理，使之条理化，成为一个脉络清晰、有主有次、有目有纲的知识网。在知识网上，知识点连成一片，互相沟通，左右联系，前后呼应，融会贯通。不经过认真梳理的知识，是一堆杂乱无章的碎片，不能很好地存储、提取和驾驭。

"读书似水知寻脉"。深山的小溪知道去寻找水脉，形成水网，奔流到海。水的积累是这样，知识的积累也与之有点相似。

### 3. 善于积累——落地生根

善于积累还要生根，也就是说，我们摄取的新知识要与自己原有的知识化为一体。这样，新的知识才能在自己的知识体系里面生根，而不是另起炉灶，新老隔绝；也不是"插上翅膀"，而应当是长出翅膀。插上的翅膀是僵硬的，也是不能飞翔的。只有生根，才能不断根脉，融合新机。这也就是说，我们学习增长知识，也要像一个生物、一棵树一样，要自己会生长，要生根，把新旧知识融合起来，根脉不要断了。

归纳起来，关于积累知识，关于学习中加法方面的东西，就是要勤快，要会积累，要织网生根。

## 二、减　法

### 1. 概括与简化

　　学会学习中的减法，首先要培养概括和简化的能力。什么叫概括呢？就是能用三言两语概括一本书的主要内容，抓住根本；就是所谓的"一语道破，画龙点睛"。比方说，中国与英国谈判香港回归的问题时，英国首相撒切尔夫人谈了很多理由，谈了很多话，主要意思是说香港还不应该回来，或者名义上回来，实际上还是由英国来主持管理。后来邓小平同志就说，主权是不能谈判的。这就是"一语道破"，讲一句话能顶人家讲好多话，指出了问题的焦点和核心。

　　我们不仅要学会概括的能力，也要学会简化。什么叫简化呢？就是"分清主次，剪枝留干"。就像对树木进行剪枝，只能把那些枝枝叶叶剪掉，而不能把树干弄坏，树干还要留下来，这就是简化。好多学科的研究与分析，都要寻找一个简化的模型。比如说建模，就是建立一个数学模型，或者建立一个物理模型，把实际问题简化为一个能够代表原来本质的模型。简化的原则是分清主次，剪枝留干。做学问就是要掌握这个简化的本领。郑板桥先生有一副对联，其中有一句话就是"删繁就简三秋树"。所谓"三秋树"就是说深秋时候的树，叶子都落了，只剩下光秃秃的树干了。这就是树的"删繁就简"，把叶子删掉了，把主干留下来。也就是说树也会简化，实际上它也非要会简化不行，不会简化就过不了冬，要被冻死。所以我们学习的时候，也要培养概括、简化的能力。

### 2. 纲举目张与弃形取神

　　要培养提纲挈领的能力，达到纲举目张的目的。有纲有目，纲举目张。就像一张打鱼的网似的，它有一个绳子，就是所谓的"纲"，抓住这个纲就能把网收起来，放开纲，网就会张得很大。每个人的知识也要像一张网，有目有纲,抓住纲提起目,放的开,提的起。

要培养弃形取神的能力。"弃形取神"是画家的一种说法。著名画家齐白石说:余画小鸡二十年,十年得形似,十年得神似。画了二十年小鸡,前十年只是画得像小鸡,属于形似,又画了十年才得以神似,就是整个的神态都像一个小鸡。所以画家的功夫首先要形似,然后才能神似,要由形似提升到神似,弃形取神。这虽然是画家的说法,但是要做学问的人,也要把自己的知识进行"弃形取神",由形到神,由具体上升到抽象,由现象上升到本质,由个性上升到共性,由"形而下"上升到"形而上",这就是"弃形取神"的过程。

"弃形取神"也可说成"得意忘形"。但要区分两种情况:为人忌浅薄,不要得意忘形;为学重神似,偏要得意忘形。

## 3. 减法的妙用

加法是越加越多,减法是越减越少。一般人往往愿意"加",而看不起"减"。比如我们赞扬某个人,说他博学多才,属于加法的范畴。如果说人家知识少,才能少,就是对人家的贬低。但是我这里讲的减法有很多妙用,有很多好处。加法是基础,减法是提升,即提炼、升华。加、减、加、减、螺旋上升,就是这么一个过程。这种说法容易给人一种感觉,好像减法比加法更重要,也更加困难。其实两者同样重要,只是减法可以让你站得更高,看得更远。大家都知道,我们小学学算术时加法容易减法难,所以就先学习加法,然后再学习减法。现在减肥已经成为一种时尚,大家都把减法看得比较重要。因此,下面我讲减法的妙用,大家也就比较容易理解了。

减法的妙用就是"厚书读薄,由博返约"——这里我们又回到了华罗庚先生的"由薄变厚,由厚变薄"理论上去了。我们可以回顾一下小学算术,学了6年,共念了12本书,做了成千上万道习题,而现在这12本书在我们的脑子里只留下了几条。我们当初花6年的时间学的东西,只需要掌握很少的几条就足够了,这就是厚书读薄、由博返约了,也就是会做减法了。小学的东西由博返约了,到了中学又要学很多数学,又要把它简化,变成几条……这么循环,螺旋上升,我们就变得越来越有学问了。

什么是学问呢？劳厄先生说,学问即是学习后大部分都忘了而剩下的东西。比如小学学了 12 本书,我们把大部分都忘了,只记住几条,这几条就是我们的学问。这也说明了我们要学会做减法。

另外再说一下记性。我们常说看人家记性多好啊,过目不忘,而自己记性不好,去年学过的东西今年都忘了,很遗憾等。那么什么叫做记住了？什么叫做忘记了呢？记性就是记住主要的东西,忘记次要的东西,这样才能记得牢。所谓记得牢并不是什么都记住,你要会忘才能记得牢,否则就会全都忘了。一句话:记得主干,忘掉树叶,才能记得牢;蓬头乱发记不清,梳成小辫抓得牢。

最后再说一下移植,比如水仙花的移植只移根,不带叶,如果带着叶子移植就会死亡,它实际上就是运用了减法的技巧。移植中关键是作减法,减掉叶子。做学问的时候,我们往往会把一种方法由一个学术领域移植到另外一个学术领域,这就是方法的移植。方法的移植就是弃形取神,把表面的东西去掉,保留关键的核心思想。1962 年我在《清华大学学报》上发表了一篇文章:"力法计算柱壳",就是用的移植方法。力法原本是杆系结构领域常用的方法,现在把力法由杆系结构移植到柱形壳体结构领域中,把表面上一些具体的东西去掉,保留力法的主要思想——只有这样才能移得动,否则移不动。所以做科学研究的人要完成一种方法的移植,就要弃形取神,也就是概念要非常清楚,枝叶的问题要扔掉。

## 三、善 问

### 1. 多问出智慧

问号("?")像一把钥匙,能开启心扉。会抓住问题并提出问题,是学习深入的表现。我们当老师的,听同学问问题就能知道学生学得好还是学得不好。"问"是学习当中一个很关键的环节。我们不仅要问,而且也要会问,这样才能学得好。

## 2. 善问的典范

历史上有很多善问的典范,而且因为有了善问,提出和解决了许多科学问题,推动了科学的发展。早在 2000 多年以前,屈原就写出了《天问》。希尔伯特(D. Hilbert)1900 年在巴黎召开的第 2 届国际数学家大会上,提出了著名的 23 问。这 23 个问题包括哥德巴赫猜想(陈景润在这方面作了很大的贡献)、费马大定理(这个问题由怀尔斯 1995 年证明了)等。这 23 个问题一提出来,全世界的数学家都跃跃欲试。由于这 23 个问题的提出,100 多年来数学有了很大的进步。数学家威尔这样评价希尔伯特的 23 个问题:"希尔伯特吹响了他的魔笛,成群的老鼠跟着他跳进了那条河。"一个世纪过去了,23 个问题中的一半已得到解决,另一半也大部分都有很大的进展。所以说希尔伯特是一个非常会提问的数学家,对数学的发展作了很大贡献。

## 3. 提出问题与解决问题

伟大的科学家爱因斯坦说过,提出一个问题比解决一个问题更高明。吴文俊院士提出,老师出题目比学生解答要高明一步,希望中国的数学家出题目给外国人做,而不是跟着外国人走。假如我国的数学家出的题目全世界都跟着做,那么我们中国的科学地位就高了。所以说,提问题更重要。

## 4. 学问与学答

关于学问与学答,李政道教授有一句话:"做学问,需学、问,只学答,非学问。"所谓的应试教育,就是为了得高分,去猜题目,这种教育就是只学答,也就是重述已有答案的问题。创新要的是学、问,也就是要去研究尚无答案的问题,提出问题让大家来研究。

## 四、会 用

《论语·学而篇》里面说"学而时习之",其中"习"就是"用"。学习一方面是学,另一方面就是习。"习"包括练习、实习、演习、习题、习作等,归纳起来就是"用",就是实践。

用是学的继续、深化、检验。只有用,才能将学过的东西领悟并记牢。用不同于学,在以下几方面要注意二者的差异:多面性、综合性、反思性、跳跃性、灵活性、牢固性、悟性、检验性。

比如我们说某某游泳运动员的水性好、某某球员的球感好,其中的"水性、球感"就是指的悟性。"理论是灰色的,生命之树常青",也就是说,学而时习之,学习之树是常青的。悟性很重要。

## 五、创 新

### 1. 推陈出新,破旧立新

出新需要破旧。画家李可染曾说过这样一句话:"以最大的精力打进去,以最大的勇气打出来。"他指的是学画。其实学任何东西都可以这样说。要学好一种东西,需要很大的精力钻到这个学科里去,一步步弄懂,还要有勇气打出来。有一个成语叫"破茧化蝶","破茧"就是打出来。破茧是需要勇气的,破茧之后,才能化蝶。齐白石说过:"学我者生,似我者亡。""似我"就是只模仿,就是出不来,就是死路一条。学我而不似我,才能走出一条新路。杜甫也说过:"读书破万卷,下笔如有神。"创新就是要破,要出来。

### 2. 求实创新

苏轼有一句话:"出新意于法度之中。"即在法度的范围之中,可以作出新的创造。所谓"法度",是指客观规律。总起来说,就是在客观规律的容许之下，创造力有充分的活动空间，在求实的前提下创新，求实并不妨碍创新。

## 六、小　结

总结我所讲的学习方法论，就是五个环节六个字：

加——广采厚积，织网生根（博学）；

减——去粗取精，弃形取神（学识）；

问——勤思善问，开启迷宫（学问）；

用——实践检验，多用巧生（学习）；

创新——破茧化蝶，推陈出新（读破）。

## 七、学习的"三境界"与"两不足"

用好上面六个字，可以达到三个境界，即读博、读薄（活）、读破。这三个境界，实际上是学习的三个层次和三个阶段。读博是加的阶段；读薄（活）是减、问、用的阶段；读破是创新的阶段。

《道德经》上有句话："博者不知，知者不博。"对这句话的理解和看法大家的意见不太一样。有些人解释为：博就是赌博，即赌博的人不聪明，聪明的人不去赌博。还有一种解释是：知识博的人不聪明，聪明的知识不博。我的理解是这样的：博是基础，很重要，但不是高境界，有真知灼见的人是不会停留在"博"这种低境界上的。

如果把《西游记》读薄，全书可归结为八个字，"八十一劫，一部残经"。（注：最后一劫的情节是：水怪翻船，经书下河，江岸晒书，经书残破。）如果把《西游记》读破，把小说引申为"学习方法论"的形象化教材，读出新意，就是：书（包括经书），本来就是残破的，不是十全十美的。这样才能有发展，才能有创新。

学而后知"两不足"：一是自己已有的知识还不足；二是人类已有的知识还不足。一不足，需读博而读薄；二不足，需读破以创新。

## 八、学习心态

要达到读书的三个境界,必须培养和保持良好的学习心态。谈到学习心态,首先要有两股气。一是锐气,要朝气蓬勃,锐不可当,在任何学习困难中都要有勇于攀登的精神;二是静气,要潜心专一,锲而不舍,咬定青山不放松。

要做到锐气和静气两气互补。有锐气,在战略上藐视困难;有静气,在战术上重视困难。为此,我用两个同学的名字作一副对联送给大家:龙驭球、南德恒。南德恒教授是我在西南联大读书时的同班同学。龙驭球、南德恒,用山东方言来读就是:容易求,难得很。上联谈锐气,下联谈静气,巧对天成。

清代袁枚有一首《咏苔》诗:"白日不到处,青春恰自来。苔花如米小,也学牡丹开。"前两句写静气,后两句写锐气,是一首两气咏叹调。

(邵永波整理　张国平编校)

北大清华名师演讲录 | 李晓东
# 创意思维与世界构成

　　李晓东(1963— )，江苏建湖人。清华大学"百人计划"引进人才，博士生导师，建筑设计研究所所长，主持李晓东工作室。研究领域为建筑历史与理论、地域性研究、中国美学、创意性思维等。先后获国际建筑大奖多次。发表学术专著3本，学术论文近30篇。

# 创意思维与世界构成

时间:2006 年 4 月 28 日
地点:烟台大学建筑馆报告厅

大家好,我 20 年以前来过烟台,这次来之后感觉变化很大,都有些分不清方向了。我今天讲的题目叫"创意思维与世界构成",题目比较大,但相应地也就比较好玩,讲的范围可以宽一点。讲之前,我先出个题考考大家,是一个关于房地产的题:把一个 L 形划分成大小完全一样的两块。第二个图形划分成三块,第三个图形划分成四块。我们可以用建筑学的方法划分,也可以用数学模型的方法划分,先划分成十二份然后公摊,四小块一组可分三块,三小块一组可分四块;那么第四个图形划分成五块怎么分呢?——其实,假如我不出前几个题,直接出这个题,大家可能很容易就划分出来了——就是切蛋糕嘛,五份,很容易就切出来了嘛。那么为什么经历这么一个过程,大家就不知道结果了呢?这就是惯性思维定位。当我们习惯一种思维模式的时候,遇到很简单的题目时,答案反而做得复杂了。其实,很多问题往往存在一些独立于我们习惯思维之外的方法,解决起来可能非常简单。

我们讲创意思维,实际上跟发明是两个概念。发明,是指创造出不存在的东西,而设计领域本身则是一个大的工业体系,是用一些新的设计手法把原来存在的东西重新进行组合。因此,创意并不是一个发明的过程,而是从新的角度和用新的思维方式去看同样的问题,去问同样的问题。记得我以前有个美术老师叫郭德安,在我上大学二年级时他说过一句话对我印象很深,他说:"如果你可以从垃圾桶里看到美,你就可以是大师啦。"这句话对我影响非常深,后来我就开始对这句话逐步有所体会。比如摄影师拍摄的作品的好坏,实际上就是他看的角度的不同,能够捕捉到我们常人不太容易捕捉的角度,这就是创意。所以说,创意并不是一个完全新的事情,它是一种重新组合。我们从小长到大,生活环境不一样,教育背景不一样,看的书不一样,所以看问题的角度也是不一样的。而也正因如此,我们才会看什么东西都有自己的框框。比如说,很多人在登黄山的时候,总是一直在问导游看什么看什么,黄山景色天下闻名,他非要导游告诉他这是笔架峰那是什么峰,他才能看到这东西。这实际上是一个教育体制的问题,我们从小学到初中到高中,最后是高考,在高考的时候其实已经把解决问题的方式固定成一种思维模式了。我有个朋友叫徐子旺,他所在的公司高盛(全球最大的投资银行),每年都会从清华、北大招两个实习生,然后培训,最后留下工作。这两个人在前半年的全球培训当中至少是前十名以内,但是到了工作岗位一年以后的工作业绩却在平均线以下。结果为什么会是这样的呢?我们中国教育体制培养出来的学生解决问题只有一个标准答案,没有其他答案。当问题出现时,国外培养出的学生可能马上会用不同的方法给老板提出五个答案,而中国学生一看没有标准答案就不知道怎么解了。所以我们现在探讨这么一个问题,就是怎样去解脱思维的框框。

我们在文明的发展过程中,认识到地平线的存在是一个突变性的发现(图1)。为什么这么讲呢?我们知道,以前西方哲学讲看得见与看不见,也就是实与虚的这两种概念,是相互对立的。西方人的概念就是:看得见、摸得着的东西是可以描述的,完全看不见的、空的东西是无法认知与描述的。这不同于中国人的概念,像老子讲的当一个东西围合一个空间的时候,它所围合的空的东西是有意义的。地平线是介于实的和虚的之间的一种东西,是西方哲学无法解释的。所以当17、18世纪讨论到地平线的时候西方人就迷茫了,之后就产生了一种新的哲学视角叫现象学——就是说,我们必须从体验的角度看问题,而不是从实物描述角度去看问题。

图1 地平线

在中国的历史发展过程中，大家知道，南宋时朱熹讲"格物致知"，就是讲要非常深入地去看待事物本身。后来有一个哲学家叫王阳明，他用朱熹的"格物致知"在竹子面前格物，就是想搞明白竹子是怎么回事。但是搞了七天也没搞明白，他就觉得"格物致知"这种思想方法不对。就是说，以一种先验的角度看待问题的时候，你无法真正描述事物的本质，所以他就讲心，用心去体悟它。大家知道，王阳明讲的"万法为心"，就是心有所想、心有所成，于是他就等于开辟了一种新的方法去看待事物，即体验与体悟。我们讲这个有什么目的呢？就是人的视角是千变万化的，但是控制我们的视角的是什么东西呢？它是先验的还是后天形成的呢？我们现在讲的就是这么一个问题。

我们都有这个体验，"蜘蛛"用一种视角（图2）。因为蜘蛛的眼睛视觉程度很差，于是它就在阴暗的地方织一张网，守株待兔。这是一种被动的视角，因为拉网的范围有限，所以蜘蛛必须等待。另外一种视角是鹰的视角——我们讨论这个，是想看一下不同视角会产生什么样的效果——大家知道，鹰是主动寻找机会的，它在空中盘旋，飞得很高，也就是说，当鹰飞到一定高度的时候，它能得到这样一种视角。我们常说企业家的视角是鹰的视角，他不会去等待，而是会去主动创造机会。有一首歌唱道：飞机叫神鹰，"转眼间改变了大地的模样"。为什么飞机能改变大地的模样？大地的模样它本身不应该变，老子说"天地有大美而不言"，她的美就在那里，只是我们看的角度不一样，所以产生了新的体验。正因为鹰有一种超脱常人的视角，所以它能体验到这种超脱的境界。

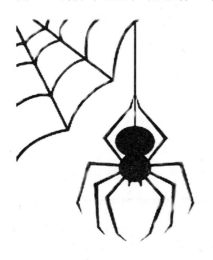

图2　蜘蛛的视角

建筑师在其所处的这个行业里，有一种创作和表现自我的渴望，希望自己能够改造世界，就算不能把自己设计的房子建造起来，也希望能通过笔和纸把它画出来。

我们下面来从另外一个角度来讲这个问题,说说创意的概念。

以前古人讲"人杰地灵",孔子说"智者乐水,仁者乐山","智者乐水"是讲聪明人喜欢水的以柔克刚的特性,"仁者乐山"是讲山的那种敦厚的品德是仁者所追求的。现在我要讲的则是"智者乐山"。如果大家有兴趣,可以看我在《世界建筑》上发表的一篇文章,名字就叫《智者乐山》。这里我想谈一下人和自然环境的关系。大家知道,西方人对山开始有感情比我们中国人晚了很多,最早的西方人喜欢山,大概是从古希腊,就是从《圣经》时候开始,很多故事都发生在山区。希腊文明很亲近自然,因为他们的国家就在山上,房屋、广场都建在山里。古罗马文明与希腊文明的差距在于:古罗马人认为,山是神对人的一种惩罚,他们有本书叫《地球圣论》,书中写道,地球的表面原本是光滑的,后来因为人犯了错误,上帝为了惩罚人类,才使地表出现很多凹凸不平,给人类增加了很多麻烦,所以古罗马人认为山是他们经商、征服世界的障碍。于是在中世纪以前的西方绘画中,也就很少能看到自然主题,一般都是以人为主题,即使有山或者自然出现也是作为人的背景。直到文艺复兴以后,西方人才开始发现山也不错,长居英国的卢梭到了瑞士发现那里的山很漂亮,就写了篇文章赞美瑞士,这篇文章引起了很大的反响。中国人自古以来就喜欢山,从山水画到诗词,中国的文明基本都是和自然有关系。佛教、道教、儒家学说,都倡导亲近自然,不与自然对抗,这是我们东方文化和西方文化一个本质上的区别。

那么山为什么会影响人的思维呢?例如苏格兰的昆奇勒,一个很漂亮的地方(图3)。我们知道,在平原上,从一个点到另一个点走的是直线,但是到山地里按直线走就不行了。比如说,我想从这里到那边的山顶,如果有船的话可以坐船,如果没有船,就要绕回来,这时从山谷上走还是从山底下走,就是一个逻辑选择的过程,这就比行走在平原上多了一个逻辑过程。原始人在认识自我、认识自然和世界的过程中跟山产生了很大的关系,也就是说山为人们提供了第三维、甚至是灵性的第四维的空

图3 苏格兰的昆奇勒

间的感觉。如果是平的,我们看到的世界就是天和地,当中间出现山的层次之后,我们就会发现层次感、尺度感、距离感。山提供给我们一个心灵体悟的机会。我们在山底看山看到的是山的轮廓,一座或者几座个体,是看不到后面的山的,所谓"不识庐山真面目,只缘身在此山中"。但是当你站在山顶,登高远望,一览众山小的时候,我们看到的就是群体的山,山后有山。登高的过程就提供了一种心灵体验,把从下往上的视角变成从上往下看的视角。看、被看、看个体和看群体这些不同的情况,在我们的思维中会产生很微妙的变化。

还有一个是爱丁堡最出名的建筑之一(图 4)。设计者是爱丁堡的一个大师叫派特盖里,他是一个大学教授,值得一提的是,在这所大学,只有他一个老师教所有功课。他写了一本书叫《观察塔》,他从观察塔的过程中体悟到一种从个体到群体的变化过程。1851 年时,相机刚发明还没有照片,这个建筑可以算得上是世界上最早的照相机:它的顶上安置了一个镜头,下面有一个操纵杆,可以 360 度旋转,把

图 4　观察塔

捕捉到的周边的景象,通过反射板反射到房间中大约 4 平米的桌子上,然后你就可以在桌子上看到活动的彩色的景物。这在当时是件很不可思议的事情。他就从中得到了感悟,就是当我们的视角看到的是群体的时候,我们的人生体验会发生质的变化,不再从常人的角度去看问题了。

我们知道,中国园林(图 5)有静观和动观之分,通过廊把园林变长,虽然很小但尽量迂回转折,看园林必须是在行走过程中慢慢得到一个整体的体验。这是中国园林的一个特色。日本的园林是从中国传入的,但日本的园林大多是静态的,为什么会出现这种情况呢?这就与刚才说的山形地貌有关系了。我们中国的山大多是冰川形成的,这种山的变化非常多,山中的地形地貌非常复杂。以黄山为例,黄山从远处看没什么内容,到山里之后,你会看到峰回路转之间有很多妙趣

图 5　苏州园林

横生的东西,可以近看,可以远看,可以很多层次地看。黄山四季的变化都是不一样的,这使中国人对自然的领悟与日本人有很大的区别。我们再看日本的山,是火山,火山形成的地貌从远看从近看都是一样的,没有必要到近处体验。日本园林就是这样来的。这就可以解释,为什么地貌的不同会对文化、对建筑、对人的思维有所影响了。

我们看这个图片(图6),它其实不是螺旋线,而是一个同心圆。之所以会误认其为螺旋线,是因为另外一个系统的介入使你的视觉产生了误差。个体化地看事物和群体化、系统化地看事物,其视角不一样的时候产生的影响是完全不一样的。这实际说明了两个问题:一个是两个系统并置的时候,会产生很奇妙的变化;另外一个就是,我们的眼睛看到的

图6 同心圆?螺旋线?

东西实际上是不准确的,只有弄清系统本质由什么构成,才能准确地判断它是什么东西。

下面我们接着讲刚才的"智者乐山",我一开始是怎么考虑这件事的呢?我在荷兰的时候发现,德国人跟荷兰人有很大的区别:荷兰人是个很平和、自由浪漫的民族,德国人则是一个很理性的民族。荷兰出了很多画家,世界级的大画家非常多,德国就很少,但是德国出了很多音乐家和哲学家,荷兰就没有,这是为什么?这就跟它们的地貌有关系。绘画需要无边无际的想象力,德国的山形地貌则会启发音乐的节奏感、理性思维和哲学。所以说是山形地貌不同产生了不同的文化。这方面的例子还包括瑞士,瑞士的钟表制造非常著名,瑞士的山就很精致,平原上的人不可能有那么缜密的思维。同样地,日本以精巧著称,也跟它的山形地貌有很大关系。

万花筒的发明者是戴维斯。万花筒是什么概念呢?它里面有镜片,通过镜片看当中的一个物体就变成了一个群体,变成群体后我们发现单体的意义就消失了,因为我们看到的是一个模式。当万花筒被发明后,发明者以为自己会改变艺术史的发展方向,因为创作变得很简单,通过万花筒的变化

图7 墨点的系统

可以出现很多图案。虽然这个想法没有实现,但是万花筒这种思维方法确实在很大程度上影响了很多建筑师和艺术家,尤其是建筑师。比如说,这张桌子上随意的一个墨点(图7)没有任何意义,但是如果我们给它一个句法,使之变成一个系统,一对称,它就变成一个很完整的图案了。也就是说,系统可以将无序的东西组织成有序的。这就是从这个角度看创意思维,创意不是发明,而是从新的角度看待世界的原因所在。

下面以建筑为案例,讲一下创意的过程。这是马里奥·博塔在他27岁时设计的一个别墅(图8),当时有很大的影响。原因之一是,在博塔之前没人这样表达建筑,虽然现在看没什么。这个与房子相连的是个类似脚手架一样的东西,看起来像是未完成的。这种建筑语言本身就是很粗犷的,他之所以这样处理,也是受到了刚才万花筒的影响——发现当系统占了主角的时候,个体就变得不重要了。建筑的背景是阿尔卑斯山脉,建筑想要回应背景的粗犷,用细腻的手法和材料就是不合适的。当整

图8 博塔设计的别墅

个体量都是用这种粗犷的混凝土的建筑语言搭配在一起的时候,正好与阿尔卑斯山的特质遥相呼应。马里奥·博塔之所以成为大师级的人物,因为他当时开了先例,把系统性思维融入了建筑。他还影响了另外一个人——弗兰克·盖里,盖里在设计住宅时受到了博塔的启发——群体的系统希望代替个体的形象思维。这是盖里在好莱坞附近买的一幢三四十年代的小房子(图9),他在小房子旁包围了一圈构件,几乎使自己的房屋消失了。我们可以发现,他所谓的材料,其实都是工地上没有加工的原始状态,并且是用一种杂拼的手法建成的。他之所以这样去做,是要达到两个目的:第一个目的,

这是一个无序的状态,以前的老房子都是有序的状态,他特意要在有序和无序的空间之间形成一种非常灵活、多样化的对话。当有序和无序对置的时候,空间是很丰富的,是有无穷变化的。可预测性很高的空间形式,其内部的丰富程度是可想而知的。具体到盖里来说,他

图9　盖里设计的住宅

所采取的方法就是系统性思维,采用无序的系统和有序的系统对话。

创意思维的另外一个角度就是批判地看惯性思维。一个意大利人在17世纪设计了一个公园,公园里的建筑都是歪着的,建筑的窗也是歪的,他就是想挑战人们的常识。这影响了另外一个荷兰的建筑师,他在荷兰盖了一个公寓(图10)。每一个立方体是公寓里的一家,立方体下面的柱子是起到结构和楼梯井的作用,设计师称之为森林。房子大概有三层楼,里面所有的墙、窗都是斜的,搬来这里住的人不到三个月都会再搬走,因为它极大地挑战了人们的习惯,当意识中该是平直的东西都成斜的时候,神经容易错乱。这就说明,创意

图10　荷兰某公寓

思维的过程不仅仅是对过去的批判过程,不能漫无边际地遐想。你没有对过去的认可,就没有创新的必要,批判本身是创意思维的出发点。

中国人一直以来都欠缺批判意识,在历史上,包括当下,很长时间里都只是在承袭而已。意大利人佩尔尼什是17、18世纪一个很有批判意识的人物,他不写书,却用画笔创作了很多奇怪的画(图11),并由此影响了法国理性主义文学、

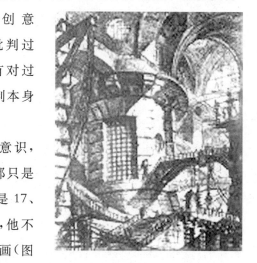

图11　佩尔尼什的画

英国浪漫主义文学、现代主义甚至后现代主义。他的影响之所以会这么强大，就是因为他的画带有浓重的对现实的批判色彩。他画的东西都是现实中不存在的，而且是把现实中一种扭曲的社会状态甚至历史状态用画笔表现出来，比如说楼梯悬在半空中，桥通向墙壁，他用矛盾的并体来批判现状，批判过去，批判历史。另外一个大师，荷兰人埃舍尔，用一点透视把个体和群体并列在一起（图 12）产生一种新的视觉震撼，他也是用另外一种我们平常人看不到的角度来挑

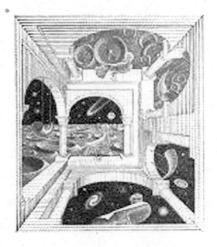

图 12　埃舍尔的画

战透视的毛病。仔细看，每个细节都是合乎逻辑的，但整体却是混乱的。这是一个周末别墅（图 13），但是却看不到别墅。我们知道，50 年代是汽车工业发展的年代，当时人们认为车开到别墅的行进的看景色的过程是最重要的，所以是车开到

图 13　某周末别墅

平台然后走下来才是别墅——这就是用新的视角来看待问题的典型例子。

建筑中有一个类型是塔楼。建造高楼是每个建筑师的梦想，因为这是对结构和高度的挑战。绝对高度会对我们的视觉产生很大的冲击力，包括画家也都想把高度做到不可及的境地，比如埃舍尔就曾试图用画作表达一个无限高的高度。建筑师原广司设计这个楼（图 14）的时候，把在南非看到的海市蜃楼的村落的景象搬到建筑里面来。他认为建筑本身就是个城市，也是

图 14　梅田中心

个自然景观,这里有云型的体量,有圆洞,有方洞,有竖的,从洞中可以看到东京的别的建筑,周边的建筑也能反映到这里面,从而体现出了类似海市蜃楼的感觉。用单一的建筑材料——镜面玻璃就可以使整个建筑变成一种虚体,使周边景象和建筑本身融为一体,感觉非常微妙。这些都是从一种不同的角度看问题,它不一定能解决现实问题,但是它能带给我们很多启发,就是我们能不能从另外的角度来看问题。

让·努维尔的这座建筑(图15),是我认为的世界上最有创意的对高塔的诠释。通常我们看到的高塔的高度限制,是物理上的具体高度,而他与灯光建筑师合作,使这座塔的高度在晚上看来可以达到3公里到4公里。他在塔身上做了很多反光的处理,顶部是一道大的激光束,还有其他的激光束打到塔身上,晚上的时候,这座塔从实到虚一直可以延伸到空中2.3公里以外,其高度比例是我们以前从没有看到过的。他通过从地球的实到太空的虚的变化,重新诠释了对高层建筑的理解。唯一可惜的是,这个建筑没能实施。

图 15　努维尔——光塔

法国的一个邮递员,每天工作完就往邮递包里装鹅卵石,攒了40年之后整整有十几吨,然后他就在他家门口设计了一个东西,不是建筑,也不是纯雕塑,但从构成的角度来看是个非常理性的有机构成体。它给我们的启发是,好的建筑师和一般建筑师的差别就在于:好的建筑师能把他自己的体验和他学到的技能结合到一起,实践出来。这个人就是很执著地把他自己内心的体验和他掌握的那一点技能,很好地结合到一起并表达了出来。

再比如,从某些建筑师自己设计的家,可以看出这个建筑师对事物的看法是跟常人不一样的。他在追求一种东西——内心的这种渴望、这种个性体验,跟他所盖的东西是一种高度统一。

图16 某建筑师的家

这就是一个建筑师的家(图16)。他本人喜欢收集这些废门窗,收集之后就把它们盖起来,作为自己的家。然而三年以后它就被烧掉了,因为不符合防火规范,很容易就着掉了。后来他又盖了一个,又给烧掉了。这个人他就是很执著地在用一种材料来表达其内心很渴望的那种琐碎的景象。

大家知道面具是什么东西吗?面具是把人的一种性格类型化的一种手段。京剧里就有青衣、花脸、花旦……当青衣出现的时候我们很容易定位她的性格类型,对吧?这样观众和演员就可以沟通起来——也可以说是一种沟通的途径。传统建筑往往都是以这种脸谱形式出现的。比如说,一看这个建筑我就知道,它是巴洛克教堂,这种曲线语言,是一种类型化的——所有巴洛克教堂都是这样。有些照片一看就知道这是路易十四或路易十五,是皇帝,因为他的这种装饰,他摆的POSE,这种假的发具,以及这种神态,一看就是皇帝。但是呢,我们知道,这些都是面具,这是他为了显示皇帝的一种身份,表现出的一种姿态。

而现代主义就是想把这些东西给扒掉,它认为这些东西是一种虚假,能够抹煞个性。工业革命以后,大家知道,建筑的生产方式、营造方法和设计理念,发生了一种很大的变化,新材料、新技术手段出来之后却不知道怎么盖。因为以前传统盖房子就是手工做的嘛,现在可以机械化了,但建筑师却迷失了。于是有一种讨论就是,咱们回到从前,看看原始人盖房子怎么盖,或许会找到出路。原始人盖房子是很简单的,一个架子就完成了,装饰全扔到垃圾堆里面去了。这揭示了一种本质。蒙克的著名画作《呐喊》,画本身并不是一种美的图像,因为它表达的不再是过去拉斐尔画的一些很美的主题。于是艺术家就采用了一种很粗犷的语言,这与他要表达出来的主题是一种高度统一。此即所谓现代主义的一种思维方式——去掉装饰,表露本质。

我们看勒柯布西埃的萨夫依别墅,它就是这样一种状况,该开窗户开窗户,底层架空也好,上面架空也好,它就是要把建筑的这种最基本的功能体现出来。他说建筑是居住机器嘛,不要额外装饰,现代主义就是这样。

达利有张画是毛泽东和梦露。这张画很有创意,把60年代两个阵营里最有代表性的人物用这种绘画形式统一在一个体调上来——类似于后现代的并置。于是后现代的思潮兴起,现代主义走向失败。因为现代主义提倡用新的语言取代过去的语言,用单一角度看问题,这后来成了很大一个问题,也就是说它在批判过去的同时也否定了自己。

莫尼奥设计的罗马文化艺术博物馆(图17)就是将两个系统并置在一起,然后产生一种震撼力。它的建筑语言、语汇均来自以前的罗马建筑,但是新建筑体系跟老的遗址体系的关系是并置的,当你在这个博物馆里面走的时候,一种时空感、距离感就会自然而来。

图17　罗马文化艺术博物馆

图18　电脑合成的绘画

建筑发展之快,跟电脑有很大关系。这是什么东西呢(图18)?这是将人的元素,猩猩的元素,马的、牛的,还有其他一些乱七八糟的动物的元素掺杂在一起用电脑合成之后,在变化的动态过程中定格,产生的这么一个东西。这个跟梦露和毛泽东那张图片又不一样了,前者的系统关系清晰,这个却看不出来几种系统之间的关系,因为它是在动态过程中出现的。

电脑的出现,完全改变了我们对思维和设计的看法。屋顶不再是以前的屋顶,墙面不再是以前的墙面。"东京意向"这个设计——通过电脑的参与,使得建筑里的地面是可以动的,墙面也是在不断的动的。玻璃,是一种透明材料,可以划分室内与室外,但是又不影响视觉穿透。作为分隔材料无可厚非,但大多数人从来没有想到玻璃可以用来做结构。在这里,通过电脑的设计,玻璃可以被用来做结构,这种建筑形式的视觉体验是我们以前没有尝试过的。

这是布达佩斯的一个屋顶的改造工程,实体镶在了一个玻璃体上面——这个建筑是通过对电脑进行信息输入,然后由电脑自然生成图像得出的建筑形式。建筑师想象力毕竟有限,把建筑师的想法和雇主的需求进行交叉输入,电脑会作出多种选择,于是建筑师在电脑的帮助下就能实现很多种想法。

图19  滑铁卢火车站广场

下面我们举一些创意思维的案例。这个建筑我觉得非常有想法,这是伦敦滑铁卢火车站广场(图19)。这里以前是圆圈状的交通枢纽,周边建筑是一些很普通的建筑,这个广场就是一个交通口,很繁忙,人们根本无法穿越。我们知道,当环境非常优美的时候,你设计的房子不能是一个主角,因为环境本身已经很好了,你的建筑一定得是个配景。但是这里面呢?它的周边环境很差,没有什么特色,建筑师接到在这个广场中建这个建筑的任务以后,就聪明地改变思维方式,以一种很强烈的语言,将建筑反客为主,使其自成中心。他怎么做的呢?首先,是用了一个非常抢眼的手法,圆弧形的,处理得很自然。然后外皮用一种虚的材料——玻璃,里面配以抢眼的色彩。几个元素集合在一起之后我们就会发现,周边的背景确实变得模糊,建筑的功能——电影院,被清晰地传达出来。另外,他在地下做了个下沉广场,这样周边的人就可以通过地下通道到这个下沉广场来,来看电影或是通过下沉广场到别的地方去。这就形成一个闹市当中可以很安逸地聊天的理想场所。

我们做画廊的时候需要两种东西，一是墙面，二是光线。德莫隆的这个小画廊就很准确地去寻找并诠释了这两个内容（图20）。两层的画廊，一个很大的墙面，光线透过毛玻璃从上面洒下来。下面这层玻璃也是采光源，它的墙面在地下。建筑本身用一种很简单的建筑语言表达出

图20　德莫隆设计的小画廊

来，你会发现一种美，这种美是建立在对问题本身很清晰的理解的过程当中的。而且这个东西它所做的美学上的处理很简单，就是一个线脚，划分一下体块，然后这个东西的比例就发生对话了，仅此而已。相比之下，他在北京做的"鸟巢"就逊色多了。

图21　国外某建筑

这是另外一个我非常喜欢的作品（图21）。建造地点在一个城市老区里面，老区原来基本上都是石头建筑。我们中国建筑师在一个老区里面再建一个新的建筑时，往往会把它老的语言拿过来，借鉴一下，让新建筑找到老的韵味，甚至要原汁原味。这一原汁原味就搞不清楚了，到底是要跟以前完全一样呢，还是怎么样，说不清楚。所以，现在建筑师盖新建筑的时候，就不知道怎么盖。你看这个，它就是一个很好的案例，它是一个新建筑，建在老区里面，却并不觉得唐突，因为建筑师从很聪明的角度来看这个问题——周围的石头房子就是我的边界，而这个新建筑就好比是一件木制家具，而且是临时性的，临时性的东西就不能像常规的房子一样，所以它没有根，是架起来的，于是这个房子就变成了石头房子的起居室的一个家具，而不是另外一个房子。我觉得这个诠释很聪明，建筑本身很简单，它

并没有做什么装饰或是传统语言。

再者这个图片(图 22),柏林墙都被拆掉了,建筑为什么还要是一个实体,对吧?建筑师想到这一点以后呢,他就把体量架起来,架空,腿也没有直的,把建筑做成一个动态的。

毕加索给他最喜欢的模特画了这么一幅画(图 23),画完之后他拿给模特看,模特看完之后说:"我怎么这么难看啊,这一点也不像我。"毕加索说了一句:"早晚它会像你!"——It eventually will.

图 22　德国某建筑

我们现在说的一句话,design tomorrow today,明天是由今天来设计的。毕加索在说那句话("早晚它会像你!")的时候,很武断,我们的审美观念确实随着他的画在改变。当传统绘画被摄影取代以后,绘画的功能不再是真实描绘自然,而是用一种新的方法去表达自然。毕加索在画这种画的时候,他已

图 23　毕加索的画

经不再是重复自然,而是用一种新的方法去诠释自然,诠释他所理解的对象。现在这幅画能卖几千万美元,如果他画得不好,不像,那为什么能卖几千万美元?这就是我们的审美观发生了改变——他给我们提供了一种新的视觉享受。我们的设计也是这样,可以说,设计的职责就在于改变,改变我们对事物的看法、对建筑的看法、怎么样今天设计明天。所以我们讲创意思维,就是探讨怎么样用一种新的视角,去重新看待我们现在遇到的问题。

谢谢大家。

(任书斌、高钰琛整理　马群编校)

北大清华名师演讲录

李学勤

# 古文字与古文明：21 世纪初的认识和展望

李学勤（1933—　），北京人。历任中国社会科学院历史研究所所长、清华大学思想文化研究所所长，现任清华大学历史系教授、国际汉学研究所所长、"夏商周断代工程"首席科学家暨专家组组长等。多次在欧美亚澳及港台地区任教讲学。主要著作有《殷代地理简论》、《东周与秦代文明》、《新出青铜器研究》、《比较考古学随笔》、《周易经传溯源》、《简帛佚籍与学术史》、《走出疑古时代》等 20 余部及学术论文近 500 篇。有的已有英、日、韩译本，多种获奖。

# 古文字与古文明:21世纪初的认识和展望

时间:2004年10月16日
地点:烟台大学法学院报告厅

今天我演讲的题目是"古文字与古文明",副标题是"21世纪初的认识和展望"。现在是21世纪初年,我想对我们中国的古文字学和通过古文字学来研究古文明提一点想法,看看最近可能在这些方面会有什么新的进展。然而,要认识这一课题的重大意义,必须先了解一些相关的学术史背景。

**一、从宇宙、地球、生命、人类的起源谈到文明起源研究的重要意义**

最近这几年,我有机会到各地作一些演讲,我常常谈这样一个题目,就是在从宇宙的开始到有了地球、再有了人类这样一个发展的过程中,应该说有几个重要的阶段性的起源问题。这是我们研究古代文明的前提与基础。

第一个起源问题就是宇宙的起源问题。这个问题如果放在几十年前,听上去可能会觉得非常的荒谬:宇宙怎么会有起源呢?中国古人说"上下四方谓之宇,往古来今谓之宙",宇是空间的,在我们过去的思想中,空间是无限的,是无边无际的,时间更是无限的,无始无终的。好像宇宙是没有起源的,可现在的认识已经不是这样了。大家知道,前些时候,英国剑桥大学的霍金(Stephen Hawking)到中国来做了一个演讲,他的演讲不知道有几个人能听懂。听不懂其实是我们听众的问题,不是他说的不对。他的理论中最重要的一个观点,就在他的那本名著《时间简史》(*A Brief History of Time*)里。这本书很重要的一个观点就是:从现代天文学和理论物理学来看,宇宙是有起点的。这是一个重大的科学问题。当然,宇宙的起源毕竟离我们太远了,估计离现在有 150 亿—180 亿年,这对于我们一个人的生命来说简直不可想象。

第二个起源问题可能与我们接近一点,就是我们地球的起源问题,或者说包括地球在内的太阳系、银河系的起源。这当然又是一个重大的科学问题。如果说前一个宇宙起源问题是关于理论天文学和理论物理学的问题,那么地球和我们星系的起源,则应该是天文学以至地学的问题了。

第三个起源问题则与我们更贴近一点,那就是生命的起源问题。到目前为止,我们还没有一个真正的科学依据可以说明在地球以外还有生命。尽管有很多说法,比如在澳洲有一块陨石上有可能存在有机分子的遗迹,但还是不能真正证明。那么地球上的生命究竟是在怎样的条件下、在什么时间、什么地方起源的呢?这当然是一个重大科学问题,不但是一个地学的问题,还是一个生命科学的问题。

第四个起源问题是人类的起源。这个问题就更麻烦了,争论很大。有一个很重要的学科是古人类学,我们发现了很多人类的化石,包括在中国。我们在北京的周口店最早发现了古人类化石,后来在中国各地都有发现。中国现在发现最早的人类遗存,就是人骨的化石,以及人类的工具石器,已有早到 200 万年或者更多一点的。现在有一种新的理论,就是从 DNA 研究的角度说,好像我们现代的人类与那些远古的人类化石没有关系,我们现代的人类都只不过是距今约 8 万至 10 万年前非洲一个女性的后代。这个女性大概也就是《圣经》中的夏娃了。可是中国古人类学者还没有接受这个理论,问题还须争论。无论如何,人类的起源问题也是一个重大的科学问题。

第五个起源便是文明的起源问题。仅仅讨论人类的起源问题还是不够的,人类的起源问题涉及的是原始状态的人类,所以下一个问题就是文明的起源,这是一个与我们直接相关的问题。

什么叫"文明"?不同历史文化中的人对其有不同的解释。我想这应该属于认知科学(cognitive science)的问题。在中国,"文明"这个词最早见于《尚书·舜典》,其后在《周易·易传》中有这个词。后来大概是日本人用这个词来翻译"civilization"。不管怎么说,文明是人类的一个重要的历史阶段,它不同于过去蒙昧的、原始的、野蛮的阶段,也是人类真正从动物界中脱离出来的一个重要开端。所以,文明起源问题对我们研究人类历史的发展是非常重要的。人类的起源问题如果说是一个古生物学、古人类学的问题的话,那么文明的起源问题就是一个考古学、历史学、文化学等方面的问题,这就和我们很贴近了。文明是一种状态,一个历史阶段,而这个历史阶段是和文明以前的原始阶段不一样的。

## 二、古文字在古代文明起源与发展的研究中处于关键地位

可是怎么不一样呢?又怎样来看这个不一样呢?我们怎样在考古学所接触到的物质文化遗存中来判别出是不是文明?这就是个很重大的问题。我们中国的现代考古学虽然只有几十年,但是就现有的材料来说,已经基本能够看到一个发展的链索。至于在哪个环节上开始进入文明,还需要一些标准来判断。在这方面,我们就要看一看外国学者是怎样来界定文明起源的。现在,中国的考古学界和历史学界常用的这方面的标准就是从外国学来的,其中一个来源是格林·丹尼尔(Glyn Daniel)1968 年出版的《最初的文明》。这本书是从考古学来看文明的起源,英文名为 *The First Civilizations: The Archaeology of Their Origins*。这本书从考古学上给出了三个文明的标准:第一要有城市,当然城市不一定有城墙,可是应该有 5000 人以上的人口,不是说三家村也可以叫城市;第二要有文字;第三要有比较复杂的礼仪性的建筑物,也就是有一些不是根据人的日常生活需要,而是根据一定的礼仪要求而构建的建筑。比如埃及的金字塔,它就是一座墓,就是一个法老的墓葬。如果从生活的需要来看,只要在他死后把他埋葬就可以了,如何需要这么大的一个墓?其实这是礼仪的需要,而这也就反映了文明社会中人的等级甚至国家制度等。又比如说古希腊,有雅典娜的神庙,用大理石雕刻得非常精美,这不是为了一家人或几个人的生活而建的,而且这种房子简直没法住,四面通风,那是给神住的,它是通过神话反映了当时人们的思想和社会,这样的复杂的礼仪性建筑一看就是文明的标志。丹尼尔指出,这三个标准中只要符合两个条件就可以,但在这两个条件中,文字

是必须的，也是最重要的。一个没有文字的社会，恐怕很难说是一个文明的社会。

考古学家夏鼐先生，在日本的一次演讲中提到荷兰考古学家亨利·弗兰克福特（Henri Frankfort）的观点，说世界上看起来有很多古代文明，实际上最早的文明起源只有三个区域：一个是近东，包括古代埃及、小亚西亚、赫梯、两河流域等，印度也受了这些地区的影响；再有一个区域就是中国；第三个便是晚一些的中美洲（墨西哥）和南美洲（秘鲁）的一部分。夏鼐先生对此还有些进一步的看法，在此就不详细介绍了。

在三个文明起源区域里，有两个在欧亚大陆。我们可以将古埃及文明与中国古文明对比一下。大家都知道，近些年我们在进行一个科研项目叫"夏商周断代工程"。这个项目主要是根据各个学科的研究，提出一个中国古代史的年表。这个年表还有可以补充和修正的地方，但目前来讲还是适用的一个年表，我们可以将它与古埃及的年表对比一下。

其实古埃及的年表也在不断地改变。我近来找到一本台湾学者蒲慕州先生的书，名为《法老的国度：古埃及文化史》（2001年版），书中有最新的古埃及年表。大家知道，根据传统，古代埃及一般分为31个王朝，又可将31个王朝分为几个时期：早期王朝，古王国时代，中王国时代，新王国时代，直到希腊化的时代。比较古老的时代大约是这样的：

早期王朝时代（即第一王朝到第三王朝）为前3150—前2700年；

古王国时代（即第四王朝到第六王朝）为前2625—前2200年；

第一中间期（即第七王朝到第十王朝）为前2200—前2140年；

中王国时代（即第十一王朝到第十二王朝）为前2133—前1785年；

第二中间期（即第十三王朝到第十七王朝）为前1785—前1552年；

古代埃及最兴旺的时代，新王国时代（即第十八王朝到第二十王朝）为前1552—前1069年；

第三中间期（即第二十一王朝）为前1069—前945年。

再往后埃及就被波斯等占领了。

大家可以看到，我们现在的"夏商周年表"是根据中国古书、碳14测年、考古材料及天文学计算等得出的，这个年表与古埃及年表在很多地方颇相巧合。夏代的起讫年为前2070—前1600年。这个时间差不多正好和古埃及的中王国时代加上后面的第二中间期的时间差不多,即前2133—前1552年。如果我们从夏代往前推,即《史记》中记载的传说时代五帝时期,一般说是在前3000年至前2000年左右;而古埃及的早期王朝到第一中间期结束的时间为前3150—前2140年,与我国的五帝时代是接近的。也就是说中国从炎帝、黄帝到尧舜的传说时期,与古代埃及的早期王朝至第一中间期是差不多的。然后新王国时期(前1552年到前1069年),与我国商代差不多(前1600年至前1046年)。古埃及的第二十一王朝的开始(前1069年)与我国武王伐纣的年代(前1046年)也差不多。对比一下,我们觉得是很有意思的。

| 古埃及历史年表(BC) | | | 中国上古历史年表(BC) |
|---|---|---|---|
| 早期王朝 | 第1—2王朝 | 3150—2700 | 五帝时代 |
| 古王国时代 | 第4—6王朝 | 2625—2200 | |
| 第一中间期 | 第7—10王朝 | 2200—2140 | |
| 中王国时代 | 第11—12王朝 | 2133—1785 | 夏代(2070—1600) |
| 第二中间期 | 第13—17王朝 | 1785—1552 | |
| 新王国时代 | 第18—20王朝 | 1552—1069 | 商代(1600—1046) |

　　古埃及的王朝早就灭亡了。其实它们从古王国时代到新王国时代间的朝代兴衰,比起中国的王朝更迭一点也不差,只是中国的王朝延续得比它们长。它们也有许多外族人入侵,像西克索人等。随着古埃及逐渐地希腊化直到最后被罗马占领,古埃及就已经基本结束了,而且它们的语言后来也基本不存在,只剩下一些遗迹保存在当地土著中。可是中国就不是这样。虽然中国有那么多的王朝兴替,风风雨雨,但是文化却一直传流下来。古代埃及的文明应该说早就已经停止了,甚至可以说是衰灭了,所以古埃及的文字后来人也不认识了。与中国古文字的保留情况不同,古埃及的许多文字就在一些石刻上,对这些东西,中世纪很多欧洲人甚至不认为是文字,他们将其视作一种异教的神秘符号。所以研究像古埃及这种古文明,很关键的一点就是要解读文字。如果不能解读这些文字,文明的一些最基本的要素就无从知道。也就是说,要真正了解古埃及文明,必须解开埃及古文字之谜。后来,这个谜终于被解开了,这与拿破仑进军埃及有关。

　　1798年,也就是中国清朝的嘉庆三年,拿破仑处于最兴旺的时期,他为了与英国竞争，进军埃及，目的是占领埃及后从红海进攻印度，打击英国的势力。拿破仑不仅在军事上进军埃及，也在学术上进军埃及，当时法国人成立了埃及研究所，据说由167名各学科（包括数学、物理、文学、政治、经济等领域）的学者组成，随军队远征埃及。这些学者到埃及工作了三年，做了许多研究并出版了一部书，名为《埃及图说》，共12卷，有图3000幅，后来成为埃及学研究的重要基础。在这场战争中，拿破仑虽然占领了埃及，但后来与英国海战失败，法军于1802年向英军投降，而英国人则将战利品运回英国，其中包括许多重要的埃及文物，今天还收藏在大英博物院。这里面有一件世界著名的文物，是1799年法国人在尼罗河三角洲一个叫罗塞塔的地方发现的一块古埃及的黑色残碑，被称为"罗塞塔石"（Rosetta stone）。这块石碑是古埃及托勒密五世时的一篇诏书，记载了公元前198年（中国的汉高祖九年）神庙中祭司之事。碑的内容本身并不重要，但是这块碑属于希腊化的时代，所以碑上有古埃及文字，亦有古希腊文，分为三栏对照，最上面是古埃及文的圣书体，类似中国的篆字，下面是古埃及文的民间体，类似中国的行书，最下面是古希腊文。这就第一次有可能用古希腊文去对照和解读古埃及文字。这就是研究古埃及文的一把钥匙。这个发现极其重要，到1823年（中国的清道光三年），法国学者商博良（F. Champollion，1790—1832）利用罗塞塔石正式解读了古埃及文，古埃及文明的大门也就彻底打开了。今天的埃及学是一门非常丰富而且发展很迅速的科学。

中国古代文明研究也是这样。特别有意思的是，在罗塞塔石发现整整一百年之后的1899年，即清光绪二十五年，中国发现了甲骨文。甲骨文最早是由农民掘出，被古董商看到是在1898年下半年，可是被学者认识则是1899年。确认甲骨文的人是山东福山的王懿荣，他是第一个鉴定、认识并对甲骨文进行研究的人。可是王懿荣于1900年八国联军入侵时，在北京自杀了。他收藏的甲骨文后来主要由他的朋友刘铁云即刘鹗收藏。刘鹗于1903年第一次出版了甲骨文的书《铁云藏龟》。这部书的出版是受了当时南方一位年轻学者罗振玉的建议。后来罗振玉第一个确定甲骨文的出土地点在河南安阳的殷墟，而罗振玉的朋友王国维则从中读出了商朝的世系，从而为甲骨文的研究奠定了基础。

此后，从1926年开始，中国有了自己的考古学家主持的考古发掘与研究，当时清华研究院的讲师李济在山西夏县西阴村发掘。后来从1928年开始，中央研究院历史语言研究所又聘请李济组成考古组，开始对殷墟进行发掘。当时殷墟发掘的目的之一就是要获得甲骨文。我国关于古代文明研究的考古学工作就是这样开始的。

所以大家可以对比一下：1798年拿破仑的士兵发现了罗塞塔石，1823年商博良解读古埃及文字，发展了埃及学，从此近东有关地区的文明研究得以深入展开；而100年后的中国，即1899年，王懿荣第一个鉴定了甲骨文，从此导致了1928年安阳殷墟的发掘，中国的现代考古学即发轫于此。由此也可看出，古文字的研究对研究古代文明所起的重要影响作用。

刚才谈到了中国的考古学与古文字学。中国的考古学是从1926年和1928年开始的。80年来，中国考古学确实有了不少的发现，这一点外国学者同样承认。我们非常高兴地看到，中国的考古学已经不仅仅是中国的学问，中国古文字学也不仅仅是中国学者从事的学科，国外的许多学者也都在研究。古文字学发展到现在，我们可以说它羽毛丰满。中国现在的古文字学已经不再是王国维那时的古文字学了，而是与考古学、历史学有着密切的关系。尤其重要的一点就是，它已经有了若干个分支学科。我常常说，今后大概不会再有一个总体意义上的古文字学家，就像今天大概没有一个总体意义上的物理学家一样。一个物理学家什么都懂是不可能的，中国古文字学尽管没有物理学那样范围广大，但今后研究古文字学不可能什么都懂，什么都看，因为光是那些文献论文就看不完。其中很重要的一门就是甲骨学，它本身就是一门学科，如果有人说我一辈子都要研究甲骨文，绝对不会有人说你没出息。研究金文，即青铜器铭文也是一样。现在还有一个分支是从上个世纪后半叶开始的战国文字研究，也地地道道是一个分支，其中主要是简牍帛书。这一类的研究都已经成为独立的分支学科。

下面，我想就最近这些年我们在古文字学方面可能有些什么最重要的问题可以作专门研究，提出一些看法与大家讨论。

## 1. 关于最近出版的花园庄东地甲骨的有关问题

我觉得学习甲骨学在当今是最有机会的，因为现在获取资料方便多了。甲骨文的研究在过去是非常费劲的，甲骨的书非常分散而且非常贵，有时即使有钱也买不到，那时也没有复印机让你复制。经过20世纪后半叶的努力，现在我们已经有了《甲骨文合集》、《甲骨文合集补编》，还出了一些专门的甲骨集子，这些材料放在一个书架上就全有了；有些地方还将其制成光盘，有几张光盘就全包括了；所以说，现在是甲骨文研究的最好时期。更重要的是近些年来甲骨有新的发现，其中最重要的我想就是最近出版的《殷墟花园庄东地甲骨》。

我有一个看法，在这里提出来供大家考虑。我想很有可能过去我们对甲骨文的看法有一个很大的误解。当然也许这是我的认识不对，别人也许不这么看。这个问题就是我们对贞人的理解，过去贞人被认为是专门为王服务的一个集团，甲骨占卜就是通过他们来实施的。现在看来这个理解恐怕有些问题。

大家从花园庄甲骨可以看到，常常是"子卜"连用。有人说"子"即王子，我觉得应该是个爵称——不管是什么，这都是一个尊称。有关"子"的卜辞大家都承认是非王卜辞，即它不是用王的口气来讲的，它代表一个贵族，或是王子，我们可以讨论，这些卜辞就是以他的口气讲的，他讲的是他的事。再来看王卜辞。王卜辞有好多贞人，特别是董作宾先生叫一期、我们叫宾组的卜辞，开始有一个贞人的名字，如"甲子卜㱿贞"的"㱿"，"乙丑卜争贞"的"争"，过去我们认为这个人就是签个字，可是现在对照非王卜辞看，就会发现有很多卜辞实际上是贞人自己的口气，而不是王的口气。他讲的可能是王的事，可用的却不是王的口气。比如说王要出征了，他说"王唯象自征"，或"王不其自征"。如果是王的口气，这些事应该完全用王的口气来讲。贞人虽然是给王占卜，可是他是用自己的口气来讲的，由此可以看出许多问题。

又如我们过去常常讲的组卜辞，我们认为是王卜辞，因为它里面有王卜的,祭祀的称谓都是王的。可是你有时也会看到别的情形,比如平常是"王占曰",有时则是"由占曰",或是"扶曰"。1980年我曾在《古文字研究》第三辑上发表过一篇文章,举出几个例子。后来又找了许多其他的例子,比如:"甲子卜王贞,余命曰……""王"是贞人,"余"当然就是王,这是王的卜辞。可是"丁亥卜,扶,余命曰:'方其至'",那个"余"绝对不是王,而是"扶"。再有"癸巳卜,余命曰……",这里我们就能看出,我们一般认为是王卜辞的组卜辞,有的可能不是王的口气,不能叫王卜辞。我们还可以看到一些现象,比如组卜辞的卜旬,后面经常有气象记录,如哪天刮风下雨,写得很具体,为什么在其他卜辞中没有?这个卜旬是不是给王卜的?他并未说"王旬无祸",只是"旬无祸"。所以我们应该考虑一下:所谓贞人究竟站在什么地位?所谓王卜辞是不是都是用王的口气?是不是都是用王的称谓。

有时我们还会发现,在王卜辞中有与王的意见歧异的情况。我在那篇文章中也有举例:出组卜辞中有疑的卜辞,他说:"辛巳卜疑贞,多君弗言,余其有,庚亡,九月。"然后对贞是:"辛巳卜疑贞,惠王祼,亡害。"(《续存》上1507)意思就是说,辛巳这天疑来占卜,多君(指朝中的贵族或大臣)没说庚这天要祭祀,"余"还去进行,有没有什么问题;对贞却说,由王来祭祀好不好。很明显,这里的"余"是疑本人而不是王,这对我们的认识来说就是个很大的问题了。过去我虽然指出过这一点,但没有想到它在甲骨学研究中的严重性,现在看来,恐怕我们许多看法都要从根本上改变。

有关这个疑的卜辞我还找到过。如:"丁酉卜疑贞,多君曰:'来□以□□';王曰:'余其',从王。"(《后》下13.2)这是"疑"贞,多君说"有人会带来一种什么东西",王说"我会去看一看",最后疑说我们听王的,这很明显是疑的卜辞而不是王的卜辞。可见疑在朝中是很管事的,他跟王及其他大臣的意见不太一致,最后他说从王。还有一条是:"丙寅卜疑贞,卜竹曰:'其出于丁宰';王曰:'勿豈(祷)',翼丁卯率,若。"(《文录》519)疑在丙寅这天占卜,卜竹说:"用宰来祭祀丁",而王的意见不同,说"不要祈祷了",然后疑建议:"到丁卯那天再这么做"。由此可以看出,有时贞人与王的意见不一致,而正是因为不一致才占卜,所以这个卜辞不是王的卜辞。这是一种很奇怪的现象。这个问题怎样处理,我想现在应该赶快进行研究,因为它会影响我们对甲骨学整体的理解。

## 2. 关于青铜器分期的十个问题

关于青铜器和金文的研究,我也有一些新的想法。在"夏商周断代工程"中,我们做了一个专题,就是对西周青铜器进行分期研究。过去,由于条件所限,我们不能以考古发掘的材料为基础,主要是对金文本身作研究。现在考古材料多了,我们就可以用考古学的方法,特别是类型学的方法对青铜器进行整理排队。在"夏商周断代工程"中,特别请中国社会科学院考古研究所几位专门研究青铜器的专家(王世民、张长寿、陈公柔三先生),对西周青铜器中有重要铭文和对年代学研究有关系的部分做一个研究。研究的要求就是,严格地按照考古类型学的方式来考察。这项工作已经结束,1999 年出了一本非常重要的书——《西周青铜器分期断代研究》。它证明了过去只从金文的角度来研究的结果,有很多地方不够准确。这就给我们一个启示,即金文的研究一定不能脱离考古学,一定不能违背考古类型学、层位学的分期方法(其实甲骨也是一样)。

现在看青铜器研究在这方面的问题特别突出。前不久,在中国社会科学院历史研究所成立 50 周年纪念的学术研讨会上,我提了一个建议:在青铜器分期研究上有几个问题要特别做。在分期的方法论上,应强调把类型学研究放在首位,再以古文字学等去论证和细化。同时,青铜器的演变是多线的,分期必须与分域相结合,排出各个区域不同时期的谱系。我就当前的青铜器分期工作,试提出以下十个课题:

**中国青铜器的产生**:中国的青铜器应有独立的起源,但迄今为止早期铜器的发现尚不能说明其详细过程。特别是青铜器出现前有没有以红铜器为主的阶段,有待更多材料才能说明。

**青铜器铭文的早期形态**:目前已知最早的铭文见于商代前期,有的类似陶器符号,其中有多少是可靠的需要分析。商代后期存在的大量字数很少的铭文中,族氏铭文的性质、若干亲称(如子某、妇某)的解释等也要研究确定。

**商末青铜器**：殷墟三、四期青铜器发现较多，可与非发掘品综合研究。铭文能与甲骨文联系的，更为重要。此外，还须专门考察商末和周初器物的关系问题。

**周初的"月相"**：西周铭文中的"月相"，久为学者争论的热点。最近，在岐山周公庙甲骨及新出现的青铜器上，发现了《尚书》、《逸周书》未见的"月相"词语，提供了进一步探讨的线索。看来在这方面，周初的历法和西周中晚期应有所不同。

**西周共和以下青铜器**：西周器物铭文最多，不少都有历日，但在分期（特别是编排历谱）上歧异甚多。由于共和以下年世明确，整理这个时期或包括厉王在内的青铜器最为有益。厉王到宣王，相隔年数不少，器物特点应有变化；宣、幽到东周初，情形也是一样。近年晋、虢墓地的发现，为研究准备了条件。

**秦、楚青铜器的演变**：在东周（包括春秋、战国）列国青铜器中，秦、楚两国器物的特色明显，已发现的标本易于构成序列，可在现有研究基础上充实丰富。两者分居西土、东土，对考察文字的变迁也很关键。

**商至西周的荆楚青铜器**：《诗·商颂·殷武》云：商王武丁"奋伐荆楚"。今湖南、湖北多出商代重器，需要与中原同类器物进行对比研究。近期望城高砂脊、宁乡炭河里的发现，有更高的考古学价值，对其制作年代等应深入讨论。

**长江下游青铜器的序列**：今江苏、浙江等地也屡有先秦青铜器出土，其中不少见于土墩墓。近年土墩墓的分期已趋详细，其中的标志性器物，如原始瓷器，也已得到专门研究。由此入手，争议较多的青铜器分期及其年代问题有望解决。

**巴蜀青铜器文字的解读**：四川、重庆及湖北、贵州一带所出战国至汉初的巴蜀青铜器多有文字，以兵器为最多（也见于玺印与其他器物），过去学者曾以为属于"图语"。现在材料已很多，有希望用现代技术方法加以解读。这个问题，下面我还会专门说到。

**汉初青铜器的特点**：汉代早期青铜器多沿袭战国时期，同时又有若干发展。尤其是近年一些诸侯王和诸侯级墓所出青铜器，值得从工艺、美术的角度详细研究,并与战国晚期青铜器相比较。

## 3. 战国简帛

什么是近些年来最大的考古发现？我想战国简帛应算其中之一,这是没有问题的。这方面的发现带来的一个非常重要的结果,就是使战国文字研究中楚文字的研究处于一个带头的地位。任何一种古文字的研究都没有像楚文字那么好的条件。甲骨文有10余万片,但很多字不认识,只能凭人的聪明才智。所以有的说法不被承认,等到几十年后忽然证明某人说对了。今天发现的楚文字的竹简,有些则是有标准的,因为有今传本文献可供对照。比如现在有各种的传世本《周易》,又发现了马王堆帛书的《周易》,这是汉初的,现在还有上海博物馆收藏的战国楚简《周易》,最近还公布了阜阳汉简《周易》,这么多《周易》本子,给研究带来了很多有利条件。其中有些古文字怎么写,为什么这么写,有些字过去我们不认识,有些是通假字,我们过去不知道,可是它一定是那个字。我常举的最有意思的一个例子,就是"羽"字下面一个"能"字,假借为"一",这恐怕是任何人也猜不到的。古人有一些心理是我们所不理解的,现在我们就有了根据,而且可以了解很多东西。以楚文字研究为基础,我们往上可追溯到金文、甲骨文,往下则可一直联系到《说文》等的研究,从而可给当时的历史文化等方面的研究创造很好的条件。

可是在研究中我觉得还是有问题的。今天我们对楚文字特别是楚简的研究,有的猜得比较离奇,好像你可以这样猜,我可以那样猜,结果不相上下。我觉得这里面最重要的一点,就是关于假借字、通借字问题的理解。现在看来,好像是当时同音的或音近的都可以通假,这种通假失之太宽。过去古音韵学家不太满意章太炎的工作,章太炎画了一张图名为《成韵图》,可以对转、旁转、再旁转,几乎没有什么不能通用的。我们恐怕也有这样的毛病,我们很多通假没有规律,而当时一定是有规律的。今天我们看到的竹简是当时流行的一些经典读本,这些读本学生读,老师教,没有规律是不行的,所以说当时的通假一定有规律,只是可能在今天看来我们觉得很奇怪。解决了这个问题,我们才有可能正确解读竹简中那些没有今传本对照的文字。

如《性自命出》是非常具有哲学意义的，可是今天我们读不懂，理解不了，只有将来我们掌握了更多的规律，我们才能了解它到底是什么意思。

## 4. 汉字以外的古文字

我们刚才谈的古文字，基本上都是指汉字。狭义的汉字是指汉代起定型的真草隶篆等，汉字的前身就是古文字。在中国的领土上出现的文字种类比近东少多了，比如在两河流域等地的楔形文字当时有好多种。但汉字不是中国唯一的文字，在先秦时期我们知道至少还有一种文字是存在的，那就是上面说过的巴蜀文字。这种文字是19世纪以来主要是在四川及湖北湖南的一部分、贵州的一部分发现的一些符号。最初人们不相信这是文字，认为四川古代是蛮荒之地，没有文字。现在知道古代的巴蜀文明程度是很高的，特别是三星堆遗址、金沙遗址的发现，令我们刮目相看。近些年来陆续发现的这种巴蜀符号非常多，主要是在玺印上，再有就是在兵器上等。2002年，在成都市商业街出土的船棺葬中，就发现了大量的巴蜀符号。船棺葬是用巨大的木头掏空后将人埋葬在里面，形状像独木船。这个墓葬规模相当大，我跟组织发掘的同志说，这可以说是到地下去的舰队，因为船棺的方向都是一致的。在主要的船棺船头上刻有巴蜀符号，可能是蜀王或贵族的名号。另外，在成都以北的新都大墓中出土的印章上，也有这样的符号。这是现在世界上很少几种还没有被解读的古文字之一。现在我们只要解读了巴蜀文字，就可以得到许多在任何古书上都没有的知识。我们当然也希望有一天能够发现像罗塞塔石那样能有文字对照的材料，但即便没有也并不意味着就绝对不能解读。玛雅文字也是利用电脑进行统计分析，当然不敢说那是完全正确的，但至少一部分是对的。巴蜀文字的量相当大，我们也可以试试看。希望在这个世纪初我们这些人还能看得到的时间里，巴蜀文字能够得到解读或者适当的解读，这是一个将会对学术界起到震惊作用的重大贡献。

谢谢大家！

（江林昌、孙进整理　孙进编校）

北大清华名师演讲录

# 葛晓音
# 日本雅乐与隋唐乐舞

　　葛晓音(1946— )，上海人。现任北京大学中文系教授，博士生导师。兼任香港浸会大学中文系讲座教授，《人文中国》学报主编，中国唐代文学学会副会长。其个人经历充满传奇色彩："文革"前在北京大学中文系读书；"文革"中虽出身"黑六类"，但未吃苦，只因画了一手好画，北大校内的许多毛主席画像都是她的作品；"文革"后一幅题为《鞠躬尽瘁的周总理》的画作，至今仍让人记忆深刻。主要研究领域为汉魏六朝及唐宋文学，专攻诗歌和古文。代表作有《八代诗史》、《山水田园诗派研究》。

# 日本雅乐与隋唐乐舞

时间:2006 年 5 月 12 日

地点:烟台大学建筑馆报告厅

 

盛唐是中国历史上最为开明强盛的时代,经济繁荣,社会安定,文化艺术各方面都取得了辉煌的成就。唐诗的魅力是大家熟知的,借着文字记载和印刷业得以一直流传到现在。但是音乐、舞蹈因为无法保存,文献记载又少,我们今天只能从乐书、部分诗赋、笔记和少数绘画、出土文物里了解它当初的情况,然而毕竟只是窥一斑不能知全豹,这是很遗憾的。

但是唐代有很多乐舞传到了日本,成为日本雅乐的一部分,不但在日本的各种乐书、乐谱里有详细的记载,而且有专门的艺人演出,一直传承到今天,基本上还保持着平安时代的原貌,这是世界文化史上的一个奇迹。可惜中国的学术界对此了解很少,只有极少数学者对这一领域有所接触,一般人就更不知道了。下面我们先谈谈第一个问题:唐乐怎样传到日本,又是怎样在日本保存和流传下来的。

## 一、遣唐使、留学生和唐乐的传入

日本史籍和乐书中关于唐乐传入日本的记载比较简略,只有少部分乐曲的传入时间有史料可稽,其中还包括乐人的传说。综观各种资料,我们可以得知唐乐的传渡主要是依靠遣唐使和入唐的留学生。其中可以考出的有以下几次:

1. 从唐太宗贞观末到武则天长安二年,日本有过三次遣唐使,文武天皇大宝二年（702年）开始在宫廷里用唐乐，奏《五常乐》和《太平乐》。《太平乐》见于中国文献记载，又叫《五方狮子舞》，而《五常乐》失载。这一年到庆云元年（704年），日本再派遣唐使，使者们到707年后才陆续归国。《皇帝破阵乐》、《春莺啭》、《团乱旋三舞》最早也应该在704年以后才传到日本。

2. 唐玄宗开元二十三年（735年）圣武天皇天平七年，入唐留学生上道真吉备献调律管一部、方响、写律管声十二条、《乐书要录》十二卷，这对于日本乐律和音乐观念的形成具有极其重大的意义。第二年，又有南天竺国僧人菩提和林邑（今越南境内）僧到日本传授乐舞。关于这两个僧人的记载有很多传奇色彩，学界一直有怀疑和争论。但有一点可以确定：他们在到日本之前，先来过中国。因为他们传到日本的乐舞里有唐朝的胡乐，如拔头、苏莫遮、胡饮酒等。

3. 唐德宗时期（大致相当于桓武天皇延历年间782—805年），遣唐舞生传入《柳花苑》、《春庭乐》、《苏合香》等。嵯峨天皇弘仁四年（813年）正月内宴，始用凉州乐。凉州乐是开元末天宝初流行于唐土的，传入日本应该在天宝末到贞元年间。弘仁年间，还有到唐朝留学的僧人得到律吕旋宫图，律管十二枚，埙一枚，献给天皇，说明遣唐使人中学习音乐的除了专业人员以外，还有僧人。

4. 唐文宗、武宗、宣宗时期，日本仁明天皇在位期间（834—849年）是日本学习唐乐的全盛时期。唐乐非常流行，出现了不少有名的舞人，不但擅长唐乐舞，还改作和仿作了不少唐乐。公卿大臣中通音律的人也前后辈出。其中藤原贞敏的贡献最大，他在承和五年（838年）作为遣唐准判官赴唐，向一位善弹琵琶的音乐家刘二郎（一说名廉承武）学习，刘二郎授谱几十卷，还把女儿嫁给他。贞敏归朝，刘又赠给紫檀、紫藤琵琶各一面。贞敏回日本后，确立了琵琶四调，流传于世。当时还有一个有名的舞蹈家叫尾张滨主，也在承和年间随遣唐使赴唐，纠正日本所传唐舞的错误，穷究龙笛的奥妙。古记说他在113岁时还能像少年一样翩翩起舞。另外，著名的圆仁和尚也是在承和年间去唐朝的，他写过《入唐求法巡礼行记》，归国以后成为日本第一位被封为大师的高僧（圆觉大师）。传说是他把尺八这种乐器带到了日本（尺八在中国已失传），同时他还传去了《涩河鸟》的乐曲。

仁明天皇以后，没有再派遣唐使的记录，但是后世仍有一些新的唐乐出现。如延喜天皇二十一年（921年）所奏十几种以前没有见过的唐乐，曲名大多见于中国文献，很可能是承和以后传到日本的。

从已知的一些乐曲传渡的情况来看，唐乐传入日本主要在公元8世纪初到9世纪中的150余年间。中国文献记载唐代曲名的主要有《通典》（唐杜佑）、《羯鼓录》（唐南卓）、《教坊记》（唐崔令钦）、《乐府杂录》（唐段安节）、《唐会要》（五代王溥）、《玉海》（宋王应麟）、《乐书》（宋陈旸）、《乐府诗集》（宋郭茂倩）、《碧鸡漫志》（宋王灼）等，加上散见于其他古籍、诗文中的曲名，大约是570种左右。这一数字并不精确，因为里面有一些同名而不同形式的曲名。而据日本资料记载，日本乐人在唐代学习时，已知有700种曲子，传到日本180种。但各种资料记载的数字出入很大，《大日本史·礼乐志》记载的唐乐有161种，其中有87种不见于中国文献，这87种里，有的是日本仿唐乐，有的是曲名传写错误，有的是中国文献中失载的唐乐。其他74种曲名里，也有同名不同曲的问题。另外，一部分高丽乐里也有唐乐。

日本唐乐到现在还在上演，有70多种乐曲，其中30多种有舞。表演唐乐的主要是日本的宫内厅雅乐部，此外还有全国的寺社、宗教法人的属下组织、同好会等，也有很多演奏雅乐的团体。雅乐的传承是世界文化史上的一个奇迹，因为它从平安朝经过日本化的改革以后，一直是由乐家秘传，没有大的变化，所以被称为"化石文化"。除了详细记载唐乐表演的古乐书以外，保存到今天的有乐舞的基本表演动作、服饰、乐器、假面，还有大量的古乐谱、各地寺院关于历代上演雅乐的资财账。这些有形和无形的实物资料，对于我们今天研究唐乐来说是弥足珍贵的。

那么日本唐乐为什么会像活化石那样保留下来了呢？这和日本雅乐的传承方式有关。先说说什么是雅乐。当代的日本雅乐包括三个部分：（1）神乐、大歌、倭舞、东游、久米歌等，与日本神祭朝典有关的日本古乐；（2）从上古到中古初传入日本的朝鲜、中国、印度、西域音乐，以及日本仿作的同类乐舞，主要在朝廷祭仪典礼或宴会上演奏；（3）平安朝以来流行于上层缙绅间的俗谣，如催马乐、朗咏之类。

日本雅乐中的唐乐舞，虽然历经千年，又经过平安朝的音乐改制，渐趋日本化，但在相当大的程度上还保留着原来的风貌，这主要得力于雅乐寮和乐所制度，以及由这种制度造成的传承方式。

日本大宝时代把用于朝会宴享的音乐称为雅乐，并设置了雅乐寮——这是一个掌管雅乐的官署，男性舞人和女性歌女都有。此外，他们还模仿唐朝，设置了内教坊，舞人主要是女性。内教坊到公元12世纪以后情况就不明了。雅乐寮的职责是在朝会宴享、天皇行幸、祭祀（祭天地神另由神祗官负责）、节会和佛会供奉。雅乐寮到12世纪以后也趋于衰落，但是一直存在，只是不再作为表演雅乐的主体，代之而起的是卫府乐人。

卫府就是左右近卫府，原有仪仗、隶从和竞赛等职责。9世纪前半叶，在赛马、相扑、朝觐行幸、旬政（每月1日、11日、16日、21日天皇在紫宸殿听政的日子）等等的享宴上，卫府也表演奏乐，但私事的倾向性较强。到10世纪，宫廷仪式逐渐变化，奏乐的娱乐性加强。如相扑节比赛以后，有余兴表演的舞乐，分左右两方，规模很大，舞人和乐人由左右相扑司掌管。到11世纪时，舞人主要由卫府官人掌管，乐人也由卫府供给。除此以外，村上天皇天历二年（948年）后又设置了常设乐所。雅乐寮的乐人有时补充到卫府乐人中去，有时又被召用为乐所人。在举行赌射、竞马、骑射、旬政等各种宫廷活动和仪式时，负责奏乐的基本上是卫府官人。被召来表演歌舞的人叫做寄人或召人，分为殿上和地下两种。演奏时，在紫宸殿上的乐人称为殿上人，都是贵族。在地下演奏的乐人称为地下人。到12世纪时、相扑、赌射、骑射的舞乐都以地下乐人为主。这些乐人世代相传，有不少家族成为专业乐家，像狛氏传唐乐，多氏传高丽乐等。

日本宫廷非常重视舞乐，这是雅乐能够较完整地传承到今天的重要原因。从平城天皇以后，历代天皇都爱好乐舞。亲王、贵族、朝臣中善歌舞者不绝于史书，还有不少能制谱、作曲、编舞，而且互相传授教习。像仁明天皇亲自制作了峡井乐、夏引乐、长生乐；嵯峨天皇教大臣源信初笛、琴、筝、琵琶等。由于朝廷的好尚，乐舞成为贵族大臣从小就应有的教养。公元970年，有一位大臣叫做源为宪，写了一本书叫《口游》，里面就有音乐一门，记载了传到日本的许多唐乐舞名。这本书成为今天研究日本唐乐的宝贵资料，但当时写作的目的是给"左亲卫相公殿下的第一小郎"看的，当时这孩子才七岁，可见乐舞知识已经成为贵族童蒙教育的必修课之一。日本史书里也记载着不少未成年的亲王作为舞人在宫廷仪式上表演的例子。

与唐代的舞人和乐人多数出自社会下层不同，日本平安朝的乐人和舞人的社会地位都是比较高的，很多是王公贵族的子弟甚至是天皇的侍臣。宫内乐所里的地下寄人，常从擅长音乐的侍臣中挑选，多数是在临时祭仪中担任陪从的人。不少专业舞人本身就是朝臣，善歌舞的朝臣往往能得到赏赐，并加官进爵。

雅乐的传承还和地下乐家的传承方式有关。大约从公元9世纪到11世纪左右，日本朝廷大规模地整理外来的乐舞，使雅乐趋向日本化。各种外来乐分成唐乐和高丽乐两大类，称为左方和右方。先是唐乐和林邑乐称左方，三韩乐和渤海乐称右方。后来形成了左舞和右舞，有固定答舞的制度。从11世纪以后，左舞由狛氏世代相承、右舞由多氏世代相承，成为固定的世袭制。后来，还有一些其他家族，如源氏、芝氏、藤原氏、丰原氏、大神氏、安倍氏、山村氏等，也成为世代承袭的乐家。他们传承方式的共同特点是以嫡流为中心，加上分家和庶流，构成一个家艺集团从事音乐活动。每一氏族分为很多流。每家都有自己独传的秘曲和乐器，例如山井家的笛子、安倍家的筚篥、多家的"胡饮酒"、芝家的"拔头"等等，都是世代相传的。有时为了防止传统断绝，也有传授他家的例外，但总的说来，父子相承的秘传成为雅乐传承的主要方式。秘传是为了确保自家乐人的演奏权和秘曲的权威性。乐人在演奏秘曲时往往极其神经质，生怕他人偷听。这种传承方式使秘曲能长久保持原貌，但很多艺能在创造期已经停滞，要超过从前的名人表演极为困难，这就使雅乐逐渐变成了化石文化。

明治维新时乐所和雅乐寮被废止，设立了雅乐局，秘曲秘传之类都奉还皇室，雅乐的教习由贵族和乐人向一般人开放，还整理了各家各系的传承，统一了记谱的方法，写成《明治撰定谱》。1888年以后，宫内省雅乐课改称雅乐部。1955年，雅乐被指定为重要无形文化财产。雅乐部由乐师30名构成，此外还有教乐生的乐师。乐生原则上定为七年的教习课程。除了皇室的祭祀和春秋两次公开演奏外，还有外出表演。皇室之外，全国寺社、宗教法人的属下组织、同好会也有很多演出团体，但表演不那么严格。去年我在广岛的严岛神社看雅乐表演,这是非常有名的神社,每年新年初照例有两天的雅乐表演,曲目很多,但只有一班乐人。本来按例左右舞应当由两班乐人,在左右两边的乐屋表演,他们只有一班人,所以只好演左舞时跑到左边乐屋,演右舞时跑到右边乐屋,比以前简化多了。

日本唐乐的传承方式把雅乐变成活化石,虽然在艺术上停滞不前,但为我们今天留下了极其珍贵的研究资料。日本乐人传习乐舞一丝不苟,一点都没有自己的创造,一切照搬原样,以至于雅乐研究专家惊叹先人的墨守成规到了何种程度。但无论如何,历经一千多年,总不可能完全没有变化。首先,遣唐使和留学生回日本时,因为交通不便,常遇风浪,很多人葬身大海,经过几年周折,不少曲目的表演就忘记了。我们今天看乐书,上面往往写着某一曲的某一帖,传来的过程中就忘了。有的则两三曲混在一起。另外关于曲目的故事,因为不理解,歌词、故事走样的也有。传到日本后,在平安朝又经过一个日本化的过程,有些曲目经过改作。有的曲目的表演动作有多种古传,说法不同。所以这些资料不能拿过来就用,必须经过一番细致的考辨,确定哪些是原貌,哪些是改作的,哪些是日人的仿作。这是第一步的工作,以前还没有学者对此作过全面而科学的考证。目前我正在和一位东京大学教授合作,做这方面的工作。虽然已取得一点成果,但离预期目标还相差很远。

## 二、日本唐乐与隋唐乐舞

下面谈谈第二个问题:通过研究日本唐乐,我们对于隋唐乐舞能增进多少了解呢?应该说,对于词、大曲、音乐、舞蹈、戏剧起源等各方面的研究都有极大的资料价值。这里我只想举两个例子来说明,这是我们已经考出的三个乐舞。

一个是《兰陵王》。这是日本雅乐中最重要的一个乐舞,被称为"名作中的名作"。几乎凡是会演雅乐的寺社,就一定会演这个乐舞。20世纪50年代,京剧演员李少春曾到日本去学过这个舞蹈。《兰陵王》的故事最早见于《北齐书·兰陵王传》,说是北齐文襄帝的第四个儿子长恭,封兰陵郡王,面貌柔和，音容很美。在与北周军队作战时，他带领500骑兵，直入周军，在金墉城下被周军包围，城上人不认识他，他把头上的胄脱下来，露出面孔，城上人派弓箭手救他，才打了大胜仗，武士一起歌唱他，这就是《兰陵王入阵曲》。到了天宝时刘𫗧的《隋唐嘉话》里，故事有了变化，说是兰陵王长得很白，像美女，所以戴着假面对敌。和周军在金墉城下打仗，勇冠三军，北齐人便编了舞蹈，模仿他指挥击刺的样子，就是"大面"。大面又叫代面，是一种戴假面的舞蹈，出自龟兹国。《兰陵王》在唐代是很有名的舞。据文献资料记载，初唐时连宫廷里的小王子也会表演，说明这个舞乐在当时很流行。《教坊记》、《乐府杂录》等许多乐书都记载了这个曲名。另外曾在唐朝生活过的韩国诗人崔致远在他的《乡乐五首》里也写到"大面"。乡乐是高丽乐，可见当时还传到了韩国。但关于它的表演情况记载得非常简略，只说舞人穿紫衣、金腰带、执鞭、戴假面，此外就不清楚这个舞究竟是什么样的了。《兰陵王》到宋代就失传了。只剩下曲名成为词调名。我们的文学史著作对于《兰陵王》很重视，把它和《拔头》、《踏摇娘》、《参军戏》等一道看成是唐代戏剧的起源。如果我们知道《兰陵王》的表演细节，那就会对戏剧起源的问题增加一些认识。

日本有《兰陵王》，古记都写成《罗陵王》。日本的《兰陵王》是不是中国的《兰陵王》呢？日本古记里多数这样记载。但是从20世纪初开始，日本一些权威学者认为日本《兰陵王》不是唐代的《兰陵王》，而是由林邑高僧佛哲带到日本的印度乐舞，表演的是沙羯罗龙王的故事。任半塘先生的《唐戏弄》也采纳了他们的意见。

中国学者周华斌先生发现：兰陵王的九婶墓道里画的一个神兽的图形很像日本兰陵王面具头上的龙的样子；另外从现存中国贵州傩面具中的龙王面具可以看出，其吊腭动睛的制作法与兰陵王也是一样的。这就有力地说明日本兰陵王面具是来自中国，它的造型也可以在北齐墓葬中找到渊源。我们做的工作是：（1）通过佛教记载、日本寺院的古记和各种乐书考证，证明佛哲《兰陵王》的传说没有根据；（2）又据日本寺院"行道"仪式的记载，指出沙羯罗龙王在日本佛教中的形象是头上盘蛇，而不是兰陵王的龙面；（3）又根据中国秦汉时代文物里各种龙的造型与兰陵王最古的假面的造型对比,指出兰陵王头上有腿有翅膀的龙形在秦汉时常见,龙的形象到唐代以后才有较大的改变;(4)根据《兰陵王》的歌词考证这是北齐民歌的语言;(5)《兰陵王》舞者执鞭与中国龙的想象有关,中国古诗赋中颇多称"龙执电鞭"的记载;(6)《兰陵王》舞者所穿的服饰,如裲裆、半臂、接腰等,都可在中国文献中找到依据。再加上对日本古记中关于此舞从唐传来的记载的辨析,足以证明它就是中国的《兰陵王》。在此基础上,我们进而又考察了《兰陵王》的表演内容。一本古谱说《兰陵王》又名《没日还午乐》,我们根据歌词和乐舞内容相印证,确证这两个名称是同一部乐舞,也就是《兰陵王》表演的故事。这个故事说的是:支那国有个国王和邻国的国王争夺天子之位,在争斗中去世,他的儿子即位后还是争战不息。太子就到父亲的陵前哀诉,忽然听到墓里有声音,又有雷电召王子说:"你别悲叹。"便显龙形去战场。到日暮时王子将败,父王的灵魂飞去招日,天又变成了中午,王子再和邻国作战,取得了胜利。世人便都歌舞此事。这个故事的基本情节,显然是以西魏和东魏(北周和北齐)相互攻伐、不断争夺天下的形势为历史背景的。联系歌词来看,王子和邻国作战获胜也是以兰陵王的史实为基础。"招日还午"取自鲁阳公的故事,这说明《兰陵王》在从军中传唱的入阵曲变成歌舞以后,情节有了很大改动,增加了想象的成分。兰陵王执鞭和戴假面都是改编后歌舞里主角的形象。另外,从旧谱的一些零碎记录还可以看出,这个舞表演情节比较复杂,主角戴两种面具:一种龙形,一种黑眉形。除了龙王舞以外,还有墓里的人更生又斗的情节。现在的表演可能只是龙王舞的一部分。

我们又从歌词里有"古见如来,我国守护",以及使用了一些北朝乐府民歌的语汇等情况分析,这个歌舞应当是北齐时龟兹乐人改编的,一直流传到初盛唐。兰陵王又有一个别名"代面",这是龟兹国歌舞的一种。龙的造型又和北齐墓葬里的瑞兽接近,龙形与唐以前的麟龙同。这些都可成为辅证。如果这些考证都可以成立,那么我们考虑戏剧的起源就要往唐以前追溯,北齐很可能是歌舞戏形成的一个重要时期。

第二个例子是《玉树后庭花》和《霓裳羽衣舞》。在唐诗里,这是被作为亡国之音经常提到的两部著名乐舞:"商女不知亡国恨,隔江犹唱《后庭花》","《霓裳》一曲千峰上,舞破中原始下来。"似乎陈朝的灭亡和安史之乱都起因于皇帝对这两部乐舞的爱好,由此看来,这两部乐舞摄人心魂的程度也就可想而知了。从艺术史的角度来看,它们是我国乐舞史上的瑰宝。20世纪80年代,著名舞蹈家陈爱莲曾创作过《霓裳羽衣舞》,从装束到动作都像印度舞。这大概是因为据历史记载,《霓裳》的曲子是河西节度使杨敬述进献的,原来是婆罗门曲,所以和敦煌壁画上画的天宫舞蹈差不多。其实这个乐舞是唐明皇改作过的,从白居易《霓裳羽衣歌》的描写中可以看出,这个舞的道教色彩很浓厚,从曲名也可以看出,因为只有道教才说羽化而登仙,唐玄宗又爱好道教。南宋陈旸《乐书》说宋代还有《拂霓裳舞》,穿红色仙衣、戴仙冠、碧霞帔,和白居易诗里描写的"虹裳霞帔步摇冠"相同,可见这个舞是表现仙女的。《玉树后庭花》的舞容几乎没有什么记载,所以一无所知。

  我们从日本的古乐书里考出了传到日本的名为《玉树》的乐舞里包含着三个乐舞,主要是《玉树后庭花》,其中夹着两帖《霓裳羽衣舞》,动作中还混着陈朝另一部乐舞《金钗两臂垂》,史书上也有记载,只是也不知舞容。通过考证和分辨,我们现在可以知道这三种舞的基本情况:《玉树》的舞衣是穿着绿罗衣、青色的下裳,戴金冠,上面装饰着五色美玉。现存的四帖动作是舞人从东到西,舞时不断变化位置,舞法有很多变化。由此我们知道玉树和文学典故里所说的"玉树"意思是一样的。《淮南子·坠形训》说:昆仑山上有玉树。《汉武帝故事》说汉武帝的神屋前种玉树,珊瑚作树枝,碧玉作树叶。扬雄的《甘泉赋》也说"翠玉树之青葱兮。"贺知章《咏柳》说:"碧玉妆成一树高。"都可见玉树是碧玉做的树,舞女穿着上绿下青的衣服,正是模仿玉树的颜色。梁朝的诗赋里就有把一身绿衣的女子比为树的,如庾信《行雨山铭》:"树入床头,花来镜里。草绿衫同,花红面似。"可见这个舞蹈正是结合了神话传说和诗赋的新鲜构思而创作出来的。

  《金钗两臂垂》与《霓裳》在日本乐书里混为一谈。服装是在裳衣上覆盖红衣,有"肩覆"(大概就是碧霞帔),用金钗——上面挂着玉钩和金铃,舞人双手拿着金钗随舞曲节奏边打拍子边舞,两臂大概是垂着摇动金钗。

  《玉树》里的第五六第七两帖是霓裳舞。动作是两行舞妓有时以左右袖遮住脸,有时左右各班组将左右袖交叠到肩头,动作如春日和风,其间用金钗打拍子。有领舞和群舞,像虹霓上下舞动,队列也时有变化,有时相对,有时向背,有时围成两个小圈,领舞者从外面进入圈内旋转,有时排成雁行等。这些动作和白居易所描写的完全一致:"飘然转旋回雪轻,嫣然纵送游龙惊。小垂手后柳无力,斜曳裾时云欲生。烟蛾略敛不胜态,风袖低昂若有情。"我们知道了《霓裳羽衣舞》的基本动作,就知道白居易这些诗句所写的舞姿都是有所指的:"飘然"句指领舞人的旋转,"嫣然"句指队列的变化,"小垂手"句指动作如随风倾斜的无力之状,"斜曳"句指拉起衣裾交错的样子,"风袖"句指常常举袖遮面的动作。

《玉树》和《霓裳》在今天的日本雅乐里没有保留下来,但表演的程式、要求、从唐朝带来的服饰的记载等,给我们提供了比诗词描写更实在的资料,使我们能够更具体地想象这两部大型乐舞的表演情况和艺术魅力。

类似的例子还有很多,比如我们还可以根据日本雅乐中一些唐乐,考证出中国乐书里没有记载的曲名。如《青海波》是日本《源氏物语》里描写过的一部乐舞,向来被视为平安朝日本乐舞的代表作,中国乐书里没有记载,日本古记都说是从印度传来的表现大海的龙宫乐。但是李白诗《东山吟》说:"醉来自作《青海》舞",他的朋友魏颢《李翰林集序》也说李白的家童常常舞《青海波》。那么这是不是日本的青海波呢?英国剑桥大学教授比肯(L. E. R. Picken)和他的研究班子从音乐的分析上论证,认为它与中国青海宁夏的音乐接近,但日本学者不认可他们的研究。我们从歌词、舞具、表演样式等方面考证,证明它和另一曲中国文献失载的《轮台》一样,都是在中国西北地区的乐舞基础上加工的唐乐舞。知道这部乐舞的性质,我们还可以加深对李白的了解。知道他在金陵时学习谢安,常常携妓遨游,醉卧东山,但他的心里并没有忘记国家大事,还是关注着边塞。

我们虽然已写出一些论文,但很多问题的定稿还有待于时日,以上只是就我们已发表的部分论文中涉及的问题做个简单的介绍,希望以后有更多的成果可以向大家汇报。

谢谢大家!

(兰翠整理　祝建军编校)

北大清华名师演讲录 | 栗德祥
# 全面关注生态环境建设

栗德祥(1942— ),满族人。现任清华大学建筑学院生态设计工作室主持人,博士生导师,北京清华城市规划设计研究院城市与建筑生态设计研究所所长,清华大学建筑设计研究院绿色建筑工程设计所所长等职。2002年荣获法国政府颁发的"文学艺术骑士勋章"。发表论文近30篇,完成十余个工程项目,多项工程获奖。多年来一直从事建筑设计教学、建筑设计理论研究及教学管理工作,主要研究方向为城市与建筑生态设计,积极倡导生态设计理念:树立科学的城市发展观,遵循系统论原理,遵循生态位理论和生态适宜性原理,树立整体的生态建筑观,城市建设生态优先,因地制宜被动优先,学科交叉多方共建,树立生态文化价值观。

# 全面关注生态环境建设

时间:2004年10月24日
地点:建筑系馆报告厅

今天跟大家探讨的话题是——全面关注生态环境建设。

我们是建筑师,为什么却要去搞生态?原建设部部长叶如棠在1992年《建筑学报》上有一篇文章,题目就是《建筑师要以生态环境建设为己任》。也就是说,建筑师搞生态建设是分内之事,我们应响应部长的号召,积极参与生态环境建设。

第一,大家要了解生态环境设计的一些指导思想。1.树立整体的生态建筑观。建筑系统是一个开放系统,是地球生物圈中物质、能量、信息流动的一个环节,它与外部环境是相通的,所以解决生态环境问题光搞个体设计是不行的,必须关注全局。2.考虑时间问题。要建立建筑系统全寿命周期的概念。从材料生产到建设安装到建筑使用以及建筑拆除,必须全程关注。3.考虑空间因素。要控制建筑系统对自然生态系统的空间置换影响。我们主张:选址时,不要选生态环境很好的地方,这曾是以往选址的误区。例如,为吸引外资,常常在自然环境优美的地段修建饭店、旅馆等建筑物,这是不对的。其实,反而应选环境条件比较差,也就是说受过污染或荒坡之地,这样的话,在搞好建筑的同时又可营造出周围良好的环境,从而也就实现了环境资源的优化。4.考虑到资源的有限性,必须高效利用地球资源,实现可持续发展。

第二，树立复合的城市生态系统观。城市生态系统是一种集自然系统、人工系统、社会系统与生态系统于一体的复合生态系统。解决任何问题必须有一个复合系统观，只有总体关注才能把问题解决得天衣无缝。

第三、树立生态优先思想。为什么要提生态优先呢？生态环境关系到人类生存发展，而生态系统比较脆弱，一旦破坏了就难以恢复。况且人类现今的生态意识仍比较薄弱。如今"生态建筑"这个概念虽然炒得很热，可是实施不起来，因为在现实中存在种种阻力。走可持续发展道路必须强调生态，也就是谁给谁让路的问题，显然，其他的要给生态让路。这一指导思想在生态规划里就体现在生态安全格局或生态安全网络的决定性作用上，在经济发展中就体现在绿色GDP核算政策的导向作用上。

第四、树立学科交叉思想。鉴于生态环境建设的综合性与复杂性，在建设中必须以广义建筑学为主导，协同景观生态学、城市生态学、自然资源学、园林学、环境学、地理学、植物群落学等多种学科。只凭单一学科解决生态环境问题是不可能的，必须多学科交叉互动。

第五、可操作性。就是说，在搞生态建设中不能大炒概念而不去落实。制定计划就必须去实施，这是我们根本目的之所在。建设中要尽可能地定量化、数字化，以利于实际操作与法制化管理。

第六、人居环境积极化。在生态环境中有积极因素和消极因素。我们要把积极因素和消极因素分析出来，显化积极因素，转化消极因素，这是我们的工作重点。在建设中我们可能会遇到很多困难，比如资金、技术等。应如何对待这些困难呢？我们应把它当做一种挑战、机遇，抓住困难，想方设法用非常规的方法解决它，这样就产生了创造、创意。

下面我就具体介绍几个实例，说明一下我们是如何贯彻这一些指导思想的。

第一个实例就是北京中关村科技园区海淀园发展区生态规划。其区位处在北京西北郊第二道绿化隔离带上面（图1）。其具体规划是：

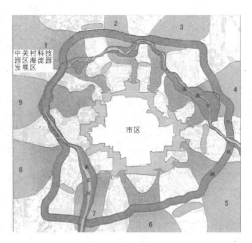

图 1　中关村科技园区海淀园发展区与北京第二道绿化隔离带的关系

一、对于垂直生态过程,利用数字化技术,采用麦特哈格的千层饼原理进行生态资源评价,建立土地适宜性模型与生态敏感性模型。在做资源评价时,我们选择了 8 个生态因子,分别是:(1)土壤承载力,(2)土地开发的强度,(3)土地肥力,(4)土地强度,(5)土壤渗透性,(6)水体,(7)植被多样性,(8)景观价值。这 8 个因子是按一端适应于开发建造,另一端适宜生态保护建设这样的方向,合成矢量模型,然后对 8 个因子进行叠算,最后形成了两个模型,这两个模型大体上是一致的。一个是生态敏感性模型(取了 5 个因子叠算而成),分成了 5 个等级区:适宜自然、较适宜自然、基本适宜自然、较适宜建设和最适宜建设。另一个是土地适宜性模型(取 8 个因子),与上一模型大体一致。从这里可以看出,我们城市发展的方向,浅的部分适合建筑开发,深的部分适合生态保护(图 2)。

图 2　土地生态适宜性分析模型

图 3　自然生态安全网络

二、对于水平生态过程,根据刚才生态资源的综合评价、湿地保护的范围和北京第二道绿化隔离带地区的规划,我们运用景观生态学原理构建了生态安全网络(图3)。景观生态学的基本原理是:板块、廊道和基质。中关村科技园区的核心部分是一块自然湿地和西南部山地森林保护区域,形成两个巨型植被板块和一系列大型植被斑块,用大型植被廊道连接起来,构成生态安全网络。为什么成网络?为什么安全呢?根据动物群落规律,斑块之间连通利于动植物的扩散,利于生物多样性发展。比如动物可以通过廊道把种子从这一个斑块带到另一个斑块。另一方面,这种安全网络比较稳定,一旦其遭到破坏,容易恢复。因此,建立生态安全网络是至关重要的。

图4　土地生态分级控制图

三、根据生态资源综合评价和生态安全网络,编制了土地分级控制图,把土地分成5个生态等级区(图4)。1级区是生态保护区,这是要绝对保护的,里面不能有常住人口,不能有任何建筑。2级区是生态保育区,这个区基本上是要求保护的,就是说里面虽然可以有一些公共设施,但是量不要大。中间部分是缓释区。在做生态建设时,当植被达到一定程度的时候,可以释放出一些开发用地,但开发量很小,属于低度开发。4级区是中低度开发区,容积率控制在0.2—0.6左右。5级区是中度开发区,容积率控制在1.0左右。总的来讲,这个区域是环境条件比较好、需要生态保护的区域,所以总开发强度不宜太高。因为目前这里一部分区域已经开发了,某些建筑已建成了一定的规模,现在很多房地产商想进入这个地区开发,如果不进行控制,就会造成建筑性破坏,所以做生态规划的目的之一就是为了控制这一点。

四、建立绿量概念。我们为什么要提绿量概念呢?我们搞生态建筑,重视植物生态功能,植物不仅要好看,而且要具有各种生物功能。如植物在美化环境时又可以生产果实、产生氧气、吸收二氧化碳、降低温度、增加空气湿度、涵养水分等。因此,我们必须了解植物的一些基本概念。下面介绍几个术语:绿量,是指植物叶片总面积。植物的主要功能体现在叶子上,如光合作用等,所以我们取叶片总面积作为绿量。绿建比,是指总绿量/总建筑面积。叶面积指数,是指总绿量/总绿地面积。简单讲就是,1平方米投影下的一棵树,它有几平方米的叶面积,它的叶面积指数就是几。比如说叶面积指数是5,意思就是在1平方米的投影面积上铺了5层叶子。平均叶面积指数,即总绿量/总建设用地的面积。绿量和叶面积指数能科学地评价生态效益,而平均叶面积指数用于生态规划,可以有效地控制建设区域的生态效益。根据园区生态分级控制的要求,我们编制了园区平均叶面积指数分级图(图5)。

在此图上,这个园区的平均叶面积指数从6一直到0.6,然后将平均叶面积指数落实在每个地块里面,就形成了另一张图,它为将来的城市设计提供了依据。也就是说,在这个地块里,除了城市设计的指标以外,再加上一个平均叶面积指数的

图5 园区平均叶面积指数分级图

指标,对这个地块的生态效益就可以做有效的控制。为了达到较高的平均叶面积指数,我们还需做植物配置方面的研究。各种植物的叶面积指数是不同的,比如用什么样的乔木、用什么样的灌木、用多少草才能达到多少叶面积指数,都要有周密的植物配置方案。另外,我们还必须研究如何能提高叶面积指数等,从而营造更多的绿化面积,如果我们能够充分利用其功能,我们就可以大大提高环境质量了。

五、生态规划应用GIS数字技术支持和辅助生态规划的资料收集和整理,可以使生态设计成果的实施与管理更加科学化、数字化。

六、强调生态规划要树立科学的发展观,以绿色GDP为政策导向,促进

知识经济和生态产业的持续发展,促进结构生态化。与生态建设有矛盾的现存建筑,要根据实际情况进行退房还绿和生态化改造。这里面特别提到了绿色GDP的政策导向问题,这是一个非常重要的问题。在全国人民代表大会上许多代表也提了这个提案,就是把现在这个经济GDP核算的方法逐渐转向绿色GDP。在计算产值的同时,必须计算产生这些产值所要付出的环境代价,减去你对环境的损害,最后得到的才是绿色GDP。从目前来看,我们有些粗放型的生产,不注重环境污染对环境的损害,结果绿色GDP有可能是0,也有可能是负数。

以上是关于生态规划的实例分析。下面介绍的是注重生态的建筑设计事例。第一个例子是清华大学超低能耗楼的设计(图6)。这是一座把目前

图6 清华大学超低能耗楼

国内外先进技术集合起来的一座实验楼,各种技术都可在里面测试,总节能率达到70%以上。它的特点与优点具体表现在以下三个方面:

(1)在建筑围护结构方面,强调它的开放性、过滤性和智能化(图7)。如可呼吸式幕墙,也就是双层皮,遮阳部分放在两层玻璃中间。还有一种外遮阳,就是在窗子外边遮阳,热量不要进去(图8)。再就是室内绿化。当人们看到绿色植物时,绿色就会对人体产生有益的作用。根据科学家试验,当人的绿视率(也就是在我们的视觉范围内绿色所占的比例)达到25%以上时,人的血压就会稳定,从而增强人的抵抗力和免疫力,所以我们看到绿色

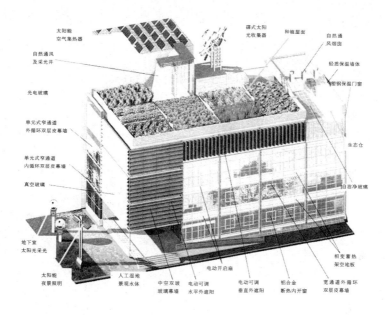

图7 清华大学超低能耗楼围护结构示意图

图8 外遮阳玻璃幕墙

植物也是很重要的。又如相变蓄热地面或墙面(图9),所谓相变材料,就像石蜡一样,在环境温度比较高时就会吸热变软,遇冷就会放热变硬。把它灌到活动地板里面,地板就会起到微调温度的作用。

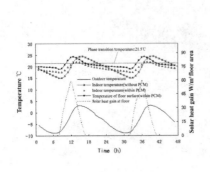 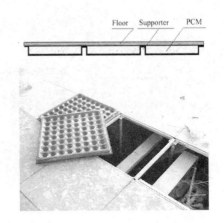

图9 相变蓄热地面

(2) 采用植被屋面,有隔热、降温、吸收二氧化碳、放出氧气等功能。

(3) 节能技术设备方面体现在:① 电、热、冷三联供系统。用内燃机、燃气轮机来发电并利用余热,解决电、热、冷的供应问题。② 除湿技术、置换通风和冷辐射调节。新鲜空气进来时,先把它的潜热除去,也就是把它的温度降低变成干燥空气,它的显热部分则靠冷辐射降温,这样就用不到普通的空调了。置换通风是指通风方式采用地板送风,形成一个空气湖或空气海,整个空气的上升把人体的热量带走,然后再从上部回风,这样可以保证空气质量和舒适度。③ 太阳能利用。主要是采用光电板发电和真空集热再生器。

通过上述这些技术,节能可以达到70%以上。

第二个例子是:生态办公区场地设计。其特点主要体现在以下几个方面:

(1) 通过植被布局和配置达到地块的绿量要求,保证植被的生态功能。同时,构建小块的与城市生态网络相通的植被板块和局部植被网络。当范围比较小时,很难再做成一个微型网络,也许只有一个植被斑块,但这个植被斑块必须与外网相连才有意义,否则生态功能便发挥不出来。

(2) 营造人工湿地及透水地面,使雨水得以利用或渗入地下,改善景观环境。营造人工湿地的目的,是通过人工湿地中水生植物的净化作用把雨水进一步净化。从生物净化角度来看,作用是不错的,同时又营造了人工景观。

(3) 通过场地的植被配置,对建筑物的风环境进行优化设计,使植被能够夏天引风,冬天挡风。

(4) 增强人与自然的接触,缓解人的精神压力,促进人体健康。

我们是教学单位,应该把生态建筑设计理念和方法引入教学,提高学生的生态意识并开辟一条新的创作途径。下面请看我们学院几位学生的作品,在这些设计中,他们注重了生态建筑对气候的适应性。这个方案(图 10)选址在南极,即南极中山站的改造。首先他做成一个圆弧的形态,南极的风雪都很大,如果建成原来集装箱的形状,在迎风一面一定会形成大量积雪,而做成弧形之后,积雪就比矩形的少得多。再一个就是采用架空的形式,这样在背风面就不容易形成积雪。另一个方案选址在废弃的矿区。如何利用

图 10　南极中山站改造方案

废弃矿区的资源,把消极的东西积极化? 放在错误时间错误地点的资源就是垃圾,如果把时间改变了,地点也改变了,废物就会变成资源。根据这样

一个指导思想，设计者把从矿井里流出来的水以及废煤块等收集起来，做成一个博物馆。比如利用废弃的巷道做墙，然后利用水管做水箱墙，矿坑回灌巷道里的水，另外他还做了植被屋面等等。该方案的可贵之处是想到了利用废弃物资把它变成一种资源再利用。作为一个学生而言，能够想到这些问题构成自己的方案，这就是一个很大的进步。另一个同学的方案选址在垃圾填埋场上面，他怎样利用这些废弃的垃圾填埋场呢？建在垃圾填埋场上的建筑物是不可能打桩的，他决定做一个弧形混凝土的壳儿漂浮在上面，然后再在上面做一个圆形的建筑物。

在由意大利、中国、法国、韩国四国五校共同举办的国际学生设计竞赛交往中，也是注重以生态为主题。在这项竞赛中，每年由五校共同出一道题，探讨生态问题。这个活动已经进行了三年，各个学校对此都很感兴趣，想持续下去。这个方案(图11)是去年竞赛的获奖作品，地点选在北京中关村，是一个5万平米的高层综合体，有住宅、公寓、办公室和商店。在这样一

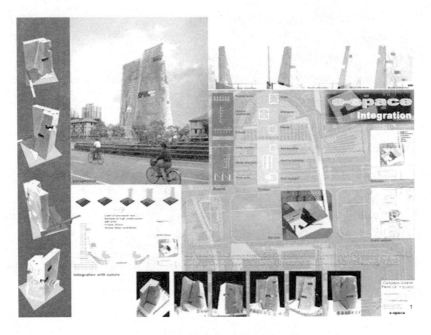

图11　中关村生态高层综合体建筑

个地块紧凑的高层建筑里，如何解决多种不同功能呢？他利用了北京关于

高层住宅争论的两种观点(一种赞同板式结构,一种赞同塔式结构),取其各自优点相结合,居住部分放在板式里面,板式容易形成穿堂风,日照也容易满足。办公部分放在塔式里面,中间有垂直的中庭,用来通风。这样就形成了一边是塔一边是板的造型,同时把各自的问题都解决了。

我们在探索生态设计方面比国外要起步晚一些,因此学习国外的先进经验显得很重要,他们的很多建筑对我们都大有启发。如德国的弗莱堡生态小屋、柏林奔驰中心等,大都采用植被屋面、太阳能发电,用高科技手段营造出一个舒适的环境,同时又节约了能源,是现代生态建筑的典范。

在建筑学习中,最主要的便是形式追随所要解决的问题。在方案设计过程中,我们必须找到问题在哪儿、要害在哪儿。如果用常规方法解决它,那仅仅是创优;如果能用非常规方法解决它,那便是创新。我们应积极地面对困难,一块难啃的骨头便是一个机遇,抓住它,学会融会贯通地运用各个学科的原理去解决它,自然就会有创新!

(高钰琛、郝曙光整理　周雪莹编校)

北大清华名师演讲录 | 寇元
# 能源、资源、环境与催化

寇元(1947— )。理学博士,国务院有突出贡献专家;现任北京大学化学学院学位委员会主任,北京大学绿色化学研究中心主任,绿色化学专业委员会副主任、催化专业委员会委员;《催化学报》副主编,多家催化相关期刊的编委;多家重点实验室的学术委员会委员。发表论文百余篇,持有授权专利6件。

# 能源、资源、环境与催化

时间:2004年9月24日
地点:第七教学楼602教室

面对生命科学、材料科学、信息科学等其他学科迅猛发展的挑战,以及人类对认识和改造自然提出的新要求,化学在不断开拓新的研究领域和思路的同时,也在不断地创造出新的物质和品种来满足人民的物质文化生活。目前已为全世界所共识的是:能源短缺将会危及国家的生存、安全与发展。而资源的有效开发利用、环境保护与治理、社会和经济的可持续发展、人口与健康和人类安全、高新材料的开发和应用等,也向科学工作者提出了一系列重大的挑战性难题,迫切需要化学家在更深、更高层次上进行化学的基础研究和应用基础研究,以发现新的理论、创造新的方法和手段,并从学科自身发展和为国家目标服务两个方面,不断提出新的思路和战略设想,以适应21世纪科学发展的需求。

## 一、四个尺度上的化学世界

图1代表了化学在长度和时间上的四个尺度。从长度上看,从千米高的现代化的工业厂房(第一层次:塔楼林立,管线纵横)到几十米高的反应器(第二层次:现代化的反应器气势宏伟),再到几米高的反应床层(第三层次),最后到只有几个纳米的反应物或反应活性中心(第四层次)。从时间上看,从寿命长达数年的工厂到时间只有几个纳秒的瞬间化学反应,都是化学研究的范畴,都属于化学。因此,当代的化学是四个尺度上的化学。

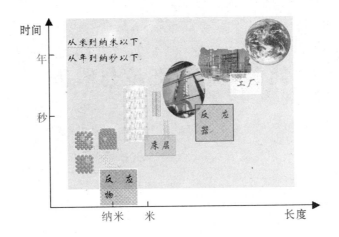

图 1　化学的四个尺度

化学学科对现代社会的贡献是依靠化学反应实现的,是通过化学反应和反应的组合,即工业意义上的"过程",向社会提供丰富多彩的产品实现的。过去的一个世纪,化学学科对反应的研究,是通过新反应和新过程的开发带动的,有机合成、石油化工、精细化工、化肥和染料、药物合成、材料化学等各领域,因人类物质需求的提高与扩大而得以高速发展。

反应器内部是化学反应发生的地方,而前瞻性的研究一般都是在实验室中进行的,因而可以说实验室研究是"创造之母"。目前,人们已经可以从原子水平上揭示和设计"分子"功能材料。化学家对物质内部的了解远远超出一般人的想象。人们已经能够合成出 $Rh_{55}$、$Au_{55}$、$Pt_{309}$、$Pd_{561}$,以及一系列可达 2000 个金属原子的 Pd 原子簇(约 4nm)。目前,化学家仍在锲而不舍地叩击物质(包括生命)转化之门。

因此可以说,人类对自然的思考遂有了物理(充满了哲理),人类对自然的崇拜(特别是对力的崇拜)遂有了机械(使自己变得更有力、更有控制欲),人类对自然的需求遂有了化学(为了使自己过得更好)。现代化也罢,小康也罢,这都是工业化的贡献。而**化学科学对现代社会的贡献,首先在于它涉及建立了当代文明的几乎全部物质基础**。人们在化学研究方面取得了巨大的成功。很难想象没有化学家参与的社会将会是什么样子:例如,如果没有哈勃发明的合成氨技术来帮助植物利用空气中的氮元素,那么世界粮食产量至少要减半,现有土地不可能养活这么多人,60亿人口中有一半将要被饿死。也正因为如此,国外传媒将合成氨技术评为20世纪第一个重大发明。统计资料表明,世界专利发明中的20%与化学有关;发达国家从事研究与开发的科技人员中,化学与化工专家占一半左右;化工企业产品的更新换代都要依靠化学的进步,而化工产品的产值和出口比例在其国民经济中则一直保持着领先的地位。合成纤维、合成塑料、合成橡胶等合成材料,与人们的生活密切相关。化学在能源、药物合成、激光、航空、航天、导弹和纳米材料等技术领域,发挥了无可替代的重要作用。如果没有化学家合成的抗生素和各类化学药物,幸存的30亿人平均寿命至少要缩短25年。那样的话,循环往复几十代后的今天,世界上残存的人口将不过数亿。若没有化学反应和化学合成技术,这些风餐露宿(因为没有防雨布、高强度塑料、复合建材、钢铁、水泥,甚至连一块塑料布也没有)、蓬头垢面(因为没有肥皂、沐浴液、洗面奶)、衣不蔽体(因为没有更多、更漂亮的衣料、染料)的"新"人类,至今仍将在炎炎烈日下农耕狩猎(因为没有优选种子、化肥、火药、农药),或是在如墨黑夜中肩扛步行(没有空调、煤油、汽油、蜡烛、电池、甚至火柴等),根本不可能像今天这样拥有五彩缤纷的世界!

**化学的成功还在于它已经发展成为科学中的科学,即核心科学。** 在过去的100多年里,化学作为一门核心、实用、创造性的科学,已经为人类认识物质世界和人类的文明进步做出了巨大的贡献。化学研究物质之间的变化规律,阐明各类化学反应的机理,从分子、原子水平上认识物质及能量转化的化学过程。化学创立了研究物质结构和形态的理论、方法和实验手段,认识了物质的结构与性能之间的关系和规律。化学家们寻求化学分子的多样性和分子结构的多样性,不仅确认了数万种天然产物,而且合成制备了数以千万计的化学物质,发展了化学合成的理论和技术,为设计具有各种特殊功能的化学品提供了有效的方法和手段,为阐明生命的起源、发现生物活性物质、新材料以及新药物的设计、合成,奠定了坚实的理论和实验基础。

**化学的未来**

化学的未来应当是一片光明。这是因为:人类可以追求回归自然,但不可能返回远古。在涉及人类与生态、环境的矛盾中,这可能是最根本的。人类可以并正试图在生产生活与生态环境间创造一种平衡——一种极大地减少对自然的损害甚至适当地反馈自然以达到人类与自然和谐发展的平衡。21世纪的化学,从宏观上讲,将是研究和创建"绿色化"原理与技术的科学;从微观上看,将是从原子水平上揭示和设计"分子"功能的科学。

在人类迈向21世纪,进入信息时代、生物时代和材料时代的今天,化学仍将是一门中心学科、核心科学。正如诺贝尔化学奖获得者克罗托教授在回答有关21世纪化学将起什么样的作用时所说的那样:"正是因为21世纪是生命科学、信息科学和新材料的世纪,所以化学才更为重要。"可以说,正是由于化学家与其他科学家的不懈努力,才创造了今天五彩缤纷的世界!在被誉为21世纪朝阳科学(Sun-rise Sciences)的八大领域(环境、能源、材料、信息、生命、地球、空间和核科学)中,化学更以其核心科学之重当仁不让地继续统领环境、能源、材料三大领域。同时,化学又秉其"化学"嬗变之妙,通过与信息、生命、地球、空间和核科学五大领域的交叉而使自己愈发异彩纷呈。

## 二、化学的形象

目前,化学的形象受到了一些损害。由于人们对身边环境的关注,而使化学受到了广泛的批评。国外对化学的批评始于上世纪70年代,国内对化学的批评在近十年变得越来越严重,这主要是因为化学工业带来的污染问题。在过去,化学主要是解决了能源、资源的利用问题。环境问题是一个全球性的、整体性的问题。局部的化学污染问题当然是一个重要问题,但更重要的问题则与能源的利用相关。能源的利用是科学与技术问题(这是科学家的责任),但对能源的有效利用却是政府的对策问题。这一点从工业发达国家的成功经验来看,政府的决策起着重要的作用,包括法律、法规、能源、资源的战略决策问题等。国家提出的科学发展观就是这个道理。然而,这不是科学家所能决定的。

## 三、能源、资源、环境与催化

一次能源泛指煤、石油、天然气等矿物燃料或化石燃料。一次能源及可利用的资源储备,是国家生存与发展战略的重要一环,不仅关系和平时期的国计民生,而且涉及国家在战时的动员能力,其地位之重要如何估计也不会过高。先进工业国家几乎垄断了能源及资源利用研究的全部优势,其根本原因即在于此。对这一点,我们在日益开放的今天更应保持清醒的认识。国家根据有所为、有所不为的原则,在重点领域鼓励以我为主,开展独立自主的应用基础研究,是保证我国在大量引进国外先进技术和设备的情况下不受制于人的基础,是使我国在任何国际环境下都能进退自如的重要前提。因此,关于一次能源有效利用的研究,是涉及国家长治久安的战略规划的一部分,而不仅仅是一个科学和技术问题。

我国一次能源的资源现状是煤储量巨大,占我国探明可采资源的94%,而石油和天然气(含煤层气)储量则很有限,仅占6%。我国一次能源消费中,煤占71.6%,石油占20%,水电占6%—7%,天然气占2%(见表1)。由于经济的发展和石油、天然气储量以及开采能力均有限,我国目前已经成为石油进口国。

表 1  一次能源消费(1998 年)

| % | 煤 | 石油 | 天然气 | 水电 | 核 |
|---|---|---|---|---|---|
| 世界平均 | 26.2 | 40.0 | 23.8 | 2.7 | 7.4 |
| 美国 | 24.9 | 39.7 | 25.7 | 2.4 | 8.5 |
| 英国 | 17.9 | 35.4 | 35.1 | 0.3 | 11.3 |
| 前苏联 | 18.6 | 20.6 | 53.1 | 2.2 | 5.6 |
| 澳大利亚 | 44.5 | 36.3 | 17.8 | 1.4 | —— |
| 印度 | 56.8 | 31.8 | 7.7 | 2.7 | 1.0 |
| 中国 | 71.6 | 19.8 | 2.1 | 6.5 | —— |

另一方面,我国的能源消费又是世界上最严重的国家之一:以生产1美元GDP产值的单位油耗衡量,日本是0.084千克,我国是0.298千克,相差

十分悬殊。

目前我国是世界上唯一以煤为主要能源的大国,并且这样的能源构成在今后相当长的时期内都不会改变。作为一次能源,煤的利用方式在我国主要是燃烧。由此,煤的燃烧也就成为我国生态环境破坏的最大污染源。我国的能源消费占世界的 8%—9%,但 $SO_2$ 的排放占世界的 15.1%,排放总量为世界第一位;$CO_2$ 占 13.6%,$NOx$ 占 11.3%,总量都居世界第二位。其中我国煤燃烧所释放的 $SO_2$ 占到全国总排放的 87%,$CO_2$ 占 71%,$NOx$ 占 67%,粉尘占 60%。大量燃煤排放的 $SO_2$ 和 $NOx$ 已经在我国形成了极大的危害,酸雨区域迅速扩大,已超过国土面积的 40%,造成了难以估量的经济和社会损失。

**能源、资源、环境中的催化技术**

现行工业过程中,60% 的产品和 90% 的过程是通过催化技术实现的。催化在能源发展战略中占有突出的重要地位。这可以概括为五个方面:

1. 石油炼制与石油化工:目前主要要解决油品的脱硫、脱氮问题。欧 3 标准 50ppm 以下,而国内油品的硫含量高达 800ppm。这是今后石油炼制及石油化工研究的重点。

2. 合成气化工:煤经过水汽重整得到合成气,后者经过 F-T 合成转化成油。这一技术已经很成熟,而且在历史上,尤其在德国、南非等国家已经成功地实现了工业化。我们国家的煤储量比较丰富,发展合成气化工是解决石油进口、石油短缺问题的主要手段,特别是开发具有自主知识产权的技术与工艺。

3. 燃煤污染防治:首先要解决燃煤电厂的污染问题。从技术上讲,这不是问题。主要涉及政府对策、法律法规的实施等许多问题。

4. 天然气化工:利用天然气最理想的解决办法是燃烧。这是利用率很高的过程,特别是能集中解决某一地区的燃料及污染问题。

5. 环境化学:这几年有很大的发展,特别是在沿海地区,环境化学发展很快。

因此,至少对国内而言,化学的形象是由于特有的能源结构构成(煤占绝对优势,而燃煤如电厂等造成大量的环境污染)所造成的,属于先天不足,某种程度上也不可避免。另外,由于政府对策、法律法规的实施等问题,化学污染问题在近期内似乎也是不可避免的。

化学人自己首先要有责任,要有对社会负责的责任感:对社会负责,与公众沟通,向国际大公司如 Exxon、BASF、BP 等学习,宣传化学,让公众了解化学,吸引年轻人将来从事化学。另外,化学人要从学术上注意发展,研究化学存在的共性问题,发展"大化学"科学,特别是发展绿色化学,这是化学非常好的文化形象。

## 四、为什么选择绿色化学:公众的和科学的

"绿色化学"得力于几位院士的倡导,一经提出即获得政府和知识层面上各界公众的广泛支持和响应。从学术界与公众的关系上讲,这在我国几乎还没有先例。随着我国经济的持续稳定增长,政府和公众对环境保护和国民经济的可持续发展日益关注,这是绿色化学被广泛认可的社会基础。

绿色化学,比照技术领域的战略考虑,应该是 clean technology,而不是 clean-up technology。化学学科对人类的贡献集中体现在,建立了当代文明社会的几乎全部物质基础。与之相伴随,资源的浪费和环境与生态的恶化开始受到关注,化学工业因此受到广泛的批评,社会可持续发展得到各界广泛认同。绿色化学概念的提出,正是体现了化学家的这种社会责任感。

然而,绿色化学作为一个科学概念,它的含义仍需从理论上进一步界定和提炼。这样说并不是吹毛求疵,因为我们的目的是希望能有更多的化学家都来关注绿色化学。而且,由于绿色化学的科学含义没有仔细界定,学术界特别是化学界已有相当多的人将绿色化学理解为是一种大众传媒式的口号,甚至认为是传统化学概念上的拼凑,是对现有化学化工过程的修修补补。这是绿色化学作为学科在未来获得发展的障碍。

### "原子经济"反应分析

"原子经济"反应代表了绿色化学的理想:去实现一个(或一组)100%转化(为目的产物)并100%完成的反应。这里的两个100%,我们化学家称之为选择性和转化率。对于一个100%转化并100%完成的反应,原料是否有

毒有害已变得无关紧要,因为从化学的角度看,这样的反应必定是"零排放"的,剩下的问题只是从工艺和工程上保证该反应100%实现。

一个甲烷分子和一个二氧化碳分子反应生成乙酸,是一个典型的原子经济反应:

$$CH_4 + CO_2 = CH_3COOH$$

即:原子利用率= 产物分子量/原料分子量之和=100%。然而,这是热力学上禁阻的反应。

两个甲烷分子与一个氧分子反应生成甲醇,是一个热力学可行的原子经济反应:

$$2\,CH_4 + O = 2\,CH_3OH$$

但是,平行反应太多(如:生成甲醛、一氧化碳、二氧化碳和甲醇深度氧化等),是该反应工业开发上遇到的主要困难。实际上,与一个指定的原子经济反应平行的副反应,在大多数情况下都是不可避免的。抑制副反应始终是我们必须应对的一个困难课题。

氢甲酰化反应和羰化反应都是典型的常被作为例证的原子经济反应。实际上,这种举例是隐含着基本前提的,即这里必须区分所涉及产物的异构或手性,才能论及目的产物,从而确定原子经济性。如羰化反应(也是原子经济性反应)常被用于萘普生(R=萘环)药物的合成:

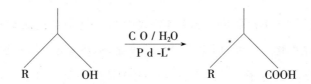

然而,药物对疾病的作用并不完全是有效的。S(+)的药是止痛药,S(−)的药是毒药。人们希望只得到 S(+)的药,而不要 S(−)的药。这一反应存在技术上的困难,尚未工业化。

因此,原子经济性不是绿色化学的目标。绿色化学的目标是实现化学的专一性问题。几年前,人们对这一问题曾有争论,认为绿色化学的核心是原子经济性。然而,现在人们认为:化学的专一性问题才是绿色化学的真正核心问题。绿色化学的十二条标准也体现了这一点。

**化学的专一性问题**

我们有必要探讨和定义一下化学反应的高度专一性(High Degree of Specificity)。化学专一性应该同时包括两方面的内容,产品的专一性和反应的专一性。产品的专一性即反应的高选择性,化学上又分四个层次,这就是化学选择性(chemoselectivity)、立体选择性(stereoselectivity)、手性选择性(enantioselectivity)和官能团识别的局域选择性(regioselectivity)。反应的专一性指一组平行反应中只有目的反应高度专一地发生,或一组连续反应中反应路径尽可能地缩减。

由此可见,化学反应的高度专一性问题,在学科上是覆盖了整个化学学科的,体现了化学学科内部二级学科(特别是无机化学、有机化学和物理化学)之间的相互交叉。之所以不提100%而只说高度专一性,是因为如前所述,我们不可能在有机合成、石油化工、精细化工、药物合成、材料化学等诸多领域实现所有化学反应的100%专一性。在现行工业过程,甚至包括未来几十年的工业实践中,绝大多数反应的100%专一性也不会成为现实。副反应、副产物将始终伴随着目的反应而生,辅料(溶剂、添加剂、催化剂、活性剂)仍然是我们制备化学采用的主要手段。因此,面对现实和可以预见的未来,我们只有退而求其次,将可以实现的高度专一性的反应与制备化学作为目标。由于不是100%的专一性,因而就产生了提高选择性、抑制副反应、副产物的反应化学和使辅料绿色化的制备化学。同时,社会可接受的目的产物的"功能性指标"(如可回收、可弃置、可循环、可降解)也在变化,这给高度专一性的反应与制备化学提出了更加严格的设计标准。

21世纪化学学科的发展是以实现资源的合理、有效利用和过程的无害化为目标,从源头上淘汰(不使用、不生产)有毒有害物质(这在目前被定义为绿色化学)只是这个战略目标的第一步,国家的资源与环境在今天和未来与经济发展的合理匹配则是更高层次上的考虑。特别是对于我们这样一个工业正处于高速发展期的国家,绿色化学为我们提供了一个从较高起点上发展化学工业的机会。这一点是与发达国家有别的,但对我国来说则可能是更重要的。

## 五、我为什么选择化学？

最后，简单谈一下我为什么选择从事化学研究。

首先，我认为化学是一种工具和职业，一种解决问题的工具，一种养家糊口的职业。

其次，是我对化学的一种热爱。在我上大学期间及参加工作后的三十年里，我遇到许多优秀的化学家。正是他们对化学的热爱，以及对我的引导，促使我热爱化学，下决心从事化学这项研究。

又次，科学研究的核心是永不重复，从事化学研究能够促使你不断地去探索，去追求未知的东西。它能激励我不断地向上，不断地去努力，而不致养成一种惰性。

又次，化学让我能在实验室解决实际问题。当你有了新的思路、新的想法，你可以自由地先在实验室去尝试、去解决。

又次，化学研究是一项集体活动。它能充分发挥你的潜能，如思维能力、动手能力、组织能力、语言文字表达能力等。

又次，受政治干扰少，可以自由地、专心地从事学术研究而少一些干扰。

再次，案头工作很多，要解决的问题很多；而且各种各样的问题多少会让你喘不过气来，而这也许正是搞科学研究的魅力所在吧！

最后一点，当教授确实感觉很爽。作为一个教授，整天要与新的大学生、新的年轻人打交道。年轻人的朝气和锐气，也使我变得年轻，变得活泼，充满朝气。

（索掌怀整理　周雪莹编校）

北大清华名师演讲录 | 汪建成
**美国刑事司法漫谈**

　　汪建成(1962—　)，安徽太湖人。法学博士，北京大学法学院教授，博士生导师，曾被评为"全国优秀教师"。主要研究领域：刑事诉讼法学和刑事证据学。著有《新刑事诉讼法论》、《刑事证据学》、《欧盟成员国刑事诉讼概论》、《冲突与平衡——刑事程序理论的新视角》、《理想与现实——刑事证据理论的新探索》等多部学术著作，在《法学研究》、《中国法学》、《中外法学》等法学核心刊物发表学术论文80余篇。

# 美国刑事司法漫谈

时间:2005年6月10日

地点:烟台大学法学院模拟法庭

各位老师、同学:

晚上好!很高兴能回到烟台大学同学生们作一次学术交流。我在烟台大学工作了13年(1986—1999),所以我对这里有着特殊的感情。去年烟大二十年校庆,校庆之际我在美国耶鲁大学作富布莱特研究学者,没有机会参加这一盛典,只能发一封贺信表达我的祝贺。当时烟大法学院的同学听说我去了美国,就通过 e-mail 向我发出邀请,希望我回国后能来烟大谈谈在美国的见闻,今天我是应约而来。所以今天我要给大家讲的题目就是:美国刑事司法漫谈,谈谈我个人对美国刑事司法的一些感受,以及对我国刑事司法改革的一些启示。我想谈六个问题:一是实用主义哲学观对美国刑事司法的影响;二是美国刑事司法制度的契约文化背景;三是刑事诉讼的宪法化;四是刑事司法制度的系统化;五是刑事司法的权威化;六是法律意识的普遍化。

第一点,实用主义哲学观对美国刑事司法制度的影响。我们知道,美国是一个年轻的移民国家,不像我们有几千年的文明,当初来自世界各地的人,有的出于反叛,有的出于好奇,也有的是为了淘金来到了北美大陆。在这个年轻的国度里,没有什么传统的历史的羁绊,好多问题,他不大去管历史上以前怎么做的,他们认为有用的就是好的。这种观念根植于每一个人的心中,这样一种做法在与英国殖民主义斗争当中逐渐形成一个哲学思潮,即实用主义哲学观。美国实用主义哲学的代表人物杜威,对这种哲学观做过精辟的概括,他说:"概念、知识和理论只不过是实现目的的手段而已,只要对机体适用周围的环境有用,它们就是真理。"这样一种实用主义哲学观对刑事司法制度的构建发生了重大影响,他们从来就不认为有最好的制度,而是有较好的制度,什么样的制度能解决现实问题,就用它。因此,尽管一些制度曾被争论不休,一直到今天也没有停止对它的谩骂,但是它仍然在运行,而且运行得很好,辩诉交易制度就是如此。在美国,如果被告人自愿认罪,控方就可以放弃指控(在轻罪中)或者降低指控(在重罪中),这就是辩诉交易。这一制度在美国争论很大,从20世纪30年代一直持续到1970年,就是今天也还有很多人骂它,包括耶鲁大学一个名教授,认为这个制度是很荒诞的制度,不可理解。但是这个制度在实践中运行得却很好。为什么?因为现实摆在这个地方,这个现实各国都面临着:一方面刑事司法资源奇缺,另一方面犯罪率又居高不下,这样一种矛盾导致破案成本很大,不得不采取这样的方式。所以,从1970年布雷迪(Brady)案件正式确立辩诉交易制度以来,有90%以上的案件都是通过辩诉交易解决的,我们平时在电视上看到的像陪审团那样很正规的审判还不到整个刑事案件的10%。随着实践的良好运行,人们也就逐渐接受了这一制度,他们的想法就是:"在得不到一整块面包的情况下,半块面包总比没有面包好。"这句话充分反映了他们构建和评价一个法律制度的时候,总是把实用性放在第一位。在他们看来,只要能够解决问题,就没有什么不可接受的;只要能够解决问题,就没有什么不可用的。美国警察圈套制度向诱惑性侦查制度的转变,也说明了实用主义哲学观对美国刑事司法制度的深刻影响。在历史上,警察圈套曾被作为积极的抗辩理由而被禁止使用,但是由于罪犯越来越厉害,他们在许多制度的保护下变成了巨人,相应地也就得有解决问题的办法,于是就采取了另外一种做法,即诱惑侦查。警察圈套和诱惑侦查之间的区别在于:前者可以制造犯意,后者则禁止制造犯意,只能是为犯罪创造条件。为什么当初被否定的东西,现在却以另一种形式出现了?原因很简单,就是在现实中的确有一些情节复杂、危害又很大的案件,不通过这种办法就难以破获。说到底,不管什么样的司法制度,它总是用来解决问题的,是管理社会的一种规则,这就需要它能解决问题。

在实用主义哲学观的影响下,美国的法学教育,就是一种实用主义的教育。他们从来就认为法学教育应该是 Professional（职业化的）,而不是 Academic（学术化的）。所以美国的法律学位中,没有 PHD,只有 JD 和 JSD。法律院校在法学教育过程中,非常注重培养学生解决问题的能力。老师上课很少讲深奥的法学理论,而是把教会学生如何办案放在第一位。我在那里选听了几门课程,几乎每一次上课之前,学生都要阅读近 60 页纸的案件背景材料。在课堂上就是讨论,从这样一个案件中能够抽象出哪些法律原则,以及具体如何处理这个案件。他们法学院的学生基本上都在假期当中自觉到律师事务所去实习,目的也是为了适应今后工作的需要。法律院校就是要培养运用法律的人,这些人如果只会空谈,不知道如何运用法律,就很难说这样的法学教育是成功的。

**第二点,美国刑事司法制度中的契约文化背景。**美国是一个高度发达的国家,长期以来形成的市场经济体制,造就了老百姓根深蒂固的契约文化,这对法律制度带来了巨大的冲击。各种契约构成要素在法律里面都可以找到影子,比如说讲契约就一定要讲平等、自愿、诚信、公平、互利等,这些观念导致他们从来不认为司法就是政府的单方强权,而是认为司法这一解决纠纷的方式本身必须允许各方的参与,而各方参与首先第一条就是自愿性,做什么事情都要尊重每一个参与者的主体意愿。正因为这样,在刑事司法中就建立了口供任意性规则。口供很重要,但必须是自愿讲的,不是强迫的;平等也是一样,基于平等观念,刑事司法中特别强调控辩双方平等,检察官并不当然地比律师的地位高。在刑事司法中也必须由双方协商解决争论,辩诉交易就是一个典型的例子;诚信也是这样,双方的诚信观念对司法制度的影响非常大,我们过去总说和解、调解是中国人发明的,是东方的经验,其实和解和调解制度在美国比我们更发达,不仅在民事诉讼中,而且在刑事诉讼中也大量存在。我们国家有的时候喜欢较真,总是认为我是国家机关跟你谈什么谈,我是公诉人我跟你谈什么,我就是治你的,我的权力大你就得听我的,你律师敢跟我对抗,我就把你整下去,显然观念是不一样的。其实,司法方式又不是现场表演,都是已经发生过的过去的事情,国家司法资源也很有限,确实有的是找不到也办不下去,这种时候一种方式是比较文明的,那就是双方商量商量,你认罪了,我给你轻一点;另外一种方法是不文明的,那就是你不认我就打你,打出来,过两天发现搞错了,再来平反,这是一个问题。我觉得法律制度的移植有它的文化背景,看来我们国家要想真正法治化,还有赖于经济的发展。市场经济没有发展到一定程度,契约文化没有培养起来,很多传统的思维定式就很难改变,这是值得我们进行思考的。

**第三点,美国刑事诉讼的宪法化**。刑事诉讼问题不是一个单纯的司法理论问题,要提到宪法高度认识。在美国大学里面讲刑事诉讼法有两类人:一类人是刑法教授,在他们那里刑事实体法和刑事程序法的教员并不像我们这样是严格分开的;另外一类就是宪法教授。英语中有一个专门的单词,把刑事诉讼法称为 Applied Constitutional Law(宪法实用法)。美国宪法修正案中规定的公民的 23 项基本权利,有 13 项与刑事诉讼有关。其实也不光是美国,全世界范围内都是这样。什么原因?原因很简单,第一个原因是,刑事诉讼当中涉及公民两个最基本的权利即生命权和自由权,这两个权利是其他权利存在的基础。有这两个权利,别的权利才有可能实现;没有这两个权利,其他权利有也是瞎掰。第二个原因就是在刑事诉讼领域当中,国家权力和个人权利发生了直接的碰撞,这就会产生一个问题:国家强权力和公民个人权利之间怎么相处?一方面要保证国家权力运行,另一方面又不能让这个权力强到了完全漠视个人的权利,这样的问题就一定要由宪法解决,只有上升到宪法高度才能解决。正因为这样,虽然美国刑事诉讼的许多规则都是通过判例形成的,但到最后解决问题的时候,都要源于宪法。大法官们在解释判例的时候往往到最后都要搬出宪法条文或者精神来,这样的判例才能被社会所接受,才有生命力。例如,2000 年有名的与沉默权有关的迪克斯(Dicks)案件,最后就是援引美国宪法中有关公民不被强迫自证其罪权利的规定来解决的。在这个案件中,再一次肯定了米兰达规则的重要性。所以我们讲刑事诉讼与宪法密切相关,刑事诉讼制度中的许多变革,最后都有可能要上升到宪法的高度才能找到答案。例如,近年来讨论得比较热烈的一个问题,就是检察机关的地位问题。有一些学者认为检察机关不应该是法律监督机关,而应当是公诉机关。我个人认为,这种说法就是没有宪法意识,我们的宪法中明明白白写着检察机关是国家的法律监督机关,你怎么可以置宪法于不顾?除非将宪法改了,否则这个底线是不可能突破的。我倒是觉得,检察机关是法律监督机关这没错,但如何监督却是可以探讨的。比如说,为了防止出现控辩失衡的现象,在检察机关内部实行起诉和监督的分离总是可以考虑的吧,不妨在检察机关内部设立起诉部门和监督部门两个部门,起诉部门专管起诉,监督部门专管抗诉以及对侦查的监督。这样,就既不违反宪法的规定,又推进了司法的改革。另外一个问题就是,在尊重现行宪法体制的前提下,我们也可以实行司法区划和行政区划的分离。司法区与行政区分开,可以有效地保证司法机关依法独立行使职权。有人说:这样做会不会影响党对司法工作的领导?这种担心是不必要的,因为同样是共产党领导,银行、税务系统就已经这样做了,效果不是很好吗?

**第四点,美国的司法权威化**。在西方国家,尤其是美国,司法具有高度权威。举个例子大家就可以看到,2000年布什和戈尔在总统选举时,两个人为选票如何计算打得不可开交,最后交给法院裁决,由法院说了算。曾经轰动一时的辛普森案件,不也说明了这一点吗?在美国辛普森案件中,没一个法官有问题,没有陪审员受到牵连;最近又有一个案件大家可能在网上已经了解了,就是一个丈夫的妻子成了植物人,14年了都在医院插着管子,现在丈夫申请拔了管子,他妻子的娘家坚持不拔,法院裁决支持了丈夫的申请,此案最后闹到国会,甚至惊动了总统,许多议员和布什都呼吁最高法院重新裁决,不要拔管子,但最后议会经过辩论,还是尊重了司法的裁决,因为他们有一个理念,那就是司法的权威必须得到尊重,国会无权干预司法。所以美国社会当中,有一点我印象最深刻的就是,他对司法的权威的尊重,可以说到了一种非常虔诚的程度。在这样做的背后有一个理念在支撑着他们,他们认为社会总有一个最终说了算的地方。

遵循司法最终解决原则是维护司法权威的根本保证。如果没完没了,今天判过去明天判过来,司法秩序总是处在不确定状态,老百姓的行为便没有了可预期性。任何一种司法都是解决纠纷的方式,这种解决纠纷的方式一定是特定的时间内,对特定的问题给出一个特定的答案。司法不是科学发现,无法达到追求真理的程度,不能说这个问题很复杂,我解决不了我儿子解决,儿子解决不了孙子解决,这样行吗?面对一件纠纷,司法者不能说这个问题我整不明白,你们回去自己想;司法者也不能说我搞不明白放在哪儿。只要起诉到这个地方,你就必须要给答案,不给答案就不是司法者。因此,在法律制度上要设定相应的司法制度,在你搞不明白的时候可以给出什么样的答案。证明责任制度便是这样一个制度,规定在双方都没有证据、都说不清楚的情况下,法院应当裁决承担证明责任的一方败诉。2001年在西安搞了一次中国、美国和德国三个国家庭审演示会,三个国家分别组成自己的法庭审理同一个家庭暴力案件。当时我作为三位特邀嘉宾之一参加了旁听,并发表一些评论。我注意到一个有意思的现象,在美国法庭审后研讨会上,有一个中国法官问美国法官:"你们法官办错案件怎么办?你们有没有错案追究制?"美国一位法官听明白以后的回答是:"在我们美国,认为法院没有错误的判决,只有没有被当事人接受的判决。"这样的观念导致美国没有再审制度,只有一个调卷令程序(certiorari),最高法院可以对具有普遍性法律意义的案件通过这一程序进行重审,但即使是这一制度,使用也很少,全国一年最多的时候18起,一般不会超过10起。我们想一想我们国家审判监督程序有多泛滥!有一个案子,两年之中审了9次,反过来,复过去,如此变化无常的裁决,使得司法的权威荡然无存!司法都如此不确定,老百姓还有什么可相信的!我真不明白,为什么要这样较真?为什么非要杀掉才过瘾、判死缓就不行?我们国家现实的情况是二审程序不好好改,审判监督程序满天飞,如此下去,司法有什么权威可言?

现在要思考的问题是,美国的司法为什么会有权威?司法的权威来源于哪里?我的体会是:

第一,司法的权威来源于权威的司法,也就是说,作为司法者本身的权威大。美国走的是精英化的司法道路。作一个法官是很崇高的,一个人要想当法官先得干一定年数的律师,只有那些业务精明且在职业道德上没有任何瑕疵的人才有机会从事法官职业。在年龄上,法官也不同于公务员,他需要一定年龄以上才能干,有的甚至规定45岁以上才能当法官,只要身体健康允许,法官是终身的。我觉得这些做法是有道理的,你想想,他做了律师,钱已经挣够了,贪赃枉法的机会自然也就少了;在年龄上也是有道理的,因为司法需要判断,需要阅历,需要生活的经验,我们刚毕业的大学生就可以当法官,有的根本自己都没有结婚就办离婚案件,让他们确定夫妻感情是否破裂不是开玩笑吗?到60岁正是阅历丰富的时候他退休了,在基层甚至45岁就退休了,他这时候家庭有财产,做律师也挣够钱了,让他再做法官正好,还有他以前良好的道德积淀对他很重要,我们一些好的法官、检察官做好了以后,下海,当律师,倒着来。为什么我们律师队伍中存在这样或那样的问题,因为我们一直把律师当做异己力量,他们没有政治前途,律师不能指望做好律师可以当检察官,可以走仕途发展自己,当然也就很难对自己现在所从事的律师职业严格要求。结论是:权威司法一定要走精英化道路。司法是为社会公正服务的,但是司法本身需要走精英化道路。道理很简单,大家可以看看足球裁判的状况。同样是裁判,意大利著名裁判克里拉,你说他就判得真那么准吗?不一定,我就发现他错判过。为什么他出错以后就没有球员围攻呢?我们的裁判要是出错了,球员骂裁判甚至打裁判的现象不是有的是吗?司法的道理也是一样的,如果司法者本身没有很高的权威,你的裁决就很难让人们心服口服!

第二,司法权威来源于正当程序。司法者认识问题可以有错误,因为司法者不是神,而是人。但是司法者的结论一定要是程序化的结果,而不是非程序的结果。程序化可以分化司法者的权力,使他们的权力是正当的,他们的决定不一定正确,但却一定是正当的。美国辛普森案件中这个程序化规则就保护着司法者,缓解了社会对司法者的压力。那个案件很简单,就是因为两个问题:一是那个作案手套,大庭广众下让他去戴,手戴不进去,这个在美国刑事中有一个规则,排除合理怀疑,既然他戴这个手套作案,他手为什么戴不进去,这就是合理怀疑吧;还有手套怎么来的,非法搜查得来,这有规定不能作为证据使用,由于这两条规则,导致最后证据不能用了,最后辛普森就无罪。人们骂司法,它也没有办法,只能得这个结论,为什么?因为在谩骂之余,理智下来,还是会理解那两条规则不光保护他,也在保护社会每一个人。因为卷入刑事诉讼的不光是具体案件被告人,我们说不定哪一天也会进去,一旦进去它也会保护我们。我有时在给我们公检法部门讲课的时候,经常强调大家在办案的过程中一定要有程序化意识,过去讲程序保护犯罪嫌疑人，保护被告人，殊不知实际上程序也在保护司法者本身。一旦出了问题，司法者不会受到太大冲击。这些年出了一些错案，为什么老百姓的意见很大？根本原因其实不是实体问题，主要在于程序上——有几个错案不是由于刑讯逼供导致的？司法者如果都不知道运用程序保护自己，受到冲击是不可避免的！

第三，司法权威来源于陪审制度。美国刑事司法制度中，将很重要的定罪权力交给一群普通人，案件审完了由普通人决定他有没有罪。这样一个制度遵循的是什么价值标准呢？遵循的实质上是审判时的价值标准。我们过去在理解判例法的时候有一个误读，认为判例法是遵循过去的价值标准，实际并不是这样。恰恰相反，成文法遵循的是过去的价值标准。可以讲，一部成文法从公布那天起就过时了，是用过去的价值来制定的法律。我们可以想一下，我们1979年刑法中有投机倒把罪，进入90年代就没判过此罪，因为投机倒把是计划经济下的产物，现在搞市场经济了，不投机不是好商人，由此可以体会为什么成文法一制定出来就过时了。判例法中有先例遵循先例、没有先例创制先例的原则，使得陪审员完全可以根据案件审判时的社会公正价值，来判断一个人是否有罪。所以说，陪审团制度极大地缓解了社会公众对司法的压力，因为认定一个人有罪，是由来自于社会之中的一群普通人一致裁决达成的，不是法官认定的。在要不要陪审的问题上，应当给被告人以选择权，因为陪审制度源于一句法律格言，即"每个人都有权由自己的同类人来审判"。当前，我国陪审制度也处在改革过程中，其中最大的问题就是没有赋予被告人以选择权，要不要陪审完全由法院单方面决定，这应该成为今后改革的一个方向。

**第五点，美国刑事司法制度的系统化。**美国刑事司法制度的一个最大特点就是制度的系统化，各种制度之间都不是彼此孤立的，而是相互配套、相互支撑的。例如，美国在1935年做出了有关证据开示的第一个判例，即莫尼案件(Mooney v. Holohan)；在1966年做出了有关沉默权的第一个判例，即米兰达案件(Miranda v. Arizona)；在1970年做出了有关辩诉交易的第一个判例，即布雷迪案件(Brady v. United States)。这三个具有里程碑意义的判例的诞生，前后经历了三十五年的时间。也许这些判例的创制者们并没有意识到这些判例之间的逻辑联系,但当这些判例在后世刑事诉讼中发挥作用时,人们已经惊奇地发现:三个判例分别确立的证据开示制度、沉默权制度和辩诉交易制度精巧地结合在一起,形成了一种难以割舍的共生关系。

证据开示制度使得辩诉交易的需求更加现实、具体。一方面,控辩双方通过证据开示分别掌握了对方有可能在庭审中陷己方于尴尬的证据,诉讼的风险意识在个案中得到急速的增强;另一方面,在证据开示过程中,双方实际上也在预测着自己的胜诉机会,掂量着本方的谈判筹码。这两方面的心理态势,经过证据开示过程中所形成的合作与协商的和谐环境的催化,由证据开示走向辩诉交易,便是一件再自然不过的事情。反过来,辩诉交易的成功实践,又促进着证据开示制度的成长,因为辩诉交易中所要求的基本诚信,是促成控辩双方公平诚实地进行证据开示的内在动力。美国历史上证据开示制度由单向走向双向的历史过程,实际上也是一个辩诉交易制度不断发展和完善的过程。

犯罪嫌疑人(被告人)如果沉默了,今后如何办案?美国法的实践对这个尖锐问题给出了明确的答案,那就是一定要在规定沉默权的同时,建立鼓励犯罪嫌疑人不沉默的法律机制。看看美国在1966年确立沉默权之后的第4年便正式确立辩诉交易合法性的做法,便不难发现,在寻求犯罪控制和人权保障价值平衡的现代刑事诉讼中,辩诉交易制度在弥补沉默权制度的负面效应方面发挥着重要作用。正是基于这一原因,才最终在我们面前呈现出这样的场景:一方面,美国是沉默权制度贯彻得非常彻底的国家,但另一方面,在刑事诉讼中真正行使沉默权的却非常少。反过来看,辩诉交易制度同样不可能离开沉默权制度而存在,因为正是沉默权制度充分保障了犯罪嫌疑人(被告人)认罪的自愿性,而这一点正是辩诉交易制度中不可或缺的核心内容。

总之,证据开示、沉默权、辩诉交易三项制度就像三个孪生姐妹,互相支撑,共同促成了美国刑事诉讼的一个基本事实——在州和联邦两级,全部刑事案件中至少有90%没有进入审理阶段。

这种刑事司法制度之间的共生现象,对我们的刑事司法改革应当有启示作用。我们在引进一个制度的时候,不能光去随便搬一个制度来用。因为与之相配套的制度你如果不同时具备,势必就会使这项制度在中国的运行走样。比如说我们引进美国对抗制度的诉讼机制,但是如果这里面几个必不可少的条件:高度发达的律师制度,交叉询问制度,证人出庭作证制度等,都得不到保障,说有这个制度也是一句空话。如果没有系统化眼光,就容易出问题,虽然这只是一个技术性的问题,很小的技术性问题,但却可以说明问题。

再举一个例子,检察院起诉以后,到底向法院送多少材料、是送多还是送少,一直就是一个问题。对待这一问题,世界上有两种不同的做法。以美国为代表的英美法国家,送的材料很少,就送起诉书。这样做有它的好处,可以让法官保持中立,不会在庭前产生预断;但是,这样做也有坏处,就是辩方的先悉权无法保障。以德、法为代表的大陆法国家则恰好相反,实行卷宗移送主义:检察官起诉以后,同时向法院移送所有证据及案卷材料。这样做的好处是,辩方的先悉权有了保障,但是也有坏处,就是法官也会产生预断,不公正。总之,两种做法都有好处,都有坏处。那么,怎样来发挥其优点、抑制其负面作用呢?英美法国家就是通过证据开示制度来解决问题,即检察官在起诉以后,应当向辩方展示其所收集的全部证据;大陆法系国家则通过建立预审法官制度来解决问题,即将法官分成预审法官和审判法官两部分,检察官的证据和案卷材料只送到预审法官手里,审判法官则在开庭前看不到任何证据材料。总之,英美法国家也好,大陆法国家也好,在这样一个小问题上都有与之相适应的配套制度。反观我们国家,在这个问题上却是在两者之间摇摆不定:1979年刑事诉讼法中实行卷宗移送制度,但却没有建立预审法官制度,结果造成了审判往往流于形式,难以实行庭审中的控辩对抗;1996年修订刑事诉讼法取消了卷宗移送制度,却又没有同时引进证据开示制度,结果是在实践中,刑事辩护反而比以前更难了,因为根本看不到什么有用的材料,辩护律师的刑事辩护积极性自然也就下降了。现在确实是到了需要对这些问题进行反思的时候。

**最后,给大家讲讲美国公众法律意识的普遍性问题。**一个司法制度的良性运行,实际上有赖于社会公众的法律意识。美国公民对法律的信仰到了近乎于对宗教的迷信程度。可以说,在美国社会中,一个人如果离开了法律,离开了律师的帮助,便不知道如何生活了。对于法律意识的内容已有很多介绍,例如要求有守法意识、要有利用法律维护自己权利的意识等等,这些内容我就不在这里再重复了。我认为,给我印象最深的是,他们始终把法律看做是人类行为的最低准则,再怎么横的人在法律面前都会却步,再怎么厉害的人一碰到法律底线就往回撤。这一点,有一件事情给我很深的印象。当年,我和两个中国去的留学生和一个美籍华裔学生一起合租了一套房子。有一天卫生间的毛巾杆掉了,要找房东来修,与我同住的其他几个人向房东报告过三次,大概有一个月过去了,他们就是不当回事,不来修,可能也是有点欺负我们中国人。后来,我们都很生气,有一天,我同他们说,我去试试,我相信三天之内会来。我去了之后,先问前台工作人员谁是他的上司。他说找上司干什么,我说我有事找他,你把他叫出来。后来里面有一个管他的人就出来了,问我有什么事。我跟他讲,你是房东对吧,他说对。然后我又说既然你是房东,那么根据美国的法律,你有权利收房租,也有义务修这个房子;我是承租人,我有义务交房租,但我也有权利当房子坏了的时候要求你们派人来修,他点头肯定我的说法。于是,我又接着说,我们房间卫生间中的毛巾杆掉了,我们报告三次,你们一直都不来修,我今天是最后一次报告,如果在三天之内还没有修好,对不起,下个月房租你就到法院要去吧。讲完以后,我很生气地走了。这家伙跟着跑下来了,说对不起、请等等,你还没有告诉我你住在哪个房子里。于是我就将我住的房子地址告诉他了,然后我就回到了住处。回来后,同屋的几个人问我怎么样,我就将前后经过告诉他们。正在我们说话时,有人敲门了,就是房东派来的修理工,当天就将毛巾杆修好了。

这件事情充分说明,法律意识其实并不一定是自发形成的,社会公众法律意识的提高,其实有时也依赖于法律规则的培育。

今天,我就讲到这里,下面欢迎同学们提问。

**问题一**:在我们中国目前的社会制度和国情之下,我们怎么去做才能达到美国司法制度那种水平?如果可能的话,我们需要多少年才能达到?

这个问题我觉得应该辩证地看:

第一,社会的进步总是从思想进步开始。进步是一个过程,变化也是一个过程,中国还有一句话:别指望一天吃成胖子。一个社会的进步总是从思想进步开始,你说你今天敢在这里说这些话,社会是不是进步了?我父亲他们要说这些话一定抓到监狱里去了。我父亲在那个时代被打成了现行反革命,判了七年,就因他说了一句话:"大跃进政策劳民费财。"以前谁主张无罪推定,就会被认为是资产阶级自由化言论而受到批判,而今天却可以自由地谈论这些问题,这意味着什么?意味着我们这个社会在进步,你敢说、你敢表达、你敢释放这种思想就是一种进步。

第二,尽管我们谈到美国的制度,它也并不是唯一的选择。就我个人而言,就刑事诉讼法而言我更主张大陆法,我并不主张英美法。但这并不代表我反对引进美国的一些技术。但从基本模式上来说,我更倾向于大陆法。

第三,即使在我们现行的法律制度下与现行的宪法框架之下,我们也并不是没有可为的空间,我们仍然有可为的空间。比如说,最高检察院曾经召我们一些专家谈及检察院体制改革的问题。关于检察机关的定位,很多学者认为检查机关不能是法律监督机关,认为检察机关和辩护人地位平等,公诉人不能同时是裁判人。检察院对此非常反感。这里并不是说我讨好检察机关,而是我还是比较现实的,我说检察院就是监督机关。比如说,最高人民检察院关于检察组织法修改的问题,我曾经当着检察长说,我提这样一个建议,你是监督机关但是你不能同时当公诉人又当监督人,检察应该设立两套机构,一个是公诉机构,一个法律监督机构。而且不能只监督法院,更要监督公安机关。在我们自身的条件下,这些是可以改的。我多年来主张实行行政区划和司法区划的分立,我们有中央司法和地方司法,但是我们现在的地方司法完全演化成了地方的司法,完全属于地方,司法权的普遍性受到了伤害,地方保护主义非常严重。我们为什么一定要行政区划和司法区划完全一致呢?为什么一定要一个省一个高级法院,三个省一个高级法院行不行?两个地级市一个中级法院行不行?当然可以呀。这样的主张就违背了国家的宪法体制、违背了社会主义制度吗?当然是不违背的,完全是可以做到的。我们的工商、税务、银行可以这样做,为什么法院就不行?银行以前有大批的呆账、死账,什么原因?就是因为当时没有实行银行区划同行政区划的分离,一个省一个分行的结果是省委书记一打招呼就可以借账。后来朱镕基上台以后就合并,三个分行合并成一个。你说这不是在社会主义下银行的改革吗?税务也是个例子吧,为什么会改国税和地税呀?这些东西并不是说社会主义就是老规条,就是过去的老一套。小平同志比我们开明多了,没有固定的模式,社会主义也是可以改革的。同一片天空下,银行、税务、工商都可以实行同行政区划脱钩,司法怎么就不可以呢?我说完全可以,而且还是社会主义的。

第四,我要强调学者的学术策略。你要让人家听得进去才行。我曾在一个研讨会上说,如果我有机会和胡锦涛总书记见面的话,我绝对不会讲美国有什么,英国有什么,我会对他说:1.无罪推定制度与你所讲的以民为本的意思是相通的。因为无罪推定的本质是尊重人的尊严,这不正与以民为本是一致的吗?2.它与我们的实事求是也是相通的,因为无罪推定强调证据裁判主义,实事求是不就是从事实当中求出结论吗?这也是相通的。

总而言之,我有一个想法:我们既需要有一些学者来呐喊,人们把他们称之为激进派,也需要有一些人真正从策略上讲,能够让人们慢慢地接受。有一次我和贺卫方聊天,谈到他起草的《人民法院组织法》被弃用的事。我就不觉得他的策略合适,好不容易最高法院找他来起草《人民法院组织法》,他也费了很大功夫,草案中也有很多很精华很优秀的东西,可就因他说《人民法院组织法》中的"人民"两个字去掉,结果人家就说人民法院不要"人民"了。最后人大代表提出质疑,怎么不要人民了,说人民法院要为人民呀。其实我觉得贺卫方讲的有道理,他是一个真理性的问题,为什么要加一个人民呢?难道还有敌人吗?原本就是一个政治化的语言,为什么要加在这儿呢?这是一个绝对真理,就是因为"人民"这两个字使他失去了这次机会。从学术角度来讲,我认为贺卫方的更具价值,但是人家就是不用他。所以这里面我们需要思考的问题,就是要有一个学术化策略。我以前经常教育我的学生,你要认真对待你的领导交给你的任何一件事情。我对你们的期望是,你们要首先适应这个社会,当你有能力有权力的时候再去改变这个社会。

**问题二**：美国法学教育是学徒式的，也就是说，把学生培养成法律职业化的人才，但是学生在上刑事诉讼法课的时候，他的教授却是刑法或是宪法老师，这样的话，学生怎样才能更好地掌握法律这门技术？

我讲的学徒式并不是在学校里的学徒式，而是走上法律职业道路的时候是学徒式的，像英国的律师工会都是一个律师带一个徒弟。实际上，美国的法官大都是任命法官，法官就来源于律师。一个大学毕业生出去以后，通过律师协会的考试，然后就跟着一个律师，干了好多年成长为律师，再从这里面挑选法官，比如说耶鲁大学的戈尔。这种学徒式，更加强调法律的职业教育。这种教育可能不是很系统化，但它就是从一个一个的案子给你一个一个案子去分析，他们一个教授讲一堂课，学生课前要看将近60页的材料，有案例、有评判、有分析、有辩护词。说实在的，我选了几门课，前两个星期都跟不上。实际上由此可以给我们的法学教育带来很深的思考，比如我们讲原理条例化、知识系统化，但你出去以后一个案子放在你面前，你能不能真正把它当成一种职业？无论是法律还是其他职业，都是越来越专业化的。我们法学院的很多学生就是有点眼高手低，一个实实在在的案子摆在你面前的时候，就手足无措，因为我们在这方面得到的锻炼很少。现在北京大学法学院就比较注重这个问题，我讲一堂课给同学们布置的预习内容大约要四个小时。以前的满堂灌的教学模式，可能会培养出研究生、博士，但不会真正培养出法律职业人才。

（演讲者本人整理　张国平编校）

北大清华名师演讲录

贺卫方
# 职业化视野下的法律教育
## ——中国法律教育的过去与未来

贺卫方(1960— ),山东牟平人。北京大学法学院教授,博士生导师。主要研究领域为法理学、法制史以及比较法学,著有《司法的理念与制度》、《法边余墨》、《具体法治》、《运送正义的方式》等,译有多部西方法学名著。主编或参编"外国法律文库"(中国大百科全书出版社)、"当代法学名著译丛"(中国政法大学出版社)、"宪政译丛"(三联书店)、"司法文丛"(中国政法大学出版社)等多套丛书。除学术研究外,还注重在社会上传播法治理念。多年来,在报刊上发表随笔、评论300余篇,不少文章都产生了巨大的社会影响,一些主张已经通过近年来的改革变为制度的现实。

# 职业化视野下的法律教育
## ——中国法律教育的过去与未来

时间:2005年9月21日
地点:烟台大学法学院模拟法庭

**汤**:请大家安静。今天我们很荣幸地请到了著名学者北京大学法学院教授贺卫方先生给我们做讲座,大家热烈欢迎。其实贺先生还有三个大家可能不太熟悉的身份:第一,他是我们勺海论坛的常客;第二,他是我们烟大法学院的兼职客座教授;第三,他是我们烟台人,是我们的老乡。而且贺教授还给我们邀来很多著名的专家学者。下面请贺教授作报告。

**贺**:谢谢汤院长。又回来了!我在1978年高考离开了山东省牟平县,走的时候家乡并不存在一个叫"烟台大学"的大学。但是后来有了这所大学。没有大学的时候,每一次牵挂的只是自己的乡亲父老、兄弟姐妹。但有了烟台大学,我就开始牵挂汤院长。(笑声)所以,回到老家来,感觉心情非常好(用牟平方言)。当然,你们不要期望我用牟平话作这次讲座。我以前来作讲座的时候总是习惯在前面说一点牟平话,我们牟平话很土的。牟平话——其实不仅仅是牟平话——整个胶东话,比方说,我听中央电视台演小品,魏积安演小品我总觉着不幽默(魏积安也是咱们胶东人)。我觉得中国的语言中,比较幽默的是四川话、北京话、东北方言,我们胶东方言好像不够幽默,不够幽默的语言就不适合作一种更加学术化的表达。我在家乡的时候,曾经是毛泽东思想宣传队的成员,演节目在台上总要说普通话,但是到了台下你就不能再说了,你就要说地道的牟平话,所以就养成了一种在台上说普通话、在台下说家乡话的习惯。我现在说的普通话还行吗,汤唯?

**汤**:大家说行不行?

**众人**:行!

**贺**:还行,还凑合(笑着说——牟平话),都能听得懂。过去我曾经就法律教育问题,在这个场所做过演讲,也给大家汇报过自己对法律教育的看法。大家也知道,法律教育不仅仅是关系到一个国家的教育的一部分,也关系到在座的每一个人。法律教育不仅仅是发生在大学里的事情,它对整个法律制度都有深刻的影响。一个国家的法律教育模式,可以说是一个国家的法律制度的造型因素。它与法律制度之间存在着一种相互之间的互动关系。那么,怎样的一种法律教育模式对中国是比较合理的呢?

(针对台下鼓掌声,贺对汤院长)这个声音太好了,我可以走下去吗?(伴随着热烈的掌声,贺教授走到台下)谢谢! 我觉得距离近一些,感觉更愉快一些。我能够看到你们的表情,在台上汤院长那地方,你们能看到我,但我看大家看得不大清楚。

你们知道,前一段时间我曾闹过一场事,宣布暂停招收硕士研究生。这个事闹得比较大,其实我没有想到会很大。在今年的6月23号的时候,我在学术批评网上发表了一封公开信,致北京大学法学院的院长、领导和北京大学研究生院的领导,宣布暂停招收法学硕士研究生。我当时只是把这个东西发到了学术批评网上——学术批评网主持人也是我们山东人杨玉圣教授,他本来是北京师范大学美国史方面的教授,现在是中国政法大学的教授,他自己主持的私人网站叫"学术批评网",我就说:"你把它登上去吧!"登上去以后,万万没有想到的是传播得这么快,好像各个网站纷纷转载。我当时也不知道什么原因,可能是因为跟一个"北大"的教授宣布罢招有关吧。

你们也知道,前边清华大学的教授——清华大学艺术系的陈丹青教授宣布辞职,不在清华大学做教授了。他在美国呆了十多年,作艺术方面的学习和实践,后来清华大学就把他招聘回来作导师——博士生导师、硕士生导师。但是他非常苦恼的是:多少年来他认为艺术方面非常有才华的年轻人考研究生考不上,而考上的人他觉着是阿猫阿狗,很差劲。没有艺术天分的人能够考上,有艺术天分的人偏偏考不上。他感觉非常困惑:为什么考艺术专业的研究生还要考政治,还要考外语？政治你背得再熟练,你的艺术不行,你能成为艺术系的好研究生吗？英语教学我觉得一直以来受到很多诟病,大家都觉得：是不是每个专业、每个学校都应该把英语当做那么重要的事情？

我在一个小小的网站突然发布这么一个信息,引起了全方位的关注。我自己从来没有觉得这个事情有多重大,但是,包括各个网站、各个地方的报纸,甚至吉林白城市的《白城日报》,都有我也不认识的人把报纸剪下来寄给我,说:"我们当地的报纸报道了你罢招的消息。"然后,什么《南方周末》啦,甚至今年八月十五中秋节的晚上都不得安生。那天晚上凤凰卫视"名人面对面"的专访播的是我罢招的事。我想所谓的"一石激起千层浪",这样的事件能够引发如此广泛的关注,如此强烈的一种反响,它的原因到底在哪儿？我想我们可以自豪地说,法律教育不再是过去那个意义上的边缘化的一种教育了！

大家知道,今年是科举考试废除100周年纪念。100年前,1904年9月2号,清政府废除科举考试。这对中国文化来说是一个重大事件,在中国历史上来说更是一个极其重大的事件。大家知道,满清入主中原以后,中原的人民一直在反抗,我们许多人都把自己作为遗民——明朝的遗民,不接受新政权的统治,因为这个新政权完全是一个异族的统治。他们是外国人,爱新觉罗,这是什么？这不是中国人的姓氏。所以他们来当皇帝,中原的老百姓就非常不服气。我们不愿意接受这个新皇帝,但新王朝一旦宣布恢复科举考试,很多人就觉得这是我们的皇帝了,我们就接受了——所以我们中华文化真的是"海纳百川",胸怀极其开阔。这就说明,科举考试是中国文化非常重要的一种根基性的因素。但是在100年前,清政府废除了科举考试,不再用科举的方式去选任官员,也就断了当时很多从小就准备科举考试的人的仕途之路。这对他们来说是一个很大的打击,但后来正是法律教育的发展使得这些个受打击的人有了一种功能的替代物,那就是——法律教育相当于科举考试——学法律照样可以做官。一时间中华大地上,法律学校、法政学堂如雨后春笋般到处涌现出来,像济南法政学堂、南京法政学堂等。日本人来做我们的教习,教我们学习法律。学习法律成为通向官场的捷径,这是当时的通例。法律教育在那个时代里兴盛发展,比如话剧《茶馆》里边有一个二流子,有几天没有出现了,常四爷问他:"哎,这几天没见您,您到哪儿去了?""上法律学堂了。""上法律学堂了?"好了,什么人都可以读法律!这是那个时代的特点。法律教育在那个时代兴盛到民国,30年代政府开始感到法律教育过分畸形地发展——太多的人学法律。著名作家杨绛女士的父亲杨荫杭先生——杨荫杭名气不如他妹妹杨荫榆,就是鲁迅先生写的《纪念刘和珍君》中北京女子师范大学的校长杨荫榆——他先到日本学法律,后又到美国的宾西法尼亚大学,做的论文题目是《日本民法与美国民法的比较》,后来又回到国内,担任过检察官、法官、律师。他就说,那时学法律的人如过江之鲫,法学文凭贱如粪土,没有人认为法律是一门真正的学问。所以国民政府三四十年代的一个基本政策,就是压缩法律教育的规模,不允许招收太多法律学生。新中国成立后,法律教育更面临着一个转折关头。1949年以前我们曾经有过非常好的法律教育,比如总部在苏州但法学院在上海的东吴大学,她的法学院在三四十年代被美国人称为"全亚洲唯一的 law school"。在美国人的观念中,什么叫 law school? law school 就是"后本科的法学院",是一个 professional education 的地方,是一个按照美国的严格标准建立的法学院,而东吴大学法学院正是 1910 年由一个美国律师建立、美国教会创办的一个教会大学(在座的同学有从苏州来的,可能还记得一进苏州大学,里面都是西洋风格的建筑,给人的感觉就像一下子走进了一个西洋大学,那就是教会学校留下来的遗产)。东吴大学法学院在 1949 年,不,1952 年(因为东吴法学院、东吴大学真正停办是在 1952 年)以前的中国,是一所真正意义上的重要法学院。她多多少少依托了上海殖民地这样一个特点,殖民地的法律制度本身就是一个多元化的法律制度。你们都记得会审公使领事裁判权,发生在中国人和外国人、外国人和外国人之间的诉讼,并不是由中国的法院来审理,而是由西方人开的法院来审理,这就导致上海那个地方各种各样的法律制度都能在那里实行。于是乎,也就需要了解各种不同法律制度的人才,各个法学院就适应了这种需求,培养各种各样的法律人。它们开设的课程,学英美法的时候直接用英国和美国的课本学习,学习德国法的时候,直接用德语的课本学习。每个人在东吴学习的时候,都必须精通两门或两门以上的外语。我有一个前辈的同事——潘汉典教授,他是东吴法学院40年代的毕业生。潘汉典教授在中学的时候读的是教会学校,所以他在高中毕业的时候英语已经是绰绰然有余乎,到大学的时候他要学德语,当时他那届的学德语的人不多,只有两个同学,学校专门为这两个同学配备一个教师教德语,教他们两个人的德文。所以潘汉典教授成为一代法学翻译家,他翻译了马基雅维利的《君主论》,大家看商务印书馆出版的马基雅维利的《君主论》——潘汉典教授译。这本书根据意大利文原版翻译,并参照英文版、德文版、法文版、俄文版、日文版校对,就是说他一个人精通这么多语言,那是当时的法律教育的特点。所以那个时候培养出来的人,能够真正对西洋的法律制度有精湛的了解。有许多人在东吴大学毕业,以后直接到西方的大学去读博士。大家都记得像吴经雄教授——东吴大学的毕业生,吴经雄教授到了美国密执安大学去读法律,读法律期间又写文章,居然在密执安大学学报的法律评论上发表关于霍布斯法官的法律哲学的文章。中国人留学西洋时经常写的文章,都是写一些我们自己的事,外国人不懂。我认识一个留学德国的朋友,他的博士论文是《中国贪污罪的特色》——西方人了解不了这个东西,所以说什么是什么。如果能够研究西洋本身的东西,这是很了不起的。他写的文章发表出来以后,霍布斯大法官真正感觉遇到了知音,于是立即给他写了一封信说:"你对我的思想的解读最贴近我的思想,许多人的研究充满了诸多误会。"这位吴经雄(英文名字叫 Jhon wu)——东吴大学的毕业生能够成为这样一个学者,很不简单。然后在美国学习完了以后,他又到德国去留学,在德国和斯塔姆勒过从甚密,有着很好的一种学术素养,我们都知道这个时候他的层次特别高。二战后在东京的远东国际军事法庭审判,所有参与这个法庭的工作人员必须要懂得英文甚至要懂得日文,因为这个国际法庭审理的是日本战犯。中国人参与这个审判的,90%左右的法官、律师、检察官以及法庭的顾问,都是东吴一个学校毕业的,可以说这个学校真是取得了很高成就的。但是到 1952 年——甚至 1949 年时大致上所有的教会学校都不允许存在下去了——像东吴大学这样一个学校的名称也不存在了,改叫苏州师范学院。

20 世纪 50 年代,我们的法律教育走向了一个低谷。1949 年以后,开始大规模减少法学院的规模。1952年和1953年及以后,相继在全国成立了几个政法学院,主要有华东政法学院、北京政法学院、西南政法学院、中南政法学院、西南政法学院等。西南政法学院是我的母校。前年,也就是2003年,西南政法学院迎来了她的50周年校庆。五十周年当然是一个大庆的日子,许多校友都回去了,举行了非常隆重的庆典。(学院)给了我一个非常特殊的荣誉,让我作为校友代表在典礼上发言,我感到很激动,头天晚上就开始不断地准备怎么去发这个言。通常我讲话都不需要讲稿,反正是就像聊天一样瞎讲一通,但是那个时候我写了讲稿,而且是非常认真地写了稿子,因为这是个仪式——非常郑重的仪式。我在那个讲话里讲:许许多多的时候我们庆祝一个机构创办多少周年,都是认为这个机构本身代表着一个事业发展的标志。但是我们在庆祝我们的母校——西南政法学院创办50周年的时候不要忘记:50年前这个学校创办本身,不是发展法律教育,而是限制法律教育的标志。她是由当时六七所不同风格的大学的法律学系、政治学系合并起来成为一个政法学院,比方说四川大学、重庆大学、西南革命大学各种各样师范类的院校,这么多法律系全部合并在一起,也就意味着这些综合性的大学不再有法律院系了,不再有政治学系了,而是合并在一块成为一个院校。北京政法学院是把清华大学、北京大学、燕京大学等所有学校的法律系、政治系合并在一块成立的。你们说,这到底在发展法律教育还是在限制法律教育?当然是在限制法律教育,因为它不允许更加多样化的法律教育的存在。所以,法律教育在那个时候受到了很大的一种限制。1947年官方的统计数字显示,学习法律专业的学生占当时在校大学生的23%,到了1957年,短短的十年之后,这个比例缩小到了2.7%。1957年还算好,到了60年代更可怕。"文化大革命"一开始,全国什么都停办了。后来有两个学校恢复招收一点法律专业的学生——工农兵大学生,那就是北京大学法律学系和吉林大学法律学系。瑞士有一个比较著名的研究比较法的法学家,他的中文名字叫胜雅律,他的英文名字叫 Haryphone,Singer,他不仅仅是研究中国法的专家,而且是一个研究中国三十六计的专家。他有一本书叫《智谋》,上海人民出版社出版的,不过他只研究了头一半,后一半还没有研究出来,当时德国总理科尔专门为这本书写了一封热情洋溢的信,说正是它开启了我们研究中国智慧的窗口。胜雅律先生1970年的时候在日本留学,先跟日本的法学家学习日本的法律,后来从日本转到台湾。大家知道,很多西方的人研究东方学问,开始先到日本,后来一定要到中国来,因为到日本总觉得学的是二道贩子货色,中国才是正宗的。但是到大陆来不成,他就到台湾去跟著名法学家马汉保先生学习中国法律史。在台湾学完了以后,他就觉得在台湾学完了是不是可以到大陆学一学,于是就到北京大学。那时是1974年……他来了以后就向校方申请说:"我是来自瑞士的……我是不是能够在你们这儿学习法律?"北京大学说:"不成啊。我们法学专业是绝密专业,绝密专业就意味着学习法律会涉及很多不能让外国人知道的知识,所以你不能够学习法律。"后来他费尽努力,但是也不成,最后只好到哲学系学了两年的中国哲学。这个人中文说得很地道,而且经常有一些"文革"时期的表达。我跟他说:"哎呀,你能不能帮我收集一些某某方面的资料?"他跟我说:"我一定要完成你交给我的这样一个光荣而艰巨的战斗任务!"完全是我们"文革"时候的话,可能很多年轻的同学都不熟悉这种说法。据胜雅律先生当时的观察说:"北京大学法律学系当时是全北大倒数第二大系。"倒数第一大的是考古系,考古系没几个人学,倒数第二是法律系,没几个人学——所以一下子限制成这个样子,没有几个人把法律当一回事。

法律教育是什么?不瞒大家说,1978年我考大学的时候,我根本没有报法律,我也不懂得什么叫法律。结果阴差阳错就给录取到了西南政法学院,这是我自己的一个很大的幸运。那时候根本不知道什么叫法律,但是到了今天,一个法学教授发出的罢招公开信居然能够引发如此广泛的关注,这说明今天的法律教育,真的已经成为不仅仅是身在法学院的人——包括在座的各位老师、同学的事情,而且是全社会关注的事情。这与我们国家法制的发展有关联的。我们要走向法治社会,当然需要优秀的法律人才,需要培养法律人才的法律学院。这是今天这个时代的特点。那么,我想让在座的各位老师、同学今天晚上具体地去思考、交流的一个问题是:我们今天的法律教育到底要朝哪个方向去走?我们整体的一个模式要怎样去规划?我们如何能够使法律教育本身不变成像当年杨荫杭先生所说的"法律文凭贱如粪土"?所谓"成也萧何,败也萧何",建设法治靠这一帮子人,破坏法治也是这一帮子人，如何避免这样一种情况在中国出现？我们是否应该建立一种朝向职业化的法律教育？可以说，今天我们已经到了该反思的时候了。1978年我上大学的时候，全国只有五所法律院系：北京大学法律学系、中国人民大学法律学系、吉林大学法律学系、湖北财经学院法律学系以及西南政法学院。当时全国一年法律招生的规模700多人，西南政法学院一个学校招了364人，我们的学校占了半壁江山。1982年毕业后到现在，我的一些同学发展得非常好。团中央第一书记周强——我的同学；最高法院的副院长黄松有——我的同学；湖南高院院长江必新，也是著名行政法学家——我的同学；最高检察院前任副检察长张穹——我的同学（现在是国务院法制办的副主任）；现任的副检察长朱孝清——我的同班同学；司法部的副部长，现在在广东省做组织部部长、省委常委的胡泽君——我的同学；还有一个同学本来是走学术道路，现在突然一下子做了保密局局长——夏勇教授，也是我的同学。好家伙，全部都忽忽一下子（高升了——手势语）。那个时候我们的法律教育啊，虽然规模不大，法律教育的程度也不是特别的好，但是学生的分配绝对是一流的。西南政法学院那时偏安一隅，在非常偏远的重庆，毕业分配不需要自己考虑怎么办，当时许多人都想回到自己的家乡，比方说我从山东来的我回山东，当然省高级法院是最好的选择——当然，我那年考研究生考到北京了。但是有许多人都想回去，我们有两个同学谈恋爱，女的是苏州人，男的是昆明人，男的就想把女的拉到昆明去，女的就想把男的拉到南京去。但是两个地方都不愿意接收两个人——因为要多一个指标，最后只好找学校帮忙，学校说："你们谈恋爱，我们也理解，毕竟年龄都不小了。但是只能照顾人不照顾地方，我们只能想方设法把你们分配到一块儿，但是地方就不要挑剔了，昆明啊南京啊你们都别想，你们到北京去好不好？"最后我这两个同学就都到北京去了。所以，当时的法律教育规模很小，但是毕业分配啦各个方面都非常好。

但是现在转眼之间我们的法律院校，大家知道有多大的规模吗？500所以上！我们当时是5所，现在是500所，短短二十几年过去，翻了将近100倍！所以现在已经到了反思我们法律教育的时候，应当给我们一个当头棒喝，问一下我们到底要建立一个怎样的法律教育？我们这个法律教育跟社会之间有怎样的一种关联？这是我们今天特别需要思考的问题。我认为，我们今天面临的首先是模式上的选择，也就是说我们要先观察西方各个国家的法律教育，实际上也不仅仅是西方，而是包括各个国家的法律教育。

我们发现，法律教育里有两种不同的模式，一种模式可以叫做欧洲模式，一种模式可以叫做美国模式。欧洲模式的法律教育是从高中毕业以后直接考取大学开始学习法律，大学里存在着一个叫法律学系的机构（法国巴黎大学法律学系，他们不叫法学院，不用 Law School 这个名称，他们叫 department of law，包括英国，在英国所有的大学里面，法律学的那个机构都不叫法学院，都不叫 Law School，我们这个地方叫 Law School 特别的不对，因为我们的本科生占据了法律教育的非常重要的位置，所以这不能叫 Law School，美国才叫 Law School，Law School 的前提是没有本科生）。欧洲各个国家的法律，包括英国的法律教育，都是到高中毕业以后学法律，学完法律大学毕业以后，有相当多的学生他们不见得终生从事法律这项职业，他们也可以做别的事情。欧洲大学的这种法律教育，由于是高中毕业起点的法律教育，所以与其说是培养专业的法律人，不如说是给这个社会的成员提供一种法律意识、法律的基本知识、法律的基本理论、法制国建构的基本逻辑。这是欧洲法律教育的一个特点。与这个特点相关联的另一个特点是，欧洲模式的法律教育不可能倾向于经验式的技能化训练，他们的法律教育仍然偏重于理论性的。例如上大课，像我们现在这样的一种课堂，在美国是不可想象的，但在欧洲则是很平常的。这是欧洲的一个特点，因为它培养的不仅仅是专业的法律人，他可能成为公司的职员，他可能将来成为政府的官员，他可能将来成为法律之外的很多行业的成员……比如卡夫卡学习法律出身，成为伟大的小说家；韦伯学习法律出身，成为学者、伟大的思想家。所以欧洲大陆的法律教育，它培养的是更宽泛的一种知识，而不是专业化的一种教育。跟这种东西形成一种补偿的——也就是说法律学习毕业以后，一个人如果想要选择做法律工作者（律师、法官、检察官）的话，就必须接受一个由法律人来进行的司法研修。在法国的波尔多——这个城市跟我们烟台有点类似，盛产葡萄，是葡萄酒城，酿造的葡萄酒非常好——特别让人感到振奋的是：走在马路上，远远地看到，哎呀怎么矗立着一个大酒桶，天地之间一个大酒桶？导游告诉说那是法院。波尔多的法院建筑修成了一个酒桶模样！然后下来进入法院，从"酒桶"那个地方开了一个门进去。嗨！真是法庭啊！哎呀，我就觉得法国人那种浪漫啊，真是了不得。你想到一个"酒桶"里边打官司，你就要稍微思考一下：这个官司到底值不值得打啊，是不是有点荒唐？所以有很多诉讼，一看到"酒桶"——"算了我们回去吧！"不需要再诉讼了。波尔多这个城市对欧洲文化非常重要的是：它是孟德斯鸠的故乡，而且波尔多有一个大学就叫孟德斯鸠大学。波尔多这个地方还有一个法国的司法官学院——所谓法国的司法官学院，就是说法国所有学完法律毕业的人，想继续做法官、检察官的人必须要在这个司法官学院进行进一步进修。进修阶段就必须更加专业化，也就是说把一个理论性的人才训练成一个工作能力很强的人，可以知道案件怎么处理了。在国家司法官学院里边，没有教授在这里教书，指导这些学员的人都是实务工作者——资深律师、资深法官、资深检察官，由他们来告诉这帮人一个案件应该怎么处理。经过一年到两年的训练，这些人再到法院、检察官署去，他们才可以胜任自己的工作。欧洲大陆的特点是：一个人在训练结束以后一旦选择某种职业，几乎就意味着他终生都会从事这样的职业。如果选择作法官，一辈子就不要再做别的了；如果选择做律师——律师不是在这里训练，律师在法官的各个省的协会进行训练——你就一辈子做律师；检察官也是一样，可以说是真正的"一条路走到黑"，所以他没有英美国家的流动性。在英美国家，所有做法官的人都必须从做律师、做检察官的人中间选任。一个人不做十年以上的检察官或者律师是不可能做法官的，这是英美国家这一职业的一种非常重要的特点。我曾到过日本的司法研究所，司法研究所是日本最高法院下属的一个机构，相当于法国的司法官学院。但是日本在这方面做得更加彻底，那就是：如果想做法官、做检察官，包括做律师，都必须进入这个司法研究所学习和实习，他们叫法律学徒。日本的司法研究所之所以让最高法院来主办，是因为担心让别的机构主办会干预司法的独立性，所以不让司法省来主办，而由最高裁判所来主办。我在1995年去访问的时候，他们每年录取新生的数量是700人。大学毕业、法学院毕业、法律学系毕业以后，这个人不能直接担任检察官、法官或者律师，他必须参加司法考试。我不知道是不是有同学前几天参加过司法考试,当然司法考试也比较残酷,录取率则是10%左右。但是日本的司法考试录取率则是3%左右,极其残酷!一个人大学毕业以后,平均要考六次才能通过。哎呀,真正是一种"新科举"。有些人都考到五六十岁了还在考,因为你不考过这关你就进不去这个法律职业。那个考试极其艰难、极其残酷,甚至有些英美国家的学者都批评说:这种东西太过分了,这种极其艰难的考试只能把一些有才华的人逼到其他路径上去。1995年考过的是700人,现在增长到1000人,就这么一个规模,他们每年只录取这么多,名额是一定的。进去以后大约是一年半或是两年,我记得1995年的时候还是两年,现在缩减到一年半。这一年半的时间分成四块,一块是在司法研究所里进行由那些资深律师、资深法官、资深检察官讲解的教学;然后那四分之三一分为三:三分之一的时间跟律师、三分之一的时间跟法官、三分之一的时间跟检察官。这是日本的法律教育模式,你们可以发现,日本人学习欧洲大陆学得特别像,学得很地道——中国的司法考试也是借鉴的这套制度。

说起司法考试,我也算是一个鼓吹者、呼吁者。在建立以前,1995年我从日本回来就不断地写文章,鼓吹这个东西,倡议建立司法考试制度,同时封杀其他行业进入法官、检察官、律师队伍的一种可能性。把那个口子给封住,把这个门槛给抬高,然后呢,我们想象着中国就能够建立一个更加良好的制度。但是中国现在这个制度建立得并不好,问题多多。一个是考试成绩是否能够真实反映一个人的实际能力——我觉得还是背诵比较多。由此形成非常大的一个讽刺的是:广西南宁市中级人民法院在第一次司法考试的时候,70多位现任法官——法律工作人员参加司法考试,全军覆没,无一过关;反倒是南宁市郊区的两个农民从中冲杀出去——当然我们也不排除农民中有很优秀的人才。但是如果一个人的专业素养越高却不能考取,专业素养越低越能够考取,这样一种考试就比较值得检讨。当然这不是我们今天要讨论的主题。

与欧洲大陆式的法律教育模式形成一种反差与对比的,是美国式的法律教育模式。美国式的法律教育模式的独特性在于:它彻底消灭了本科学法律的这样一种存在,在美国的各个大学里边都不存在本科学法律的这样一个专业。所有学习法律的人,都必须是在一个"后本科阶段",学过别的专业毕业以后再学习法律。这样一种模式可以说是"博洛尼亚大学模式"——喜欢意甲的同学一下子就想起了有一个叫博洛尼亚的城市,罗伯特·巴乔还曾在那个球队踢过球——博洛尼亚是人类第一所近代大学的诞生地,再过多少年博洛尼亚大学就要迎来1000周年的校庆纪念日。博洛尼亚从一开始就是一个法学院。最早的大学总要有三到四个学系才能成为一个大学,最基本的就是法学系、医学系、神学系或者再加上哲学系。而博洛尼亚大学最早具有的就是法律学系,所以在座的各位同学可以自豪的是:我们这个学科是人类一建大学就有的学科!据后来学者的研究表明,博洛尼亚大学一开始就是一个研究生院意义上的大学,尤其是法律学系,他们要求一个人必须首先要受过所谓"七艺"的训练,"七艺"就是逻辑学、几何学、修辞学等七种专业的训练。从这个意义上说,多多少少我们可以理解为:他要求一个人必须是本科毕业以后。这样一个传统在欧洲大陆完全中断了,但却被美国给复兴了,美国人也不知道怎么回事就把法律教育放到了本科之后。

我们可以思考一下:把法律教育放到本科之后是不是有它的合理性?在座的有大一的同学吗?你们告诉我:你们在大一学法律的时候,会不会感觉到法律是一门莫名其妙的学问、一门不大好理解的学问?教法理的老师教得简直可以说是"这什么意思嘛,根本没有办法理解嘛。"(笑)法律是什么?法律是统治阶级意志的体现。我不知道这个说法在现行的法理学里边还有没有。但是我要问:什么叫统治阶级?阶级是什么意思?现实社会中间是有上层人,也有下层人。但是,你比方说,牟其中、大连实德的徐明那样的人算是上层阶级的人吗?我们是下层阶级吗?大学是上层阶级还是下层阶级呢?你们大学生是上层还是下层呢?阶级是什么意思?统治又是什么意思?什么叫意志?自然的意志还是人为的意志?又是怎么体现的?所有的东西都不是一个"高四"的同学能够理解的,也没有办法理解——匪夷所思。我给大一的同学上过法理学,我感觉非常不容易上。同学们告诉我说:"老师,教科书上每一个字我都认识,但是这句话说的什么我不懂。"大家都知道,法律这门学科跟人类的经验、人类的历史、人类的苦难有着多么密切的关联。法律涉及的是人心,法律涉及的是人的行为,法律涉及的是人际之间非常复杂的一种关系。如果一个人没有对人际关系、人的行为、人心有一个初步的洞察的话,你怎么去理解法律?为什么说法学是一门需要一定的年资才能理解的学问?你们知道有一些学科,特别是有一些少年天才(的学科),比如数学。哎呀,有一些人一点点大,数学才华横溢,吓死人!法国著名数学家、哲学家帕斯卡尔,14岁就写了非常著名的文章以及光学的文章,哎呀,神哪!自然科学许多领域都是这样,不光是自然科学,人文学科像文学方面的,比方说写诗、写小说。你说韩寒,居然能够模仿着钱钟书那样一种口吻写小说,哎,写得还不错,他对语言有那么好的领悟力。北京大学法律学系1979级学生入学的时候,人们惊奇地发现:怎么竟进来一个小孩?他的名字叫张海生,笔名叫海子。我一说海子,你们都知道伟大的诗人海子——北京大学1979年法律学系入学的学生,他入学的时候还不满十五岁,安徽怀宁人——他的同学后来给我看过他的照片,刚刚入学时的照片,土得一塌糊涂——学法律学得不怎么好,一般般,但是写诗是何等了得!我相信在座的不少同学能够背他的诗歌,"面朝大海,春暖花开",都太耳熟能详了。那样的诗句,真的每一句我都知道,但是把我的手剁了都写不出来,我并不是谦虚,是真的写不出来。这是多么伟大的诗篇!你们知道,他在刚刚二十多岁的年龄就卧轨自杀了。现在每年到他的忌日,中国政法大学的同学们都会在晚上把教室的日光灯关掉,点上蜡烛,朗读他的诗歌,悼念他们心目中的诗圣海子。那么小的人,他不仅是写诗好,而且他在诗歌方面的理论非常高深、高妙。他写过一些文章,这些文章真的是臧否人类历史上一些伟大的文学家:歌德伟大在哪儿;莎士比亚的伟大在哪儿。我想真是了不得!但是海子不懂法律,他是学了四年法律,但对法律毫无兴趣可言。当然,我们也可以说他是一个极有天才的人。但是我们要说,让一个这么小的孩子学习法律是学不出来的,年龄这么小是不应该学习法律的,他对人类的生活、人类的苦难、人际关系的复杂还没有多少理解和领悟,这个时候你如何能够理解法律方面的一些独特的知识?这就是为什么在美国是这样的一种法律、法学教育模式。

美国的法律教育在后本科阶段,还带来了其他一些好处。比方说,它能让各种各样的知识融入法律教育之中。大家学不同的知识,你们知道高中教育跟大学教育很大的不同是：在大学教育期间你是分专业的，你被界定为一个，比方说物理学、经济学、社会学、文学，大家有着不同的专业。有些专业不需要那么多人——这里有没有学哲学的人？你说这个社会需要几个哲学家？一两个就已足够！但是招这么多人他要吃饭啊，将来怎么办？学语言的：学英语的、学德语的、学法语的，将来有几个人能够成为语言学家？像许国璋那样的人，像索绪尔那样的人，伟大的语言学家没有多少人。但是招那么多人学语言，英语系一下子一抓一大堆，将来不需要那么多的人。他们将来干吗？总要找个职业吧？干吗？做律师吧，那就学法律吧。于是，各个其他的专业作为人文教育、社会科学教育，包括自然科学基本知识的教育，虽然都是非常重要的一种教育，但是它们将来都不是一种职业，所以他们就进入法学院学习法律。律师终归也是一个职业，是一种不仅仅可以谋生，而且可以改变这个社会，成为我们服务于这个国家的一个渠道。所以，各个不同的专业都来学习法律。

而我们的法律教育模式则是：大家从高中毕业以后就开始学习法律，学习法律的过程几乎是我们接触第一个专业的过程。我们一下子就被训练成为只能理解法律、只知道有法律，这样视野就会变得狭窄。因为每一个学科的训练过程也是把一个人变得更加专业化的过程，同时专业化的过程也就是让一个人看东西的时候遗漏许多东西的过程。我们到烟台大学，一看，哎呀，这个校园建得很漂亮。你知道一个建筑学家来看的时候，他的眼里只看到这个建筑建筑学上美学的原理，而我们学法律的人一看就想：这个大楼建筑中间有没有腐败啊？没有多少人说是从建筑学视角看它有多么多么的好，我们不能欣赏。也就是说，专业分工让我们这些人，虽然在物理意义上我们生活在一个世界，但是在知识的意义上，我们却是生活在非常复杂的多样化的世界里边。我们人与人之间，经常发现沟通其实很困难。比方说我们学法律的，跟一个不学法律的人比如农民在一块聊法律问题，你会感到聊起来很艰难，聊不通。我过去写《复转军人进法院》的时候，军界的一些朋友写文章跟我商榷，我发现他们讲道理时跟我不一样。他们老说：领导同志指出如何如何。我说，作为一个学者，大家有道理说道理，你不要拿这些人来说理嘛。我们老话，最典型的话"秀才遇见兵，有理说不清"，我就是典型的

"秀才"遇见了兵。这实际上是一个解释学上的问题,人与人之间相互可以理解的原因,就是因为人与人之间本身就可理解。我们相互之间本身存在着一种共同的知识基础,你才能理解。不存在一种共同的知识基础,你又如何能够理解?你不可能理解的,只能是鸡给鸭讲——越讲越糊涂,越讲越讲不清楚。法律训练如果一开始就走这一步的话,我们的训练就会逐步走向狭窄化。医学上有一种眼睛的症状叫管状眼,就是说这个人看东西只能像个管子似的往外看,他没有余光,那就是一管窥豹,看这个世界上都是一个点一个点的。这种法律训练能让我们变成管状眼患者,我们眼睛只看到法律问题。但是美国式的法律教育偏让你受别的训练,然后再让你受法律训练。这会使学习变得非常有趣:一个人学了经济学、语言学、社会学以及自然科学都到法学院来了,一到法学院课堂上一看,年龄都很大,平均年龄大概二十六七岁、二十七八岁的样子。

　　大家可以想一想,所有这些不同的人走到一个课堂上来学法律,这对于教师来说肯定是一个巨大的挑战,因为教师的教育变得不像高中毕业刚进大学的孩子那么好糊弄了,说什么是什么,你不理解那是你的错,不是这样的!学生们有自己独立的思考能力,他们曾用不同的方法训练过,他们是从整个社会学的事业来观察法律的问题。我们知道有个边缘学科叫法律社会学,它不会过多地关注法律本身的一些问题。经济学、人类学、各种各样的学科都在这个法律的课堂上交锋,我相信这对法律的教育来说可能是一个好事情。好就好在:各种各样不同的知识融入这样一个法律教育的过程之中。教师在教学的过程中间教学相长,其实最重要的教学相长是来自学生的不同的知识。你在上面讲法律经济学正讲得头头是道,下面有一个人非常低沉地说了一句:科斯定理你说错了。你会感到很可怕!但是我要说,对于美国的法律教育来说,也许它的成功原因之一就在于,法律作为一种主导知识的思维方式,仍然能在法律的训练之中战胜其他专业的一种侵略、一种冒犯。对于这些年来国内的法律教育,我们都知道,比如法律经济分析,我相信同学们在老师的教授过程中间了解到有些老师的经济学素养很好,他给大家讲,比方说,侵权法的经济分析、婚姻法的经济分析、死刑方面执行死刑和不执行死刑的投入产出、科斯定理……这些东西可能会越来越多地并入法学的思考过程之中。我们可以说,在过去的二三十年间,经济学的教育方式对法律教育的一种影响,可以说是法律教育所遇到的最大的挑战之一,从这样一种思考的过程当中,我们也受益良多,但大家一定不要忘记法学仍然有自己的一种本位。法学仍然有一种别的学科不可替代的方法、一种独特的思维方式。这是什么呢?我觉得我们的法学界还没有很好地描述出这样一种法律的方法。

法学这样一种独特的学科,它的独特的地方到底在哪儿?它是如何跟其他角色形成一种差异的?我们不要把法学作为经济学的一种注释,因为它是我们安身立命之本,没有了它,我们的法学专业的存在就没有了价值。我自己这些年来也读过不少美国法学院关于法学教育的一些资料,一些有关教学方法方面各种各样的文献,我发现,美国的法律教育是一种非常独特的教育,它是一种把一个人给规驯的过程。也就是说,不论你是从哪个不同专业过来的学生,法学院的老师会想方设法地让你知道法学的厉害。比方说,如何给你一个下马威。你刚进来时意气风发,跑到法学院的学生每个人都感觉自己是天之骄子,许多人有好几个博士学位,这不是夸张。那么教师如何让大家知道他的厉害?有一种比喻叫做疯人院,每个进入法学院的人都要经历一种类似疯人院的经历。疯人院是怎样逐渐地叫一个人认清自己是一个疯子的呢?每一个进疯人院的人都不认为自己是疯子,所以一个人进了疯人院就要想方设法地让他知道他真的疯了。你要让他理同样的发型(这个发型是社会上很少有人理的发型),穿一样的衣服(这种衣服也是别人都不穿的),然后把任何有个性的东西都给去掉,比如:耳环、手表。然后他才会逐渐地觉得我跟你们都是一样的了,不是正常人了。法律教育也是这样,它是一种法学训练,尤其是英美国家普通法的训练。它首先有一套独特的话语体系,它的话语体系跟别的学科是不共享的,对别的学科研究再精湛也读不懂法律书。法律书上有一套"黑话",这套"黑话"就是一种知识体系,跟别人不说一样的话。你们知道这个东西很震撼人心啊!读着读着你就会想方设法知道这个"黑话"到底是什么意思,读着读着就读进去了,会觉得"黑话"好玩儿,这个"黑话"很精密、很独特,大家互相之间交流的时候感觉到用"黑话"很愉快,这个时候就差不多快进去了。然后,苏格拉底式教学法

(来了)。课堂上美国法学老师讲课,老师上课的时候通常会拿一个板,上面写着同学的名字,用这个板要求每个学生座位必须固定,这样名字与座位号就能对上了。然后,每次上课(教师)就把这个板扛着,在讲课的过程中间提问题,经常性地提问,(当)看到哪个人的眼神有点游移:对!约翰就是你!你来讲一讲这个问题!约翰此时正在恐慌之中,就被提溜起来了,也不知道说什么,惊慌失措,说的都是错话,引起一阵嘲笑。别人在举手,在想:让我说让我说,看看我比他强吧!可是老师偏偏不点那些举手的人,就点约翰旁边那个人(他跟约翰一个宿舍,这是株连)。旁边那个人没举手但是也被点起来,起来也不知道怎么说,结果你看,他慢慢让一个人在这样一个场景下受尽刺激。在这样的大庭广众之下丢人,回去以后就要好好学习读书啊。每天 100 多页的阅读材料,只有拼了!读着读着,就成为法律人了,就成为他们希望的那个 thinking like lawyer。刚刚进入大学法学院的时候,每个人都想着我们要追求正义。到了法学院三年级的时候,每个人对正义的理解,就会变得更加复杂。他们不会认为正义是那么简单的喊着口号、打着标语就能追求的东西,他们就会想到你要站在客户的立场上,为客户利益最大化等等这些问题。它就是要训练一个人如何去分析一个判例,如何分析判例是正确的判例。所以美国司法教育,即使它的时间很短,只有短短的三年,但在这三年时间里,它能真正让一个开头桀骜不驯、骄傲得像一只小公鸡一样的法学院学生,在这之后都变成一个比较驯服的、同时成为能够在法庭上愉快胜任的法律职业者。这是他们的法律教育非常重要的地方,也可以说是成功之处,虽然批评它的人也很多。比如批判法学派的一个著名代表人物邓肯·肯尼迪对美国法学院的一种训练的批评就极其激烈:好的法学院培养出来的都是精英,精英就到精英的律师事务所;差的法学院培养的都是赤脚律师,到穷乡僻壤之处,私人开业。(美国法学教育)不断地去强化这个社会的等级意识,本身就在复制一种等级化的社会,所以批评它的人非常多。但是大致上来说,它的法学教育仍然使这个社会形成了一种良性互动。

  关于美国法律教育其他的特点,在这儿我不想再展开来说。我们现在所面临的问题是:我们到底怎么来调整?我们烟台大学法学院也是全国法律硕士的招生单位,我相信在座的不少同学可能都是法律硕士,但是我们也有法学硕士。法律硕士、法学硕士到底是怎么回事啊？有些学校里的法学导师,每个老师每届招收法学博士十几个人,乃至 20 个人,三年下来就将近 60 个人,导师自己都记不清自己博士生的名字！博士都如此泛滥成灾,硕士更不用说,再加上我们还有本科！大家知道,创设法律硕士的初衷,就是借鉴美国法学院的教育模式。但是我们借鉴美国的同时,并未把大陆的这一块取消掉。大陆这一块继续保留并且扩张,美国式的也在扩张。两种模式杂糅在一起,我们就不知道到底要怎样去培养合格的法律人。如果考察世界上的法治国家,大家就会发现：它的法学院、法学教育模式对应的是社会的法律职业主流,也就是说,社会上绝大多数法律职业者都来自这种法律培养模式。比方说,欧洲大陆的法律本科毕业再经过司法研修,就没有必要再去考什么硕士、博士。在日本,所有的法官、检察官、律师都不去追求什么法学博士,就是本科毕业、司法研究所结业,我就（可以）成为一个法官。这是一个非常好的方式,因为大家都是一种教育方式培训出来的人,所受到的教育内容是一致的,语言是共通的,于是乎就保证大家的思考方式也是一致的。我多次在思考我们法律职业角色目前所存在的缺陷,最大的缺陷就在于：如果在一个国家,你搞不清楚案件到底会怎么判,案件起诉到法院,你可以预测法官会怎样判决吗？你也说不定。你要是不能预测的话,就必须要到法院去送礼。"官司一进门,双方就托人","打官司就是打关系"。（这在美国）不需要,因为法官的行为是可以预测的。在美国,有许多案件其实根本不需要告到法庭上去,有许多纠纷在庭外就解决了,因为你可以预测法官的行为,知道这样的案件起诉到法院去,最后的结果是什么。因为美国的司法决策的一致性很大程度上依赖于遵循先例原则,只要有这样的案例跟从前的某一个案例是一样的,就可以按先例判决。遵循先例原则给后来的案件带来了一种巨大的说服力和影响力,它保证了决策的一致性,保证了今天案件的判决和昨天的判决保持一致。

那么我们的问题就是：在我们国家,如何走向这样一种决策与意境？"打假英雄"王海他不知道这个国家的法律到底怎么了,他不知道为什么法官判决一个案件会这个地方一个样子、那个地方一个样子。同样的行为,为什么不同地方的判决会大相径庭——不,甚至一个地方的案件判决都大相径庭？同样一个天津中级人民法院，王海在不同的合议厅的两个案件判决结果却是相反的，但他的行为并没有任何差别。他最大的困惑是：咱们的法律怎么了？为什么不同的法官做的判决会不一样呢？许多企业打官司的时候，往往都有一种"主客场"的因素，主场好办，院长都熟，什么事都好办。一到客场，不说大家都知道……原因在哪儿啊？"法律面前人人平等"，包含着两个非常重要但却经常被我们忽视的维度：不同空间的人，在广州的人和在烟台的人、在济南的人和在长春的人，大家的决策应该保持一致；另外一个维度是时间，（是指）昨天的人和今天的人。昨天的一个行为判处了有期徒刑五年，今天同样一个行为居然判处有期徒刑十五年，甚至判处死刑立即执行，就是因为昨天晚上传达文件"严打"，从重从快打击犯罪。这最大限度地破坏了"法律面前人人平等"的基本准则！这里我们抛开其他因素不说，仅就专业因素——法律职业化因素来考虑：如何在我们国家里，让老百姓打官司有一个可预期性？让我们知道法官会怎么思考问题？这就需要我们思考：我们的教育如何去培养一种思维方式，一种比较趋同的、知识结构比较一致的四年的法律教育或者七年的法律教育，让我们把一套法学词典给镶嵌到脑子里面去，把大脑给格式化，然后再进入任何一种同样的知识，马上就能作出一种同样的反应。我们是否能够做到这一点？我们当然知道法律决策永远不可能做到像机器一样，大家都记得过去19世纪末20世纪初，曾经有所谓的"自动售货机式"司法理论。法院就是一架机器，有一个入口，你把案件的事实装进去，把法律的条文装进去——当然别忘了把钱装进去——然后一按电钮，机器一阵运作，一个判决书就从出口那个地方出来了。我们应该尽可能地减少法官的个性对于司法决策的影响。对于这种影响最有趣的一种说法就是：一个法官早上跟自己的太太吵了一架，上午判刑就会多两年，（因为）心情不好。

美国人都比较关注联邦最高法院法官的任命，因为现在的美国的联邦最高法院到了一个多事之秋。去年十月份，突然美国最高法院的发言人宣布，已经80多岁高龄的首席大法官伦奎斯特身患甲状腺癌，必须住院。对此大家都非常关注，因为伦奎斯特的确是年事已高，而且患癌症这样的病最好是宣布退休，但是伦奎斯特很不高兴，说：我永远不会退休！今年一月份，在布什总统的第二任总统任期就职典礼举行之前,布什显得坐卧不安,因为他担心刚在医院动过手术的伦奎斯特大法官不会来,但最后让他非常高兴的是,伦奎斯特大法官在就职典礼前十七分钟到达了现场。他后来跟身边的人说:就职典礼中最让他感到幸福的事情就是首席大法官来了。今年四月份我终于有机会到联邦最高法院去旁听一个案件。美国联邦法院可以说是全世界最有权力的一个法院,有9个大法官。到美国联邦最高法院旁听其实是很容易的,早上早点去排队,完全按照去的早晚来发放门票。经过两道安检,没有人检查我的证件(9·11以前一道安检就可以),九个大法官展现在我的面前,伦奎斯特大法官真的是风烛残年,脖子上缠了好多莫名其妙的东西(全是医疗器械),还在那里主持审理这个案件。(其实)那天的案件根本没有太多吸引人的地方,是非常复杂的一个行政诉讼。但是那天法庭上有满满当当的人,大家可能都要来看一下伦奎斯特大法官,借这个机会看一下他的身体,他们都惦念着这位老人。两个案件审理时间是两个小时,他中间下去了四次,比方说吃药、喝水,因为他有癌症。过了一段时间大家想,这个审季结束到休假的时候,伦奎斯特肯定会宣布退休,结果没想到7月1号突然报道,年仅75岁的大法官奥康纳大法官宣布辞职。大家知道她是最高法院历史上第一个女大法官——我那次去美国也有机会见到奥康纳大法官,在一个基金会的研讨会上,她专门来发表了演讲,对于中国的司法改革,包括对肖扬院长的一些举措,都给予了很高的评价。她怎么会突然辞职呢?她说她丈夫的身体不是很好,她觉得作为一个妻子,她很多年没有尽一个妻子的职责了,她要回去了。布什总统急急忙忙地物色候选人。美国总统的最幸福的时刻之一就是联邦最高法院有法官宣布退休,这样他就有机会来任命自己中意的人做联邦最高法院的大法官。现在美国的政治出现了非常复杂的一个局势,这个局势就是保守主义占据了整个政府的各个权力的中心:议会是保守党统治,总统当然也是保守党的,现在联邦最高法院也是保守主义倾向占主导的一个法院。奥康纳被称为整个美国最有权力的一个女人。这样的说法非常有意思。美国大法官并不像我国的最高法院院长跟其他院长之间的权力格局,之所以说她是最有权力的一个人,是因为奥康纳大法官是保守派中间的温和派,她经常趋近于中间,最高法院经常出现四票对四票的情况。遇到什么重大裁决,你不需要关心别人的态度,关键就在于奥康纳大法官的一票。所以她宣布退休了,布什总统就提名约翰·罗伯茨做最高法院大法官的候选人。但不久的9月3号,噩耗传来,伦奎斯特大法官不幸去世。接下来布什总统很快就改提名罗伯茨为联邦法院首席大法官的人选,同时他还可以提名另外一个人(做大法官)。罗伯茨是何许人也?约翰·罗伯茨本人是布什的铁哥们儿,为布什竞选鞍前马后(地工作)。当然,他是一个非常优秀的法学毕业生,哈佛法学院毕业的,之后才做了两年多的法官。最大的问题是大家没有办法从他的判决来判断他的态度是怎样的,他在司法方面的立场如何,于是他就变成一个不可捉摸的人。所以,现在整个美国都在关注联邦法院的人选。而且,罗伯茨本人刚刚50岁,年仅50岁!他是1955年出生的,50岁的人被提名联邦法院首席大法官,一旦任命,他如果要是干到80岁(理论上讲干到90岁也没有问题,只要他能活到那个时候),那对美国的政治会产生怎样的一个影响?伦奎斯特本人就是七朝元老,总统换了一届又一届,最高法院的法官安坐不动。所以,大家都非常非常关注这样一个任命。我们以前说,美国的法律制度在美国社会中起的作用、它的角色,都非常令我们关注。我们可以说,这样一个角色的发挥,跟法律教育密不可分,法律教育造就了这样一个精英化的团体,塑造了美国法律职业的整体的社会形象。在一定程度上,我们不妨说美国是一个在律师之下的国度。在这个意义上,美国的一些重要的法学院是美国治国的源泉,美国这个国家在治理过程中是跟法学院的教育模式相关联的。

反观我们国家,我们的法学教育存在着很大的问题、很大的抉择——也许不仅仅是法律教育模式的抉择,更重要的是也包括法律教育的内容、法律教育的方法。每一个法学院的教师、法律教育者也许在今天这样一个倡导依法治国、但整个国家仍然处在浅法治状态的情况下,都要考虑我们的决策如何真正通过教育来影响制度建构,来真正地使我国的法律教育自身走向一种职业化导向。这样一种职业化,既包含我们回应社会本身的机体,也包括针对我们这样一个社会本身缺乏职业化的历史构造,而去有意识地强调专业知识,强调法律知识的独特性对社会本身的改造。我自己不太赞同过分地让法律教育去适应这个社会,我认为法律教育本身必须保持自己的一种独立性。我们有着自己的独立的知识，我们有自己独立的价值观念、价值追求，我们必须要改造这个社会，而不是被这个社会所完全改造。我们仍然处在人治的汪洋大海之中，尽管我们现在的法律教育如此扩张！坦率地说，有许多人毕业以后跟我说：老师，在学校的时候（我们）心里非常激动，非常振奋，我们想我们出去一定要改造这个社会，但现在我们毕业三年了，基本上被这个社会所同化了。但是我要讲，即使是那位跟我说被同化的同学，他能够说自己被同化，分明标志着他还没有完全被同化，真正被同化的人他不会这样说的。所以我们知道他的内心仍然有一盏明灯在闪亮。他能够预测到他正在滑向一个自己所不能预测的深渊，自己感觉到自己正朝某一个地方去堕落，我想这本身就是一种内心的自觉。我相信法律教育本身，也许有助于我们逐渐地去改变这个社会。这肯定是一个渐变的过程，不是一个突变。但它也需要我们在法律教育的中间更加自觉地努力。如何去想方设法地让每一个受教育者内心更坚定，从而长远地去改变这个社会，而不是被这个社会所同化，这就是我今天所要向大家报告的内容。

**提问：** 贺老师，您好。我是一名05级的法硕。从您刚才的谈话来看，我觉得您对美国的教育模式好像是比较认同的。那么我想问您两个问题。第一个就是：您对法律硕士这种基本上借鉴美国法学教育模式的专业学位的设置有什么看法？您认为它将来的方向会如何？它会不会在存在若干年后消失呢？比如被法学硕士所同化，还是会更加坚持自己的一些特色？第二个问题可能比较现实有些功利，我想问您一下，现在北大已经有很多届法律硕士毕业了，我想知道法律硕士的就业情况如何？在社会上被大家所认同的程度如何？谢谢。

**贺：** 让我简要地回答你的问题，因为这个问题也是"小孩没娘说来话长"的一个大问题。我自己实际上对于法律硕士的态度经历了一个由怀疑——甚至一个包括某种程度的质疑——到接受，最后变成了一个非常积极的鼓吹者的变化过程。开始我觉得，中国引进这种制度有多大的必要和合理性？我觉得现在应该把大陆模式学到家，而不是盲目地去引进这样的体制。之所以怀疑，就是因为我们现在的教育行政机构没办法整合法律教育模式……比方说,我们有没有一个法学院联合会。美国有一个法学院联合会,他们的联合会对于法律教育整个的一种方向发展有很大的指导作用。但是我们没有,我们民间没有这样的一个组织,所以所有的东西都依赖政府,依赖教育部。你发现没发现,这些年来一些学校成立法律系是何等的容易!几个教党史招不来学生的老师转来搞法律了,他们想:反正我们的毕业生也是法学学位,就随便支个摊、挂个牌子——某某大学法律系就成立了。没有一个科班出身的教授、副教授,刚刚从别的学校本科毕业来了这么两个人,然后就是几个教党史的老师就招法律学生。没有合理的图书储备、没有很好的教学环境和资源,这就可以成立一个法律系!? 这几年法律系之所以能如此恶性地发展,跟教育的失控有密切关系! 在这样一种情况下,法学硕士不仅不限制,而且在不断扩招。以致有许多学校都招法学硕士,而且规模很大! 有些老师一个人带好几十个法学硕士! 这么大规模的扩招,而我们同时又搞法律硕士,结果两者之间到底是怎样一种关系也搞不清。两家打口水仗,你看在网上两家打仗真是口水遍天了。我也曾想方设法去引导网上的某些讨论理性一点,但是看起来还是跟利益有关系。一个法学硕士同学在南京一份报纸上发表文章,题目叫《此硕士非彼硕士》,告诉大家有一些用人单位不明这个道理,感觉法律硕士就是法学硕士,其实请大家务必注意这两者不一样。最有意思的是,贬低法律硕士抬高法学硕士。而且现在有些用人单位的确在做这样的事情,一旦看你本科不是法律就不要,本科学法律的他们才要。我觉得这个对法律硕士发展都会产生相当不利的影响。我在大前年曾跟当时司法部副司长两个人主持了一个全国性的研讨调研,最后出台了一个报告,题目是《走向统一的法学教育模式》,就是专门对 JM 法律硕士教育的发展前景进行规划,我想我现在已经成为这个法律硕士教育模式的一名积极的呼号者。说老实话,现在前景并不是特别的清楚,目前法律硕士仍然在这个群体里面处于劣势,现有的法律教师出身法学硕士的人占了绝对比例,基本上还没有出身法律硕士的成为在法律决策层面上有影响力的人。我特别高兴的是,我现在招的法学博士中间已经有法律硕士出身的人。因为法律教师他本身并不是本科复合型的,他在教法律硕士时他也搞不清楚这个法律硕士到底应该怎么教,这是包括教师教育者在内面临的一个困境,所以你叫我说未来发展前景怎么样,我只能说存在着很多的变数。我希望能够发展得越来越好,但前提是基本取消法学本科教育,大规模减少法学硕士的招生。比方说,我建议北京大学每年招10—15名法学硕士,剩下的名额给法律硕士。本科也逐渐地停止,不要一下子停止,因为现在有好多法学院的学生学法律的,如果完全是法律硕士面向本科阶段非法律专业的,那么这一部分学生将来考硕士怎么考?这也是我们需要考虑的一个问题,所以兹事体大。毛泽东当年回忆说"三百年此类事甚多应当统筹解决",这个也属于应当统筹解决的问题。你问现在的北大法律硕士就业情况,根据我了解的情况,北大好像是还好,可能多多少少跟在北京的地理位置有关。我们法学院的就业指导老师也是非常用心地帮助学生找工作。这也告诉大家,我们的情况还可以,还没有面临很大的危机。谢谢!

(张平华整理　祝建军编校)

北大清华名师演讲录

孙富春
# 数学与信息科学及工程研究

孙富春(1964— )。清华大学计算机科学与技术系教授、博士生导师，2000年全国优秀博士论文奖和2006年国家杰出青年基金获得者。现兼任校科研院院长助理，国家863计划专家组成员，中国人工智能学会理事，智能控制及智能管理专业委员会副主任兼秘书长，大连海事大学讲座教授、博士生导师，多家国际刊物编委，IEEE控制系统学会智能控制技术委员会委员。

# 数学与信息科学及工程研究

时间:2005 年 11 月 21 日

地点:烟台大学综合楼 324

对于自主创新,大家已达成共识,就像胡锦涛总书记指出的:创新是一个民族的灵魂。科学技术是综合国力竞争的决定性因素,自主创新是支撑一个国家崛起的筋骨;基础研究是自主创新的源头,数学则是基础中的基础。

李政道教授指出:基础科学研究的重要性,从历史上来看是非常清楚的。仅就 20 世纪而言,基础科学研究的发展,给整个世纪人类科技文明的发展以巨大的推动,使人类从蒸汽机时代走向了电气化时代,从依靠太阳能时代走向了近代原子能时代,从工业化时代走向了信息化时代。人类文明这样巨大的进步,从源头上讲,应归功于基础科学的发展。稍远一点讲,在伽利略和牛顿以后,科学进步的速度远远超过了以前的 2000 年。也可以说,在他们之后的近几百年,科学的发展速度大大加快起来。这是一个分界线,说明基础科学研究促进了整个科学技术的发展。在新的 21 世纪,情形也会一样。带有源头创新特点的基础科学研究,肯定也会给人类文明的发展以极大的推动。今天的基本物理中,有很多公认的难题,要解决这些难题,必须引进一些跟数学有密切关系的新观念。杨振宁教授是应用数学理论解决物理难题的典范,他的一生有三大成就:宇称不守恒、规范场理论和杨-巴克斯特方程等。相对论是关于引力相互作用的理论,规范场则是关于包括引力相互作用在内的四种力的基本理论,二者完全可以相提并论。

杨振宁教授的研究,对 20 世纪下半叶基础科学的广大领域产生了巨大影响，尤其为物理学和现代几何学的发展指明了新的发展方向，杨-米尔斯场已经排在牛顿、麦克斯韦和爱因斯坦的工作之列，必将对未来几代有类似的影响。

杨振宁和李政道是华裔诺贝尔奖的两位最先得主。他们都是国际物理学大师，成就辉煌，光彩照人，使炎黄子孙引以为荣。1956年，两位教授在合作5年后共同提出了"弱相互作用中宇称不守恒"的定律，并因此共获1957年诺贝尔物理学奖。杨振宁教授还在1954年同米尔斯博士创立了"杨-米尔斯规范场理论"，即研究凝聚原子核力的著名理论。

说起数学，杨振宁教授提到："我念书时，有一位教授是当时世界著名的物理学家之一，他常跟研究生座谈。有一次同学问他：应该做大题目，还是小题目？他说：多半的时间应该做小题目，大题目不是不能做，只是成功机会较小，透过做小题目的训练，更能掌握解决大题目的精神。几十年来，我仍觉得他的劝告是正确的。"

数学和物理是相通的。与数学相比，物理学在有些方向上较易，在另一些方向上则较难。杨振宁教授说："数学和物理都需要'猜'，但是物理的逻辑成分少一些，而数学更讲究逻辑；如果你'猜'的本领强，可以学物理，逻辑思维好的人，可以学数学。"

## 一、数学是世界上最美的语言

小学除母语外学习的第一门科学语言就是数学。数学是科学的基础语言。例如：时空的语言是几何，天文学的语言是微积分。而数学则是宇宙的语言、上帝的语言。

## 二、名人对数学的评述

我们先看一看中国古代的数学家对数学各自精彩的描述。老子曰：道生一，一生二，二生三，三生万物。

谦之案：《淮南子·天文训》："道曰规，始于一。"王念孙曰："'曰规'二字与上下文义不相属,此因上文'故曰规生矩杀'而误衍也。《宋书·律书》作'道始于一',无'日规'二字。"今案王说是也。淮南义本老子此章,故下文曰:"一而不生,故分而为阴阳,阴阳合和万物生。故曰一生二,二生三,三生万物。"又《庄子·天地篇》"泰初有无无有名;一之所起,有一而未形",语本老子一章"无名,天地始"与本章"道生一"之旨。又《黄帝内经·太素》卷十九《知针石篇》杨上善注曰:"从道生一,谓之朴也;一分为二,谓天地也;从二生三,谓阴阳和气也;从三以生万物,分为九野、四时、日月乃至万物。"语亦出此。

又案:道生一,一者气也。《庄子·知北游》篇曰:"通天下一气耳,圣人故贵一。"李道纯曰:"道生一,虚无生一气;一生二,一气判阴阳。"赵志坚曰:"一,元气,道之始也,古昔天地万物同得一气而有生。"大田晴轩曰:"一二三,古今解者纷纭不一。案《淮南子·天文训》:'规生矩杀,衡长权藏,绳居中央,为四时根。道曰规,始于一,一而不生,故分而为阴阳,阴阳合和而万物生。故曰道生一,一生二,从二生三,三生万物。'此以一为一气,二为阴阳,三为阴阳交通之和也,此说极妥贴。"又曰:"案道,理也;一,一气也;庄周所谓'一之所起,有一而未形',是也。二,阴阳也;三,形气质之始也。第十四章曰:'此三者不可致诘,故混而为一。'盖此三也。意谓道生一气,一气分为阴阳,气化流行于天地之间,形气质具,而后万物生焉,故曰'三生万物'。"

我国古代诞生了祖冲之等一大批数学家,并著有《周髀算经》、《九章算术》、《海岛算经》、《孙子算经》、《张邱建算经》、《夏侯阳算经》、《缉古算经》、《五曹算经》、《五经算术》、《数术记遗》等"十部算经"及《数书九章》、《测圆海镜》、《四元玉鉴》、《算法统宗》、《数理精蕴》、《董方立遗书》、《衡斋算学》、《则古昔斋算学》、《白芙堂算学丛书》、《行素轩算稿》等众多关于数学的方法和书籍。

祖冲之说"迟疾之率,非出神怪,有形可检,有数可推",意思是说,宇宙间快和慢的规律不是神怪们造就的,它们的形态是可以测量的,是可以采用数学方法描述并进行推演的。

国际数学家、原子弹之父乌拉姆(美国)说:"粗略地说,人们知道数学是用模型、关系和运算来处理数和图型的;在形式上它包括公理、证明、引理、定理这些步骤,从阿基米德时代起就没变过。"数学界的莎士比亚——彭加莱(法国)说:科学是堆砖头,数学家将之变成华厦。

我国著名数学家华罗庚说:"宇宙之大,粒子之微,火箭之速、化工之巧、地球之变、生物之谜、日用之繁等各个方面,无处不有数学的重要贡献。"吴文俊先生则指出:"作为一个民族的文化,除了语言文字之外,我想最重要的标志就是数学。国家兴亡,数学有责。"作为 2000 年度国家最高科学技术奖获奖者,吴文俊先生在数学基础理论研究、数学机械化(即利用计算机证明数学定理)等领域做出了杰出工作。2001 年度国家最高科学技术奖获奖者——王选教授,将数学与计算机技术应用于汉字激光照排领域,发明了方正彩色激光照排系统,使我国的印刷业告别了铅与火,走进了声与色、光与电的时代,被誉为中国当代的毕昇。

### 三、数学修养是科技人才成功的要素

两位国家最高科学技术奖的获得者——吴文俊和王选——的非凡成就,得益于他们在大学时所受到的数学训练。他们的成功,是对数学重要性的一个有力的佐证。

数学家杨乐指出:如果说你在数学方面进行了很好的培养和训练的话,你的几何直观能力,你的分析思考的能力,你的逻辑推理的能力,你的计算能力,都能得到提高。而这些是你做任何事情做得有创造性、作出高水平所必不可少的。郭雷教授认为:当前国际上科学发展的一个重要趋势是越来越数学化,这是科学发展从定性研究走向定量研究的必然趋势。中国的持续高速发展需要基础研究,而基础研究(无论是自然科学还是工程技术科学)的开展又离不开数学。因此,在我国进一步加强数学的研究、普及和教学是十分重要的。

## 四、数学在科学研究中的作用

| 数学分支 | 应用领域 |
| --- | --- |
| 代数与数论 | 密码学 |
| 计算流体力学 | 飞机及汽车设计 |
| 微分方程 | 空气动力学、渗流、金融 |
| 离散数学 | 通讯及信息安全 |
| 形式系统及逻辑 | 系统安全与验证 |
| 几何 | 计算机辅助工程与设计 |
| 最优化 | 资产投放、形状及系统设计 |
| 并行计算 | 天气建模、预报、仿真 |
| 统计 | 实验设计、大规模数据分析 |
| 随机过程 | 信号分析 |

### 1. 控制科学与工程领域

古老的自动装置如指南车、水钟、提花织机的设计中，都无一例外地体现了数学思想。

三国时期，马钧研制出用齿轮传动自动指示方向的指南车（图1），其后在南北朝、唐、宋均有制作。车上设计了一套简单的自动离合的齿轮系来保证木人手臂不受车轮前进方向改变的影响，和现在机械车辆后桥上的差动齿轮原理如出一辙，故英国李约瑟博士称它是"人类历史上迈向控制论机器的第一步"，是"人类历史上第一架体内稳定机"。水钟（图2），也称滴漏，它利用滴水多寡来计量时间，是古代最重要的计时工具之一。要想得到均匀的时刻，必须保持出水速率的稳定、水压恒定，即水面高度稳定。隋唐时期，人们在漏壶中间加入满水壶或恒

图 1

定水位壶,提高了漏刻的稳定性。北宋年间,中国的水钟已达到每昼夜误差小于 20 的精度,这在 16 世纪以前是无与伦比的。到宋代还出现了附自动化装置的复式多壶漫流刻漏,可在漏剑上升至最高限度时自动断流。图 3 为明代宋应星所著《天工开物》中记载的提花织机,这是我国古代织造技术最高成就的代表。提花机通过线制花本来贮存纹样信息和提花程序,包含了原始的程序控制机器的思想。这项技术传入欧洲后,得到了进一步改良,并奏响了 19 世纪机器自动化的序曲。

在自动调节系统方面,有名的例子就是 1788 年 Watt 设计的蒸汽机离心式调速器(图 4)。

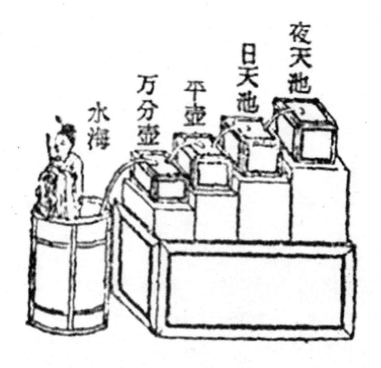

图 2　唐代吕才刻漏

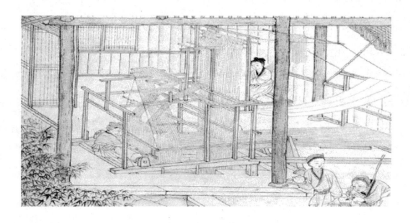

图 3

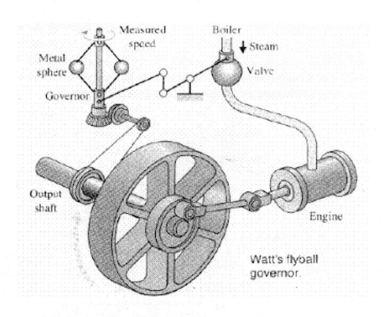

图 4

早期的控制理论方面，1868 年，Maxwell 发表《论调速器》(*On Governors*)，提出用微分方程研究反馈调节系统的稳定性问题。1877 年至 1895 年，Routh 和 Hurwitz 各自独立解决了微分方程稳定性的判别问题，建立了 Routh-Hurwitz 判据。1892 年，Lyapunov 完成了他著名的博士论文《论运动稳定性的一般问题》，他所提出的 Lyapunov 方法可以应用于线性、非线性、时变等各种系统的稳定性分析。直到今天,他的工作仍然具有非常重要的理论和应用价值。

经典控制理论方面,1948 年,Wiener 发表《控制论》(*Cybernetics*)一书,提出"控制论是研究动物(包括人类)和机器内部的控制与通讯一般规律的学科",控制论作为一门学科正式诞生。再例如,1954 年,钱学森在美国出版了《工程控制论》(*Engineering Cybernetics*),奠定了工程控制论作为技术科学的基础,指出其进一步研究的方向,并提出多变量控制系统的解耦设计。1956 年至 1958 年,该书的俄、德、中文译本相继出版。

现代控制理论方面,1956 年到 1957 年,Pontryagin 与 Bellman 相继提出了著名的"最优过程数学理论"和"动态规划",建立了最优控制的数学基础。20 世纪 60 年代,Kalman 发表了《论控制系统的一般理论》等一系列论文,借助矩阵分析理论,提出状态空间法,奠定了现代控制理论的基础。1970 年,Rosenbrock 完成《状态空间和多变量理论》一书,利用多项式矩阵理论这一数学工具,开创了多变量频域分析的先河,并促进了鲁棒控制的兴起。从 20 世纪 70 年代开始,人们开始将微分几何、李代数等近现代数学概念引入控制理论,在 Brockett 和 Isidori 等人的倡导下,逐渐形成了"非线性系统的微分几何方法"这一新的理论分支。

智能控制理论方面,1965 年,Zadeh 创立了模糊数学理论,用以描述复杂系统中的不确定性,并在此基础上开拓了一个全新的控制研究领域——"模糊控制"。

## 2. 计算机科学与工程领域

古代的电脑——算盘。算盘可以称得上是中国的第五大发明,中国算盘可以推算到两千多年前的西周时期,也是世界上最早的电脑。古语云:"算盘一响,黄金万两"。算盘包括:硬件——盘体,软件——运算法则。

近代的电脑方面。1642 年出现的世界第一台机械式加法计算机;1674 年出现的世界上第一台乘法计算机、世界上第一台差分计算机、世界上第一台分析计算机;1930 年出现的手摇式电动机械式计算机以及 1943 年"巨人"

计算机,这些都离不开数学的应用。

现代的电脑方面。银河亿次巨型计算机、银河全 II 十亿次巨型计算机、银河全 III 巨型计算机和银河全数字仿真计算机的出现,更是与数学紧密相关。

计算机科学与人工智能之父——阿兰·图灵。图灵于 1912 年生于英国伦敦,是计算机逻辑的奠基者。他对计算机的重要贡献在于他提出的有限状态自动机,也就是图灵机的概念。在人工智能方面,他提出了重要的衡量标准"图灵测试"。如果有机器能够通过图灵测试,那它就是一个完全意义上的智能机,和人没有区别了。他杰出的贡献使他成为计算机界的第一人,现在人们为了纪念这位伟大的科学家,将计算机界的最高奖定名为"图灵奖"。

计算机之父——冯诺依曼。1945 年,在共同讨论的基础上,冯氏发表了一个全新的"存储程序通用电子计算机方案"EDVAC(Electronic Discrete Variable Automatic Computer)。EDVAC 方案明确奠定了新机器由五个部分组成,包括:运算器、逻辑控制装置、存储器、输入和输出设备,并描述了这五部分的职能和相互关系。EDVAC 机还有两个非常重大的改进:(1) 采用了二进制,不但数据采用二进制,指令也采用二进制;(2) 建立了存储程序,指令和数据便可一起放在存储器里,并作同样处理;从而简化了计算机的结构,大大提高了计算机的速度。

## 3. 通信科学与技术领域

信息论之父——香农。香农在《通讯的数学原理》和《噪声下的通讯》中阐明了通信的基本问题,给出了通信系统的模型,提出了信息量的数学表达式,并解决了信道容量、信源统计特性、信源编码、信道编码等一系列基本技术问题。这两篇论文成为信息论的奠基性著作;香农也由此一鸣惊人,成为信息论的奠基人,而此时的香农尚未过而立之年。

上述众人堪称是计算机科学与技术领域的奠基人,但是他们在计算机科学与技术领域所取得的巨大成就,与他们在数学领域的高深造诣是分不开的。

## 五、当代高科技需要数学

### 1. 天气预报

天气预报的两个重要环节：1. 数学模型的建立，2. 根据模型及时准确地算出结果。曾庆存院士指出，正是由于数学方法及计算机技术的飞速发展，才使预报天气成为现实。

数值预报的计算方法有：谱模式，即球体上进行格点到谱空间转换；差分格点模式，即区域分解，即将预报区划分成多个子区域。在谱模式的计算过程中，虽然每点都与全球所有点相关，但其数据相关有一定规律。在各个阶段内将有相关的数据放在同一处理机上，不需要通信，而在阶段之间数据需要在各个节点之间重新分配（事实上是矩阵的转置过程）。

差分格点模式的计算过程，是将预报区划分成多个子区域，每一个节点负责一个子区域的计算，子区域之间和多重嵌套区域之间的相互联系用消息传递的方法实现。

### 2. 网络安全

在信息日益依赖于网络传播的今天，其安全问题正在引起越来越多的重视。密码是有效而且可行的保护信息安全的方法。数学中的许多分支，如数论、近世代数等，都对密码学的发展起了奠基和推动作用。比如著名的 RSA 公钥算法，就建立在欧拉定理、近世代数的基础之上。

## 3. 分类

分类技术在信息学的许多方面都得到了广泛的应用。比如,从海量的数据中找出有用的信息(数据挖掘),网页的自动分类,人脸自动检测识别等。有一种名为支持向量机的分类技术以其优异的表现闻名遐迩,它的理论基础就是统计学习理论,由前苏联数学家 Vapnik 创立。

## 4. 图像处理

例如图像变形(Image Morphing),变形是使图像中的一个物体逐渐变形为另外一个物体。通过插值过程,让物体上的点从它们的起始位置逐渐移向对应的终止位置,可以方便地实现将美女与野兽的图像相互转换。

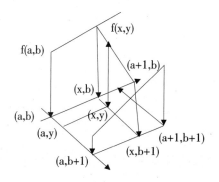

**点(x,y)灰度值的确定**

## 5. 编译

例如代码优化:应用基本数学工具——图论,可将一个代码块看成一个节点,代码之间的联系用有向箭头表示,因此整个程序就可以被看成是一个有向图。运用图论的方法,可以对程序进行优化。

## 6. 空间技术

现代空间技术中,数学更是无处不在。例如:未来成像构造(FIA)卫星、空间作战飞行器、动能拦截武器、飞行空间机器人、天基激光武器、战略导弹、可重复使用运载器、空间机器人等技术。以空间机器人的研究为例,在物理模型方面,它包括动力学/运动学模型,一般采用假设模态法描述臂杆的弹性变形,得到了封闭形式的柔性双臂空间机器人动力学方程;在运动学建模方面,求解了对等刚性系统的可达工作空间及路径无关工作空间,并将柔性变形当成扰动以获得柔性系统相应工作空间的近似方法;在控制方法上,采用逆动力学控制算法,实现了机器人轨迹跟踪控制;在目标抓取方面,针对控制系统的不同目标,采用力/位控制方法实现机器人对物体的协调操作。(如我提出了一种基于超平面聚类和 FMM 的 ANFIS 学习算法,讨论了 ANFIS 在轨迹跟踪控制和位置/力控制中的具体应用和数学表达,以及在实际控制过程中的在线调节算法;提出了模糊奇异摄动模型,并系统研究了连续时间和离散时间下的鲁棒控制问题;通过迭代线性矩阵不等式求得系统的可行解,使模糊奇异摄动系统保持闭环稳定;设计方法可应用于柔性双臂空间机器人。)大量的数学理论应用于空间机器人建模、工作空间分析中,大量传统与现代优化方法都可应用于轨迹规划。另外,计算机的模拟仿真中的微分方程的数值求解、线性矩阵不等式应用于稳定性判定及鲁棒控制器构造、模糊数学,为智能建模与控制方法提供了强有力的工具等。

## 7. 网络技术

在网络控制系统方面,研究基于代理的网络系统控制,实现"当地简单,远程复杂"的网络化控制原理,即:当地简单模糊控制规则,到远程复杂模糊神经元网络。如在我们的工作中,采用模糊开关模型建立网络系统的时延和丢包模型;采用 Petri 网建立单个代理的形式模型,分析了网络系统的性能;研究了网络的服务质量和动态路由算法等。

## 六、如何学好数学、如何自主创新

### 1. 高尚的人品和严谨的治学精神

刘向《说苑》中说:"山致其高,云雨起焉;水致其深,蛟龙生焉;君子致其道德而福禄归焉。"意思就是说:一个人勤修品德、勤力做事,到了一定境界,成功不请自来。

具体表现在:
- 敢做科学的少数派和非主流派
- 知之为知之,不知为不知
- 客观公正,知错就改
- 推荐竞争对手的气量
- 平等的对话,开放的头脑
- 培养兴趣、打好数学基础

兴趣是走向成功的关键。随着计算机的发展,数学渗透到各行业,从卫星到核电站,从天气预报到家用电器,高技术的高精度、高速度、高自动、高安全、高质量、高效率等特征,无不是通过数学模型和数学方法并借助计算机的计算控制来实现的。所以,高技术就是数学技术。

### 3. 具有 3P 的能力

Perception——眼光,看准了什么东西,就要抓住不放;
Persistence——坚持,看对了就要坚持;
Power——力量,有了力量能够闯过关,遇到困难你要闯下去。

### 4. 勤于与人交流

理论与技术的发展日新月异,直接与学派进行交流,是做好研究的关键。

### 5. 胸怀祖国、全面发展

将个人的前途与国家与民族的利益结合,全面发展,才能实现自己的人生价值。

## 七、就控制科学与工程专业而言,需要的主要数学工具

就控制科学与工程专业而言,需要的主要数学工具包括:

### 1. 稳定性理论

**Aleksandr M. Lyapunov**(1857—1918)理论。由 Lyapunov 提出的建立于微分方程理论基础上的稳定性理论,本身已经成为数学的一个分支。国内如黄琳院士、廖晓昕教授等在这一领域都有独到的研究成果。如:《稳定性与鲁棒性的理论基础》(黄琳,2003);《稳定性的数学理论及应用》(廖晓昕,2001)。

### 2. 鲁棒控制

核心思想:"以不变应万变"。当前比较主流的研究方法是代数方法,充分利用矩阵不等式优点完成系统的分析与综合。一些代表性的著作包括:"*Convex Optimization*", 2004, Cambridge University Press;《系统与控制理论中的线性代数》,黄琳,科学出版社,1990;"*Linear Matrix Inequalities in Systems and Control Theory*", Stephen P. Boydetal "*A Unified Algebraic Approach to Linear Control Design*", Robert E. Skeltonetal;《鲁棒控制——线性矩阵不等式处理方法》,俞立,清华大学出版社,2002;《H2 和 Hinf 优化控制理论》,王德进,哈尔滨工业大学出版社,2001。

### 3. 自适应控制

与鲁棒控制的思想不同,自适应控制主要以不断辨识对象、在此基础上实时调整控制器为设计原则。在证明算法的收敛性和信号的有界性时,通常必须利用泛函分析和随机过程这些领域提供的结果。代表性的著作包括:《自调整最小方差控制器》,Karl Johan Åström,IEEE Fellow;《自适应控制:模型参考方法》,(法)郎道编;吴百凡译,国防工业出版社,1985。

### 4. 智能控制

建立在模糊逻辑、神经网络、遗传算法等基础上的智能控制理论,已成为相对独立的一个学科分支。

代表性的事件包括 L. A. Zadeh 于 1965 年提出的模糊逻辑;1982 年提出的 Hopfield 和 1986 年提出的 BP 算法;J. Holland 于 1982 年提出的遗传算法。逼近理论:用于研究模糊系统、神经网络等对非线性系统的逼近性。代表性的书籍包括:*Neural Network Control of Robot Manipulators and Nonlinear Systems*,F. L. Lewis,Taylor & Francis,1999;*Stable Adaptive Control and Estimation for Nonlinear Systems* J. T. Spooner,Wiley Interscience,2002。Markov 链:用于研究遗传算法等的收敛性。代表性的书籍包括:*Discrete-time Markov Jump Linear Systems*,O. L. Costa,M. D. Fragoso & R. P. Marques,Springer,2005;《遗传算法的数学基础》,张文修等,2000。

### 5. 多时标系统

多时标系统是一类含小参数的病态系统,广泛地存在于航空航天、过程工业、电力系统和计算机网络系统中。其最有效的研究工具是奇异摄动方法。在奇异摄动理论方面作出基础贡献的中国科学家有:钱学森、林家翘

（美籍），郭永怀。在基于奇异摄动的控制系统设计方面，Kokotovic 因在奇异摄动控制系统方面的杰出成就于 1989 年当选为 IEEE Fellow。中国科学院许可康教授代表性的工作体现在他的著作《控制系统中的奇异摄动》中。

最后，我以数学大师陈省身院士的话"数学好玩"结束我今天的报告，衷心祝愿大家玩出兴趣，玩出机遇，玩出事业，玩出辉煌！

谢谢大家！

（李海军整理　孙旭涛编校）

北大清华名师演讲录 | 龙桂鲁
量子计算机与量子搜索算法

　　龙桂鲁(1962— )，山东牟平人。教授，博士生导师，国家杰出青年基金获得者，中国物理学会第八届常务理事，北京物理学会副秘书长。从事量子计算机与原子核结构研究工作。在量子信息中，提出了 Long 量子算法和量子搜索算法相位匹配条件；实现了 7 个量子比特核磁共振量子算法实验，达到当时的最大量子比特数；提出了分布量子通讯的思想，构造了 Long-Liu 量子密钥分配方案、邓—龙—刘量子直接安全通讯方案等多个量子通讯方案。在原子核结构的研究中，提出了含同位旋的相互作用玻色子模型 IBM3 的一类动力学对称性，与合作者合作建立了 IBM3 的微观基础理论，提出了集体回弯机制，预言了超形变原子核 36Ar 的电磁跃迁性质，被美国伯克利国家实验室所证实。共计发表研究论文 150 多篇。

# 量子计算机与量子搜索算法

时间:2004 年 9 月 24 日

地点:综合楼 408

## 一、引　言

　　日新月异的计算机技术把我们带入了一个崭新的"信息时代",给我们的工作和生活带来了翻天覆地的变化。那些发明计算机的先辈们,没有料到计算机能成为人们生活中不可或缺的工具之一,也难以想象计算机自诞生以来其本身发生的惊人变化。计算机的芯片布线密度已达到了 $0.18\mu m$,而且计算机芯片的集成度遵循摩尔定律以大约每 18 个月一倍的速度指数增长。计算机芯片的集成度在 2012 年有望达到原子分子量级($10^{-10}$ m)。而量子力学告诉我们,在这样的微观领域内,量子效应会影响甚至完全破坏芯片功能。

　　量子力学是 20 世纪自然科学的最重要的成就之一。量子力学的观念,同我们的日常生活经验有很大不同。根据量子力学的原理,一个量子微观体系的状态是由一个波函数描写,而不再是由粒子的位置和动量描述。这个波函数决定了粒子出现在空间某一点或者具有某一动量的几率。对一个体系进行某一力学量的测量时,不再像经典粒子那样具有确定的值,而只能取某些特定的值,即该力学量的本征值,它们常常是分离的。在经典力学中,对体系的测量不会改变体系的状态,至少在理论上可以构造理想测量实验,使得体系的状态在测量前后不发生变化。而在量子学中,测量一般要改变体系的波函数,即体系的状态。经典体系的状态随时间的变化遵从牛顿定律,而量子体系的状态随时间的变化遵从 Schroedinger 方程。根据量子力学中的海森堡测不准原理,当位置定得很准时,粒子的动量就不会定准。$\Delta X \cdot \Delta P \cong h/2\pi$,$h$ 是普朗克常数,其数值为 $6.6260755(40)10^{-34}$ J.s。将海森堡测不准原理应用于计算机的芯片问题中,当密度很大时,$\Delta X$ 很小时,$\Delta P$ 就会很大,电子就不再被束缚,就会有量子干涉效应。这种量子干涉效应甚至会完全破坏芯片的功能[1]。

那么,是不是说量子力学就一定是计算机技术的大地呢?对于现有的计算机技术,量子力学的限制确实是一个不可逾越的障碍。但是,如果应用量子力学的原理直接进行计算,不但可以越过量子力学的障碍,而且可以开辟新的计算方向,从而"柳暗花明又一村"。

## 二、量子计算机

1982 年,美国理论物理学家 R. Feynman 提出了把量子力学和计算机结合起来的可能性[2]。接着在 1985 年,英国牛津大学的 D. Deutsch 进一步阐述了量子计算机的概念[3],并且初步证明了量子计算机可能比经典图灵计算机具有更强大的功能。可能很多人都知道,目前大量的金融交易是在一种叫做"RSA 公开码"的密码技术掩护下进行的。如果想要破译这种密码,就涉及对大数分解质因子的问题。然而,分解一个大数的质因子是极其困难的。按照现有的理论计算,分解一个 400 位数的质因子,用目前最先进的巨型计算机也需要用 10 亿年的时间,而人类的历史才不过几百万年。然而量子计算机概念的横空出世,使得 RSA 公开码的安全保密性变得岌岌可危。1994 年,美国的 P. W. Shor 证明[4],一个 $N$ 位大数的质因子分解只需用 $N$ 的多项式的时间而不是以前所认为的 $N$ 的指数次的时间。也就是说,利用量子计算机分解一个 400 位大数仅仅需要不到一年的时间!

1995 年,美国的 L. K. Grover 进一步证明,在搜索问题上量子计算机比经典计算机优越[5]。从没有排序的含 $N$ 个数据的数据库中搜索一个确定的数据,用经典计算机平均需用 $N/2$ 次运算,利用量子平行计算方法,只需

$O(\sqrt{N})$ 次运算。接着,科学家证明了 BPP⊆BQP⊆P$^{\#p}$,即任何在经典计算机上多项式可解的问题,在量子计算机上也必定只需多项式次操作就可以完成。也就是说,量子计算机在解决任何问题上都至少不比经典计算机差。随着量子计算机的发展,我们有理由相信,量子计算机一定会在更多的应用中体现比经典计算机更强大的运算功能。

究竟什么使得量子计算机会有如此优越的性质呢?量子计算机和经典计算机有什么区别呢?

与经典计算机相对应,量子计算机也由存储器和逻辑门网络组成。但是量子计算机的存储内容和逻辑门,与经典计算机却有所不同。

对经典图灵计算机来说,信息或者数据由二进制数据位存储,每一个二进制数据位由 0 或 1 表示。在量子力学中,我们可以用自旋或者二能级态构造量子计算机中的数据位。与经典计算机相区别,我们称之为量子位(qubit)。在经典计算机中,每一个数据位要么是 0,要么是 1,二者必取其一。与经典计算机数据位不同的是,量子位可以是 0 或者 1,也可以同时是 0 和 1。也就是说,在量子计算机中,数据位的存储内容可以是 0 和 1 的迭加态:$\alpha|0\rangle + \beta|1\rangle$。

由于量子纠缠态之间神奇的关联效应,使得量子计算机可以实现量子平行算法,从而在许多问题上可以比经典计算机大大减少操作次数。从另一个角度讲,在经典计算机里,一个二进制位(bit)只能存储一个数据,$n$ 个二进制位只能存储 $n$ 个一位二进制数或者 1 个 $n$ 位二进制数;而在量子计算机里,一个量子位可以存储两个数据,$n$ 个量子位可同时存储 $2^n$ 个数据,从而大大提高了存储能力。

经典计算机中的基本逻辑门是与门和非门。对于量子计算机,由量子力学可知,所有操作必须是可逆的,因此基本逻辑门也必须是可逆的。但是我们无法确定输入是 (0,0),(0,1),还是 (1,0)。同样,或门、异或门、与非门和或非门也是不可逆的。所以在量子计算机中,与门、或门、异或门、与非门和或非门都不能用。

考察下面真值表:

| $a_i$ | $b_i$ | $a_f$ | $b_f$ |
|---|---|---|---|
| 0 | 0 | 0 | 0 |
| 0 | 1 | 0 | 1 |
| 1 | 0 | 1 | 1 |
| 1 | 1 | 1 | 0 |

这是一个可逆的二数据位操作。我们称之为控制非门,第一位 $a$ 位叫做控制位,第二位 $b$ 位叫做目标位。显然,控制非门可以实现加法运算,所以有时我们又称之为量子异或门。利用控制非门和一位旋转操作,我们可以组成所有的可逆操作,从而也就可以实现各种各样的运算。

有了量子逻辑门和存储信息的量子位,我们就可以建造量子计算机了。但是量子计算机的实现还有许多技术上的问题。由上面可知,量子计算机的优越性主要体现在量子迭加态的关联效应。然而由量子力学可知,环境对迭加态的影响,以及迭加态之间的相互作用,会使这种关联效应减弱甚至丧失。这就是所谓的量子力学去相干效应。为了防止或避免去相干效应,我们应尽量减少环境对量子态的作用。同时,万一由于去相干效应引入了错误信息,我们必需能及时改正——这一点尤为重要,因为我们无法把量子态和环境绝对隔离起来,而且其他因素(如逻辑门),也会引入错误信息。经典计算机中也存在数据信息的纠错问题,但是由于量子计算机的特殊性:(1)根据量子力学基本假设,在量子计算机计算过程中我们不能对量子态测量,因为这种测量会改变量子态,而且这种改变是不可恢复的;(2)量子态不能简单复制或"克隆"——我们不能把经典计算机中已经发展很完美的纠错方法直接移植到量子计算机中来。幸运的是,理论科学家的才智和胆识,克服了这个曾一度被认为不可解决的疑难问题,从而扫清了量子计算机发展道路上巨大的障碍,量子计算机的研制也由此走向实验阶段[6]。

1998 年美国和英国的牛津大学小组已在实验室里制造出了最简单的量子计算机[7,8]。最近 IBM 研制出了 5 个比特的量子计算机样机。这些简单量子计算机都是利用核磁共振实现的。

### 三、量子搜索算法、相位匹配与龙算法

从没有排序的含 $N$ 个数据的数据库中搜索一个确定的数据,用经典计

算机平均需用 $N/2$ 次运算,利用量子平行计算方法,只需 $O(\sqrt{N})$ 次运算。许多问题,例如 DES 密码的破译,求极大值和极小值,许多的优化问题都与之紧密相关。在 Grover 的原始算法中,有两个相位取反,即相位转动 180 度。我们发现了 Grover 算法推广中的一个错误,当一个转动角度为 π 而另外一个角度不是 π 时,不可能进行有效搜索[9]。量子计算机的提出者之一 Paul Benioff 很快就注意到了这一工作[10]。更进一步,我们的研究表明,当选取这两个转动角度时,它们必须相等,即它们要满足相位匹配[11]。在几何图像中,这种相位匹配可以简单地理解为:初始数据的状态几乎是沿着负 z 轴,量子搜索操作是一个转动,而我们要寻找的标记态就是沿着正 z 轴。相位匹配条件是状态矢量的轨迹要通过 +z 轴[12]。

原始的 Grover 算法的成功率不是 100%,而在一些问题中,必须要求准确的成功率,这时就需要采取一个小于 180 度的相位旋转。量子搜索中的龙算法可以满足这一要求[13]。龙算法是对 Grover 算法的改进。在龙算法中,两个相位转动的角度比 180 度小,是与数据库的大小有关的,同时与搜索的次数有关,

$$\phi = 2\arcsin(\frac{\pi\sqrt{N}}{4J+6}),$$

$$j \geq j_{op} = \frac{\pi/2 - \arcsin(1/\sqrt{N})}{\arcsin(1/\sqrt{N})},$$

最小的搜索步数大约是 $j_{op}$,约等于 $\pi\sqrt{N}/4$,比这个数大的任何一个整数都可以。因此龙算法中可以有无穷多的转动角度,对应于每个角度都有一个最佳步数,在这个步数时测量都能给出精确的搜索结果。

我们用一个例子来说明量子计算是如何完成的。我们实现了 2 个比特的核磁共振的量子搜索的相位匹配实验研究。在核磁共振量子计算中用核自旋向上或向下表示量子位的 0 和 1 两种状态。控制非操作是这样实现的,当其中一个原子核的自旋处于不同状态时,另外一个原子核的自旋翻转所需的时间不同。如果我们把其中一个原子的核自旋状态当做控制位,另一个原子的核自旋当做目标位,根据核自旋的这种性质就实现了控制非操作。

与现在的计算机相比,核磁共振量子计算机更像一个咖啡杯,用于量子计算的这些有机分子(例如氯仿)溶解于另外的有机溶液里,就像溶于热水中的咖啡。我们的实验结果表明:当相位匹配时,量子搜索计算可以找到标记态,否则就失败[14]。这些结果对于更高比特的量子计算的研究有重要意义。我们的实验研究还对核磁共振量子计算中的量子性问题进行了检验,特别是动力学演化的量子性[15]。量子搜索算法中的操作误差,会对量子计算产生较大的影响[16],所以必须将它们降低到阈值以下。武汉物理数学所和清华大学研究组最近还实现了 3 个量子比特中的 Bruschweiler 算法[17,18]、7 个量子比特的 D-J 算法[19] 和 7 个比特的拿取算法[20,21]。

## 四、展望

量子计算机的运作过程也必须由时序控制,而量子逻辑门的运算速度比经典计算机逻辑门运算速度慢得多。为了获得最快的运算速度,未来的计算机可能要把两种计算机联合起来:经典计算机控制时钟序列,量子计算机控制运算部分。

在其他方案中,有离子阱方案。这种量子计算机由激光来实现自旋翻转的控制非操作。硅基半导体量子计算机是另外一种方案,在高纯度硅中掺杂自旋为 1/2 的离子实现存储信息的量子位,有绝缘物质实现量子态的隔绝,硅及半导体量子计算机与经典计算机一样建立在半导体技术的发展基础上,因此有着巨大的诱惑力。超导量子计算机方案发展也很迅速,是一种很有希望的方案。

根据美国公布的量子计算机科学与技术发展路线图,在 2012 年计划研制出 50 到 100 个量子比特的量子计算机。这样规模量子计算机的功能,是现在最大的经典计算机所不能模拟的。

量子计算机的研制和发展必定会对现代物理技术和计算机技术产生巨大的推动作用。同时,量子计算机的出现,也必然会使我们对量子力学理论和微观世界的本质有更深刻的了解。目前世界各个发达国家都投入了大量的人力和物力,进行量子计算机的研究。量子计算机不但与未来的计算机产业的发展紧密相关,更重要的是它与国家的保密、电子银行、军事和通讯等重要领域密切相关。量子计算机结合了 20 世纪许多杰出的发现和成果,它一定会成为 21 世纪最辉煌的成就之一。

**参考文献:**

[1] 有关量子力学的基础知识,请阅读:曾谨言,《量子力学》(卷 I),科学出版社,1995。

[2] R. Feynman, Int. J Theor. Phys., V 21, (1982)467.

[3] D. Deutsch, ProcRoy. Soc. London Series A 400(1985)96.

[4] P. W. Shor, 36th Annual Symp. on Foundations of Computer science, Santa Fe, NM, Nov. 20-22, 1994, IEEE Computer Society Press, pp. 124 – 134.

[5] L. Grover, Phys. Rev. Lett. 79(1997)325.

[6] P. W. Shor, Phys. Rev. A 52(1996)2493.

[7] L K.. Chuang, L. M. K. Vandersypen, X. L. Zhou et al. Nature, 393(1998)143.

[8] J. A. Jones, M. Mosca, R. H. Hansen, Nature, 393(1998)344.

[9] G L Long, W L Zhang, Y S Li and L Niu, Commun. Theor. Phys. 32 (1999) 335.

[10] Paul Benioff, AMS Contemporary Mathematics, Vol. 305, (2002) 1.

[11] G L Long, Y S Li, W L Zhang and L Niu, Phys. Lett. A262 (1999) 27.

[12] G L Long , C C Tu, Y S Li, W L Zhang and H Y Yan, J. Phys. A34 (2001)861.

[13] G L Long, Phys. Rev. A64 (2001) 022307.

[14] G L Long, H Y Yan, Y S Li, C C Tu, J X Tao, H M Chen, M L Liu, X Zhang, J Luo, L Xiao, X Z Zeng, Phys. Lett. A286(2001)121.

[15] G. L. Long, H. Y Yan, Y S Li et al, Commun. Theor. Phys. 38, (2002) 306 – .

[16] G. L. Long, Y S Li, W L Zhang and C C Tu, Phys. Rev.. A61(2000)042305.

[17] X . Yang, D. Wei, and X. Miao, 2002 Phys. Rev. A 66 042305.

[18] L. Xiao, G. L. Long, H. Y. Yan, and Y. Sun, J. Chem. Phys. 117(7)3310.

[19] D. X. Wei, J. Luo, X. P. Sun et al., Chinese Science Bulletin, 48 (3) (2003) 239.

[20] G. L. Long and L. Xiao, J. Chem. Phys. 119, (2003)8473.

[21] L. Xiao and G. L. Long, Phys. Rev. A 66, (2002)052320.

(戴振宏整理 周雪莹编校)

北大清华名师演讲录 | 柳冠中
设计思维方法

柳冠中(1943— ),上海人。清华大学美术学院责任教授、博士生导师、政府津贴学者、工业设计系系统设计工作室总设计师、中国工业设计协会副理事长兼学术和交流委员会主任。研究方向为设计学、系统设计及方法、设计思维方法、设计方法论、产品形象系统及品牌形象系统设计、事理学的创立与应用、生活方式形态模型研究。创立了"方式设计"事理学"学说"、"设计文化"学说、"共生美学"、"人为事物科学"、"设计学"、"系统设计思维方法"等理论,被世界先进国家该学科理论界承认及引用。筹建了国内第一个工业设计系,是中国设计学科的学术带头人。

# 设计思维方法

时间:2006 年 2 月 28 日
地点:烟台大学建筑馆报告厅

各位同学、各位老师:

非常高兴,今天有机会到烟台大学来跟老师、同学们交流一下自己对设计艺术的认识。我先前学的专业与建筑有一定关系,是建筑装饰,也就是现在的室内设计。在北京十大建筑期间,我的导师奚小鹏老师,首次在国内创建了室内设计专业。毕业以后正赶上"文化大革命",学校也不分配,我被安排干了四年的绿化工人。直到 1974 年才正式回到专业队伍中,当时在北京建筑设计院。我们的工作就是简单的图纸拼凑,感觉非常忙,像是在一个图纸工厂。总是想做一些新东西,老也得不到机会,所以一有机会我就去清华大学建筑系的光学实验室,跟詹庆旋老师学习。当时在设计院里,设计灯具就只是做外观、造型,怎么好看怎么画,但到灯具厂和工地上一问,那些灯根本不能用。所以说一个灯具的设计,绝对不是简单的外形设计,从那时起,我就开始钻研灯具的生产工艺、照明系数等问题。后来又赶上国家恢复招生需要老师,就要把我们调回学校,设计院又不肯放人,只能以考研究生的方式回到学校。回学校后学的是工业美术,也就是工业设计的前身。读研究生的两年,跟着我的导师潘昌侯教授,开始接触到对方法论的认识。从那时我开始认识到,光有技巧不行,必须要有方法,要学会思考、分析事物。研究生毕业以后,我有机会到国外访问,所去的学校就是包豪斯的前身——德国斯图加特设计艺术学院,在那里的三年,感受很深。回国后,就想推动中国的工业设计,但发现很难。虽然改革开放以后中国发展很快,但大家对设计的认识还很肤浅。一谈设计,大家首先就会想到工程设计,要么就是美术设计,只是画样子而已——用我的话说就是:"涂脂抹粉,穿衣戴帽"。这种设计虽然很好看,但不解决问题。这种设计把我们老百姓(包括年轻一代)的审美意识给腐蚀了,追求都错了。改革开放后,中国的经济发展非常快,现在我们也比较富裕了,但是我们的国力与现在所看到的追求豪华奢侈的现象是不相称的。欧洲并没有我们这样豪华,我们现在要比他们豪华得多,整个民族追求的东西,在观念上出现了问题。这个问题将来会影响到我国的发展。所以政府很英明,现在提出了建设和谐社会,也就是走可持续发展道路。这个观点的提出与实施,到大家都能接受,可能还要一段很长的时间。所以,我今天就着重从设计的思维方法、设计方法论上和大家交换一下看法。

我们现在提出的"设计是科学与艺术的结合",绝不是停留在嘴巴上的。科学并不是简单的公式,或者在实验室做个实验就称之为科学。艺术也并不是说你是音乐家、美术家,你就是艺术的。科学、科学工作者、科学项目是不一样的;艺术、艺术家和艺术作品也不是一回事。我们说的科学和艺术都是指的本质,我们做设计的同学应该明白这个道理,这样才有可能创新。我经常拿茶杯举例子,我现在让大家设计一个杯子,这对大家应该不困难,但最后结果无非是不是大杯子、小杯子、高杯子、矮杯子……没有本质上的区别,所以我说我们国家的问题就出在这儿。改革开放以后我们什么家电产品都能生产了,但我们回头想想,除了纸张是我们的祖先发明的,其他的高科技产品有什么是我们自己的?我们中国现在只会造,只是廉价劳动力的输出国,是打工仔,所以中央提出创新工业。但改革太难了,旧观念可谓是根深蒂固,在设计师眼里我就是设计杯子的、我就是设计灯具的、设计家具的。这怎么可能创新?即便有所创新,你也只能是所谓的技术创新、材料创新、造型创新,本质创新一点没有。我们对本质应该有一个科学的认识。杯子的本质是什么?老百姓买杯子真正的动因是什么?一是杯子破了需要买一个新杯子;一是买杯子当礼品送人。这才是本质,杯子不是本质。如果是为了解决喝水,它无非是一个盛水的容器,是为了解渴,这是本质,我们设计人员必须明白这个。所以我们现在引导学生,设计的东西不是名词。我们在社会上的分工往往有杯子工厂、手机企业、家具工厂，这些都是从制造、营销角度上进行的社会行业分类。我们的教育是为未来培养人才的，如果把社会的分类当成教育的本质，专业分类按照社会上约定俗成的名称分类的话，我们的创造和发展就受到了束缚。所以我提出一个观点，供设计师思考，那就是在设计师的脑子里少一些名词。就像学英语一样，刚开始学字母，再学几个简单的单词，然后就可以说简单的句子了。但要表达思想就不行，我们必须用完整的句子，要学语法。我们设计师也一样，我们是在创造一种东西，你要对你的设计有完整的表达，而不是某个物的名词。名词这个东西，容易把我们的思想束缚住。我们的前人发明了杯子，但人类的祖先猴子喝水用杯子么？显然不用。只是人类历史发展长河中有一段时间需要杯子了，才发明了杯子，而我们现在已经不光用杯子解渴了，一个矿泉水瓶就行了。医生给病人做手术前病人不允许喝水，只能吊盐水。在太空船上能用杯子喝水吗？不能。因为在太空中失重，水进不了胃里。设计师的发明解决了这一问题，那就是用牙膏管装水，然后把水挤到食管里。在荒郊野外也没人因为没有杯子而渴死的。物的载体是可有可无的，它永远都在发展，因而我们的设计必须找到新的形式或载体以实现目的。能把人的需求目的描述清楚，才有动力。

这里我讲一下我以前的一个简单的经历，就是刚回到建筑设计院时，接的一个工程，是给33号使馆设计室内，里面大量的工程就是做照明。当时我们还是比较实事求是，因为没有什么框框。使馆的建筑不像大会堂，层高只有三米多，不可能做吊灯，使馆里要有门厅、宴会厅，还有休息室和办公室，这就要整体去考虑，因此要把灯与梁、吊顶结合起来。通过调查，认为可以用标准单元组合，这样可以减少模具，所以就设计了一个标准化又能组合的灯具方案。把图纸拿给工厂的总工程师看，他看后沉默了半天说："小柳啊，你设计的叫灯么？"这句话给我上了非常好的一堂课。我设计了三、四个月，竟然不叫灯。我拿起图纸灰溜溜地回家了。我回家后反复考虑，我的设计什么都有，完全符合灯具照明的要求，怎么不叫灯呢？我一下子想明白了，他们所谓的灯，就是大花灯，所以我的设计跟吊顶结合的照明器就不叫灯了。我便找黄总交流，可能他也考虑了，同意了我的做法。从那以后我就明白了,我设计的不仅是灯,而且是要解决照明问题的。灯具只是照明的一种载体,我们古人抓萤火虫取光,这不也是灯么?所以我们引导学生不用名词思考,而是要实现一个目的。启发学生自学,自己查资料,但不是盲目地查资料、看外表,而是要研究它的本质,理解创造方法。像用粉笔在黑板上写字,用钢笔、毛笔写字,还有古人在龟甲上刻字,它们的本质都是传达信息,只是传达信息的目的不一样。古人占卜用的龟甲,只有占卜士懂,他们来解释给帝王听。要是大家都明白的话,他就没什么可奥妙的了。秦始皇统一六国以后,他要推行秦篆,但推行不了,大家都看不懂,只能推行秦隶。毛笔写字是为了更快地传达政令。后来推行科举制度,手抄书太慢,又推动了印刷术的出现。现在则出现了电脑。信息传递的目的和对象的需求在演变,所以我们的技术和工具才得到了发展。

下面我们进入正题。我们过去设计的分工往往是家具设计、建筑设计、平面设计、包装设计等。这实际上是根据行业分类的。大家应该明白这个道理:人类为什么要分工?分工是为了什么?是为了研究,提高认识。最早原始人是不重分类的,慢慢地产品有了剩余,才有分类的需要。工业革命带来了一场大的分工,分工带来了大生产,大生产使我们人类社会的发展突飞猛进。所以要明白,分类的目的不是为了分,而是为了更清楚地认识对象,去把握社会和自然。而我们现在教育的分类,就拿我们学校来说,过去分为陶瓷系、染织系,这是拿材料来分工的。这是最原始的分工,虽然这种以材料分工的方式还会永远存在,但它的发展必然受到限制。后来逐渐开始了以工艺为对象,以操作方法来分类,染织工艺——织布、染布。现在我国基本上停留在这个阶段,即产品经济。这绝对不是分类的最终目的,虽然比刚解放时强了。刚解放时,我们出口是靠卖资源度日子,现在我们是制造大国了,靠出卖廉价劳动力,卖产品度日,所以我们的企业都是以产品的名称命名。这是一个发展阶段,但今后很明显不会是这样的。比如说计算机这个专业,绝对不是一种纵向专业。我们现在所说的机械制造也好,日用品也好,都是以工作对象来分类的,而计算机专业明显就是横向的,机械制造用它,日用品制造也用它。这就是说,现代社会又出现了一个综合时代。而我们设计,实际上也是一个横向专业。1984 年,我创办工业设计系时,当时很难向主管部门申请的。要么特种工艺,要么自行车、钟表,要是成立一个玩具设计也可以批准,唯独工业设计不被他们理解。所谓工业设计,并不是工业的设计,也不是工业品的设计,它讲的是工业革命以来人们的思想方法、设计方法,用这样的设计方法来指导我们面对不同的产品、不同的需求来解决问题。所以工业设计的本质并不是工业品设计,也不是针对工农业的工业。所以"industry design"不应翻译成我们习惯上所说的"工业设计",而应是"产业设计"。社会发展了,需求变化了,产业也需要重组和设计。我们现有的产业,它可能需要钟表设计或玩具设计。但在大学学习设计不可能像职业学校,我们不可能只教会学生做钟表设计、玩具设计。我们必须培养一种横向人才,教会学生如何观察、分析、判断问题和解决问题的能力,使他们将来能适应社会,有潜力做任何事情,所以要教会他们设计的方法。我们设计的对象是物,这种物恰恰是老天爷不做的事情,这就是人和动物的区别。我们要做上帝没做的事情,是人为的事情,绝对不是模仿自然。我们是受自然的启发,需要科学,利用科学理解自然规律,来指导我们思考问题,才能去创造。

所以说,我们设计专业需要科学与艺术的支撑,需要两者的综合。我们应该明白到底什么是科学,什么是艺术。科学家并不意味着科学,我参加过第一届艺术与科学的研讨,一位很有名的科学家讲艺术与科学的结合,他说他发现星体的当天下午听了贝多芬的《第九交响乐》,所以他晚上能够发现这个星体。这样的解释我认为不科学,他是做出了了不起的贡献,但他的思考方式并不科学。所以我认为对科学、对艺术不要迷信,不等于科学家就是科学,不等于艺术家就是艺术。科学不是特指某一个对象的内容,而是指研究方法的问题。最原始的语言古希腊文,与最年轻的技术语言德语,对"科学"的解释非常巧合,都是一个说法:即"知识的知识"。科学并不是指知识,它是掌握知识的知识,是一种方法的学问。它并不是指具体的方法,而是方法的论述、评价和选择乃至创造,所以我们叫方法论。方法和方法论的区别就在这个地方:方法是一种工具,方法论是对方法的认识和理解,指导方法的再生和发明创造。著名化学家拉瓦锡认为,科学必须由三个要素组成:一是事实;二是描述事实的思想;三是表达思想的语言。同样是事实,由于思想不同,本质也是不一样的。牛顿看到苹果落地,苹果落地是事实,但没有思想的苹果落地谁都看到了,可没有人能解释出来,而他却解释了,并且用他创造的语言把规律表达了出来。能从外在现象中把本质抽象出来,这是最难的。这是一种思想,科学必须要重新构筑新的系统。在这一点上我们设计也是这样,所以我们设计离不开科学,必须要有新语言、新秩序。如果没有新思想,就不能称之为科学,因此科学也需要艺术的直觉能力和想象的能力。什么是艺术?同样,艺术并不单指艺术家,艺术是要创造的,要和别人不一样的,要有自己的思想、载体和形式,要把事物的本质揭示出来,让它更强烈、更典型。很巧合,古老的希腊语和技术的德语对"艺术"的解释也是一样的。什么叫艺术?"一切人为的"。凡是人做的事都有艺术,像现在有说话艺术、烹饪艺术、管理艺术……艺术并不是指艺术家和某一个门类。它是泛指一切人为的、有一定的符号载体来表达人们对自然或社会理解后的再创造过程,它源于真实但高于真实。我经常打这个比方:我们人对营养的吸收。人吃猪不会变猪,吃狗不会变狗。这是什么原因?是消化。消化是把原有的东西打散了,解体了。通过唾液、胆汁等的作用,变成我所需要的,到小肠吸收的已经不是狗肉、猪肉了,而是维生素、蛋白质、脂肪、微量元素等。艺术也是这样,艺术家观察生活,你也观察生活,为什么他能提炼出来,你提炼不出来?你要找到本质。司马光砸缸的故事,就因为他看到了本质,小孩掉河里面,只能是捞,而掉到缸里,根本不用捞,只要让小孩与水分离就可以了,司马光就看到了本质。这就是创造,这就是艺术,这就是抓住了本质。科学总的来说就是发现,不断地发现真理。科学必须掌握一个规律,它必须用公式、数字的方法表达。所有的人在公式面前都是一个结论。像数学题就一个答案,而艺术就不同了,一个人一个答案,甚至一个人十个答案。而我们所有的设计都属于艺术类,不论是建筑设计也好,室内设计也好,因为它们都是人为的。它要去创造,是一个从无到有的过程,不拘一格的创造是比自然更完美、更和谐的人为方式。我们必须对科学和艺术的本质了解清楚,才不会被一些约定俗成的概念所束缚。我国古代就提出了一种非常超前的思想——"天人合一",但只有少部分哲人了解,大部分具体操作的人都不明白。西方的哲学很实在,他们在近几十年才明白了这个道理,但他们一步步积累,他们的科学和工艺是一点点积累起来的。而我们早就有个别先哲理解了,但大部分人不清楚,只是被少数人把持着,东西方之间的差别就在这里。当时工业时代初提出的科学是狭义的科学,用现在的话说就是小科学。现在我们提出改进科学的同时,也要改变它的语言、术语、思想和结构。我们要创造新的学科,所用的语言、思想、结构也必须是新的。这就是机制创新、系统创新的概念。

在中国工业设计推广的过程中,也出现了一个问题:对设计总是理解不透。现在95%以上的人,还认为设计就是搞造型、外观、形式、美化。这就把设计的本质误解了。其实设计远远不止这些,设计带来的绝对不是外表的变化。一种新的思想,一种新的生活方式的诞生,是靠设计来推动的。你们说,是太阳围着地球转,还是地球围着太阳转?我们当然知道地球围着太阳转,但一些老农却说是太阳围着地球转,"我明明看到太阳东面升西面落呀。"这是狭隘的唯物主义,是经验论。所以,经验告诉我们的,不见得是真的,不同的地域、民族、风俗、经济条件及生产关系、文化是不一样的,你不可能把经验推广。你要通过经验总结出理论去指导,而不是以经验形式去推广。现在我们国家还在做大量的经验推广——经验推广不了,经验只是你的一孔之见,你在特定环境下这么做了,别人不见得能做,他这么做,你不见得能这么做。平常我们听老师说,把你的缺点改了,这得看是什么缺点。如果他上课老打扰别人,说话影响别人,那要改,但是他的性格要改的话,那么他就没有特点了。西方恰恰注重培养学生各自的特点,鼓励他们有不同的特点。我们中国则都整齐划一,大家都背着手一动不动,你把特点改了,你就不是你了,你的特点就是你,将来你走的路跟别人不一样,那么这个大千世界,千奇百怪,各有特点,世界才是完美的;要都是一样的,那这个世界就太单调了,所以我们说,当代社会强调的是交叉、复合,强调的是系统,所以要把人文科学和自然科学综合来看。其实这种观点早就提出来了,但现在我们还是分开的。中国的大学也该综合,但是实际上没有综合起来:工科谈工科的一套,人文学科谈人文的一套。所以说,逻辑思维和形象思维这两者不能分开讲,工科擅长逻辑思维,艺术擅长形象思维,我觉得这都是人为地灌输学工科的、学艺术的是分开的,这是不对的。你能说我在思考的时候,头一秒是逻辑思维,下一秒是形象思维,那可能么?从来都是综合起来起作用的,也就是说系统效应,系统是存在的,你承认,它在,不承认,它也在。当今社会我们工作的对象已经是系统的了,工作的手段是系统的,使用的工具都是系统,那么我们的观念和方法不系统的话,怎么能追赶上世界先进国家?但现在我们的指导方法还是经验论,在中学就开始分学工、学理、学文的。这对我国下一代人绝对带来了后患,所以我们在工业时代里会提的"人定胜天"的口号、拜物主义的追求一直延续到现在,认为人了不起,什么都能干。记得大跃进有一幅漫画,一个农民,两个手把山劈开,水流出来,旁边写一句诗是"喝令三山五岳开道,我来了",意思就是人了不起,可以改天换地。实际上事情远没这么简单,现在不就是在受自然的报复嘛。西方已经走过的弯路,我们还往上撞。我们现在正处于发展最快的时候,像我们现在以高污染、高能耗带来GDP的增长,已经为我们的后代欠下了许许多多辈的债,但却还在大量开发、占有未来的资源。所以我们学设计的人,必须要有这种责任感,不能说这是科学家的事情、是工程技术部门的事,跟我们没关系。实际上,它跟我们每个人在设计时拿出的东西都有关。所以在古代社会科学艺术是不分家的,但到小工业时代就认为科学加艺术就是设计,所以学点科学,再学点艺术,像有些工科,学工业设计的,两年学工科,又一年学画画,这就是培养设计师,其实根本不是那么一回事。现在大科技时代,已经是科学和艺术综合,所以要开创一个全新的教学体制。它并不是简单地把工科的课程加到艺术的课程中去,所以必须找到另外一条路培养人才。也就是说,我们到底教给他知识、技巧,还是教给他方法,让他自己在生活当中去寻找知识、补充知识。记得我们学校办培训班,我就给培训班的同学说,你们现在经常说回炉,工作一两年、三五年以后就要回炉,换个说法就是终身教育。这种说法没错,但你好不容易工作积累了些本钱,又要回炉学一年两年,我认为这是教育的失败,是我们大学教育的失败,把我们的大学教育当成了职业教育。大学教育解决的不应该是职业教育,尽管我们国家发展的阶段决定了不得不是职业教育阶段,但是我们应尽量教给学生让他学会方法,学会举一反三,我们要尽量教他打猎,而不是给他鸡鸭鱼肉,让他学会扩延。就像香港理工大学讲的,培养大学生成功不成功,主要看他有没有自学能力。

　　什么叫自学能力呢？就是你能不断获取知识的能力，就是大学里教你怎样去获取知识，并不仅仅是获取知识和技巧，不是把知识堆积起来，而是你要给它梳理，你要给它提炼，你要给它组织，你要把本质抓出来，要进行分类，这个知识是活的，能够再生的，用不着再去回炉，再充电。我们过去教育学生，你在吃饭、走路、看电影、玩儿、逛大街、逛商店应该是学习，而不仅是玩；就是说你可以发呆，但发呆绝对不能什么都不想；就是说你一定要想事，随时随地琢磨知识背后的东西，比如这个形态、这个材料、这个表面处理，它背后的支撑点是什么？一句话，就是要去思考。所以说你不要去看它是个灯具，它只是个照明器具，你不要看它是个桌子，要说设计桌子，一块板，四条腿儿，你再换花样、换颜色、换雕刻的花纹、换材料，还是桌子，可有时候可以不要桌子，椅子不一定非要靠背，非要坐板，非要腿儿，卧铺车厢里面通道上的椅子它就没有腿啊，它就是单板，椅子的前腿就是你自己的腿，必须要理解这个。这就是我们所要的，第一是自学的能力；第二是你的表达能力，表达能力并不等于是画一幅好画、好的效果图。说俗点应该是，见人说人话，见鬼说鬼话，要学会因人、因时、因事选择不同的表达形式。说白了，就是你要学会适应。这就是应变能力、创造能力，创造新的思考系统。

　　我离开德国，导师给我送行，讲了一个故事，我当时特别受感动。故事说，欧洲有一种游戏，把一根针扔在一个足球场那么大的空间里，场地旁边放了一桌酒席，组织三种人来找针，看不同的人会用什么样的方法来找针。第一个人是英国人，英国人比较保守、规范、傲慢。他看了一会儿，稍加犹豫但是没说话就进去找针了，累了稍加休息，接着找，到最后实在是找不到了，东西没吃，就放弃了。第二个人是法国人，法国人很聪明、很浪漫，看到有吃的，就随便在场地里转了几圈就坐下吃喝，最后说没找着。第三个人是德国人，他没有马上找针，他问游戏组织者，我可不可以问问题，游戏组织者说当然可以。德国人提出了要求，要了一根一米长的棍子。然后他就在场地上打格子，打完格，吃了点喝了点，就开始一格一格地找，最终他找到了。我当时觉得很震动，这是典型的德国人的做法。我上学这么多年，没有人给我清楚地讲述过这种方法的重要性。当时我回国后也是给同学讲功能和形式，一年多后我就发现不对,讲功能和形式讲不清。你想,任何人也不能分清这个杯子哪一部分是功能、哪一部分是形式。逻辑思维和形象思维是分不开的。所以我就提出一个生存方式说:设计是创造一个更加合理的生存方式,而不是什么形式和功能的问题。研究设计就要去研究生活方式,而不是去研究功能。因为功能是讲不清的,讲清的只是性能。性能可以评价,用量化来评价,功能就评价不了,对你好对我可能不好,因人而异。而我们创造的恰恰是一个活的东西,所以我就提出了生存方式学说,去研究生活。后来我有机会去德国拜访我的老师,我在和老师吃饭的时候,就突然问老师:当时找针的有没有第四个人?他说没有。我便说第四个现在有了,那就是中国人。他便问中国人是怎么找的?我说:中国人也像你们德国人先提出了问题。但我不像你们先要工具,而是真正地提问题。我问:谁扔的针?是个大力士还是个小孩呢?接着我会问他站在哪一点上扔的针?朝哪个方向扔的针?用什么姿势扔的针?问清楚后我再去选择工具。其实就是我刚才说的,我先要研究外因,先不去找针,也不找工具。我先把外因研究清楚了,使行为目之条件、限制成为我选择、组织的方法、手段——内因的前提。用什么形式、什么技术、什么工具找针是有前提的,可能我也要打格,也可能我根本不用打格。这种观点就是我一贯的思想,不重"物"而重"事"的思维方法。

我们现今社会是重物,重形式。在这种情况下,我们更应该先把目的弄清楚。这就是抽象思维方法,也就是抓概念的定义,定义就是本质。杯子的本质是什么?目的是要解渴,明白这个目的再看资料就不会光看杯子,而会关心解渴的方式。因为我明白杯子的本质是解渴,我就能关心不同人、不同环境、不同时间、不同条件用以解渴的工具。这时你就可以发现问题,解渴的方式不同,造成几千几万种杯子和不用杯子也能解渴的形式,干吗只设计杯子呢?你只要追问原因,随之你就能发现规律,原来这么多不同的杯子就是因为外因不一样。我们把所有的资料进行分类:什么人用杯子?在什么条件、环境下使用杯子?经过这样的分析,我们马上就会把思路理顺,马上就会明白有这么多方法解渴,是由于人、环境、条件、时间的不同。这一点古代人为我们做出了典范,所以我们现在就更要研究我们为谁设计。肯定不是为古人设计,我们应该研究现代人,因为我们已经掌握了大量的资料,而这些资料不是死的,而是有背景的。实际上,这样的研究方法本身已经在进行设计的定位,或者说是目标系统定位。这时的解渴已经不是一个目标,而是一个既有总目标又有子目标修饰、限定的目标系统。通过目标和外因的研究,就可以把目标系统建立起来。这个目标系统,恰恰就是对设计题目的解释,也就是破题。破题的同时,你的评价体系自然也就有了。什么是好方案?能成立的方案。你再找现在的材料、样本、商品市场能提供哪些技术?哪些是手段?包括你的艺术修养,就可以为你服务了。最后,你的方案就不会不着边际。我们盯准一个目标,去选择符合目标的材料、结构、原理和造型,这一过程就是一个求是的过程。我们通过这样一个研究人和事的过程,再去选择原理、材料、结构、技术、工艺和形式,这时的原理、材料虽是别人的东西,但可以拿来为我所用。这就像写文章一样,字不是我造的,语法不是我造的,但思想是我的。前几年,我们给深圳华为公司做了很多设计,他们的老板也比较满意,有一次在聊天过程中——他们当时拥有通信方面的高端人才,有许多博士生、硕士生,连工人都是大学生——他就问:"我该有的技术都有了,我下一步该怎么办?"针对他这句话我对他说:你不能老是引进,你应该确定自己的科研课题。然后我就画了这样一个三维坐标给他寄了过去(图1)。纵向根据不同人的需求进行分类;左下角根据通讯的目的进

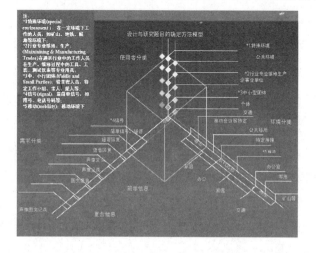

图1

行分类；右下角根据工作的环境进行分类。经过这样的分析，然后再制定发展计划，接着进行有目的的科研攻关，就能摆脱对别人的过分依赖。

我们经常说学工业设计的不怕改行，因为我们学的是方法。我们参加过多次国际规模的汽车概念设计大赛。第一次参加时，一共有五个奖，其中就有一个被我们拿到了。隔了两年同样是五个奖，我们就拿到了两个奖。我们靠的就是这个方法。我们不是只设计车的造型，因为造型方面我们肯定落后于他人。但是我们了解中国的需求，了解中国的地理特征，我们知道我们的需求和外国人是不一样的。我们研究需求，有了需求才能确立目标。通过研究需求，我们判断需求的本质。在北京上班，开车族有车，但交通堵塞严重；坐公共汽车，挤得太利害；骑自行车又太慢。最好的办法就是坐地铁，但它最大的特点不是点对点的交通。我们不像欧美有密集的地铁网，起码十年左右不能解决点对点的交通。由于相当大一部分人都需要解决点到点的交通工具，所以我们当时就提出一个概念，就是解决短距离的个人交通工具。把概念组织起来是由一个服务机构来完成的，通过磁卡进行管理，统一进行维修、保管。这是一个新概念，就中国有这种情况，外国可能根本就不需要这种东西。把这个目标找准了以后，就可由机构提供服务。注意，提供的是服务，而不是产品。这就是"事"。它不是一个现代化的造型设计，而是一个行为的组织过程。与西方设计拿出一个非常漂亮的造型完全不同，也只有这样才是真正的设计，中国今后的希望也就在这儿。我们就应该培养这种人才，这是一种能力型的人才。在信息时代条件下，我们的设计专业处处可见。在这种知识社会中，我们要做的东西太多，我们不可能都做，我们学也学不过来。所以这里我要强调一点，对我们设计专业来说，不强调知识创新，而是要注重知识结构创新。就像一个大厨师一样，我不会种粮食，不会种菜，我也不做煤气灶，但我能炒一手好菜，我会调配。设计师实际上就是大师傅，根据客户口味做调配工作，也就是知识的结构组织工作，这是我们设计师工作的本质。所以在我们的思想里，传统的产品、传统的技术都可以作为我们重组的对象。就像我们学校的建筑，破旧的车间，照样可以成为现代博览会的场址。像德国的鲁尔区，工业衰败后，现在成为德国新兴的旅游城市，展示传统的工业文明的旅游景点，其中一个大的钢铁厂现在变成了一个弘扬工业设计的展览馆。由于时间关系,最后再给大家看一个我们的概念设计,这是我们2001年做的概念飞机(图2)。

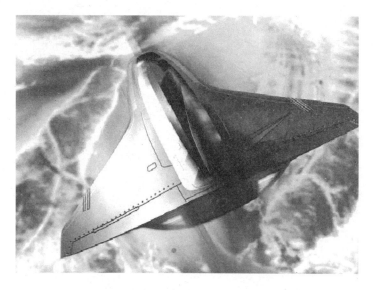

图2

大家可能都坐过飞机。前三四年我经常坐飞机到广州出差,飞机好像很快,从北京到广州3个小时,而我从学校到机场再登机,就要2个多小时。所以这就提出一个新的概念:飞机是不是非要趋向于波音之类?机场是不是要越建越大?现在的机场系统是上世纪50年代西方建立起来的,那时坐飞机的人少,但现在都已经是21世纪了,坐飞机的人越来越多,以前的机场系统已经不能满足需求。因此,我们提出的概念,就是根据中国的实际情况进行的设计。我们把候机楼拆了,化整为零,在北京市的关键点上,像地铁站,都设一个登机口(图3),登机口实际上就是一个简化的机场,买了机票,再登上准备好的牵引车,在去机场途中完成Cheking、安检、存包等,可以大大节省候机、登机时间和空间(图4、图5、图6)。这是一个系统,当然这里面也有很多难点,但这些都是可以攻克的。

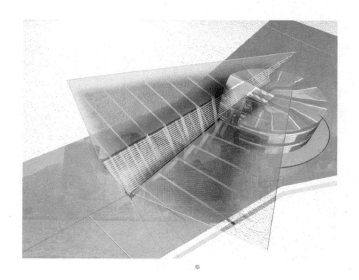

图 3

图 4

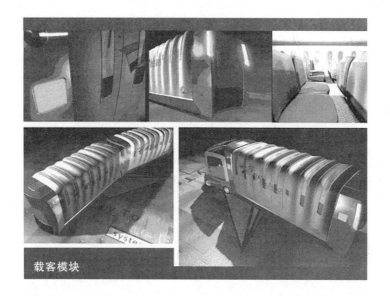

图 5

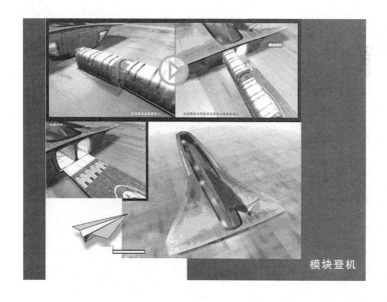

图 6

（扈秉森整理　马群编校）

北大清华名师演讲录 | 秦佑国
中国建筑呼唤精致性设计

秦佑国(1943— ),江苏扬州人。清华大学建筑学院教授、博士生导师,院学术委员会主任,校学术委员会委员;国务院学位委员会建筑学学科评议组成员,全国高等学校建筑学专业教育评估委员会主任,中国建筑学会建筑物理分会理事长,中国建筑学会绿色建筑专业委员会主任,北京绿色建筑促进会主任,中国声学学会环境声学委员会副主任,国家一级注册建筑师。

国内最早进行统计能量分析(SEA)研究和声场计算机模拟,在室内声场统计分析、声场有限元分析、声场虚像空间等方面有创造性成果。90年代中期后致力于科学技术与建筑发展、生态建筑评估和中国建筑教育的研究。发表声学和建筑学研究论文共50余篇。主编《建筑声环境》、《中国生态住宅技术评估手册》、《绿色奥运建筑实施指南》等。

# 中国建筑呼唤精致性设计

时间:2006 年 4 月 15 日
地点:烟台大学建筑馆报告厅

非常高兴能够在两年半之后再到这里来,报告厅的条件改变了,让我非常羡慕。

我想大家都知道,密斯·凡·德·罗曾说过一句话"Architecture begins where two bricks are carefully jointed together."也就是说,建筑开始于两块砖被仔细地连接在一起。意大利威尼斯大学建筑历史与理论系的教授 Francesco Dal Co 对此话的评论是:"Our attention should not fall on the curious, reductive image of the 'two bricks', but on what is required for their joining to create something architecturally significant: 'carefully' is the key word here."(*Figures of Architecture and Thought*, 1990)对密斯的这句话,不要把注意力放在"两块砖"上,而应放在两块砖如何连接能产生建筑学(architecture)上的意义,此时,"仔细地"(carefully)是关键所在。

大家知道,密斯还说过一句话:"Less is more."(少即是多),这是全世界建筑界人人皆知的名言。把密斯的这两句话放在一起,可以说体现了现代主义建筑的精髓,也是密斯设计作品的显著特征:摈弃繁琐的附加的装饰,采用高水准的加工工艺,追求精致的节点构造(carefully jointed)。

但是,"Less is more."这句话在六七十年代遭到了后现代主义的猛烈批评,这段历史也为建筑界人所共知。然而前一句话却没有人会提出疑义,因为这句话可以说是一个"普遍真理"。这是因为建筑艺术、建筑美的表达,无论古今中外,都是和 carefully 的建造联系在一起,总是在当时当地的技术和工艺条件下要求精致地建造。

Claude Perrault(17 世纪法国的一个医生兼建筑师、法兰西院士)提出有两种建筑美：positive beauty(positive 的词义：实在的、确实的、肯定的、积极的、绝对的、正的)；arbitrary beauty(arbitrary 的词义：武断的、专制的、独裁的、随意的、任意的)，他把材质、工艺归结于 positive beauty；把形式、风格归结于 arbitrary beauty，建筑的"arbitrary beauty"，即从风格、形式所体现的建筑艺术，可以随时代、地域、民族、社会与文化而变化，甚至在一个时代可以对以前的建筑风格、形式提出批判和加以否定，但"positive beauty"却可能是永久的。positive beauty 与建造者的 skill，也就是建造者本身的技巧和技艺有关，和建造的 technology，也就是和工艺和技术有关，同时和建造过程中的 carefully 有关。

因此，有必要进行一下词义的辨析：art—the work of man, human skill，人工之物、技艺、技巧；到文艺复兴时期才把它赋予美的创造和表达(the creation or expression of what is beautiful)；skill-ability to do something expertly and well，技艺、技巧、技能；technology-mechanical or industrial arts，工艺、工艺学；现在发展出来的意思就是技术以及应用科学(the application of scientific knowledge to practical purposes in particular field)。

实际上，需要"skill"的人工之物，通常就是艺术(品)，而不管是不是"美观"。它并不取决于观看者的审美观点和欣赏与否，尤其在原始艺术或土著艺术那里，这一点会看得很清楚。

古时候，建筑师和匠人(常常是分不开的)以精湛的手工技艺("Hi-skill")使经典建筑具有不朽的艺术价值。世界各地的乡土建筑也是由工匠以传统的技艺建造的，同样具有艺术魅力。

"Hi-skill"表现出对材料的理解和把握，匠人们以手工作业的方式，常年累月地和石材、木材、砖瓦打交道，练就了娴熟的技艺，积累了丰富的经验，并通过师徒相授，一代代传承下去。

在这个河北蔚县民居的山墙（图 1）上，只用了一种材料：黏土。但却采用了不同的加工工艺：突出在前的沟头滴水用细碎花纹的模子将湿黏土模压成型，批量生产，因为脱模的需要，花纹的边缘显得圆滑；而檐板采用大块方砖磨砖对缝工艺，磨砖对缝是中国传统砖墙构筑的独特工艺，对烧制好的砖进

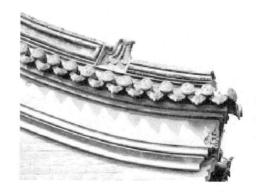

图 1

行精细的后加工，以致两砖对接处的缝看不出来，而砖块间微微的色差和有微孔的表面则表现出砖特有的质感和生动；在檐板（注意其宽度稍有变化）的端部是砖雕，用钢质刀具在烧制好的砖上雕刻花纹，纹样深（甚至透雕）而边缘和棱角锐利（注意只雕了一个三角形的端部）；檐板下通过两条线脚砖，过渡到大面积的山墙，只是普通砖块用砂浆砌筑；顶部是粘土加石灰的抹灰工艺。

"Hi-skill"体现了人性化的尺度，手工工艺以人工所达之力、人体所触之距、人性所欲之美作业于加工和建造对象，自然地体现出人的尺度。

工业革命开创了人类用工业制造工艺代替手工技艺的新时代。到 18 世纪末，焦炭和蒸汽机使英国的炼铁业彻底改观。1855 年英国人贝塞麦获得转炉炼钢专利，1864 年，法国人马丁和德国人西门子兄弟创造了平炉炼钢法。19 世纪中叶以后，钢材在许多方面代替了铁。在 19 世纪最后 30 年里，钢铁工业飞速发展。在 1870 年至 1900 年，全世界钢产量从 51 万吨跃至 2783 万吨，猛增 50 倍，成为工业的重要支柱，开创了材料工业的钢铁时代，人们把钢铁拥有量作为国家经济、军事实力的重要标志。

1824 年，英国的阿斯普丁取得了波特兰水泥（Portland cement）专利，1890 年代，由熔铁炉炉渣制造水泥被应用。20 世纪初，有人发表了水灰比学说，初步奠定了混凝土强度的理论基础。1928 年法国弗莱西奈（Eugene Freyssinet）建立以科学为基础的预应力混凝土结构设计方法。

最早将玻璃用在窗户上，源自罗马时期，依靠浇铸的方法生产出面积达

1m2 的窗户玻璃。1291 年,威尼斯人制成了透明玻璃。17 世纪,法国用熔流平面玻璃替代了吹制玻璃。在 1950 年代以前,玻璃生产方法多沿用几个世纪以来的传统过程:吹、浇铸、碾压。1952 年英国 Pilkington Brothers Ltd. 公司开始进行导致浮法过程的试验,并在 1959 年开始用浮法制造平板玻璃。

铁作为建筑材料的大规模使用,始于铁路建设——铁轨和桥梁,随后是铁框架的建筑。配合着玻璃的大规模工业化生产,铁拱(框)架玻璃屋顶的火车站出现。这种结构形式也在温室花房中使用,且从私家花园发展到公共的植物园。但这些建筑在当时并不被看做属于"architecture"。1850 年,阿尔伯蒂在《论建筑》中谈到,"艺术不像工业会突飞猛进发展,因此今天大多数铁路站舍建筑在形式和功能上多少还有可改进之处,有些车站功能比较合理,但不像一个公共建筑。"在变革之初,工艺和材料改变了,但形式和审美观却有延续性。1851 年,伦敦世界博览会举办地水晶宫成了历史的转折点。

当初,工业工艺的粗陋和工业产品的缺乏设计,遭到了试图复兴手工艺的"工艺美术运动"的诟病。一方面,工业工艺本身在"批判"中不断改进;另一方面,以工业工艺为背景的现代审美观则逐渐成为社会的主流。

与此同时,艺术也从古典转为现代。现代派艺术强调形式和创意("有意味的形式 significant form"),而轻视技艺的长期和刻苦的训练,欣赏者"心领神会",一般人"不知所云",批评者认为这是"现代社会急功近利价值观的反映";现代主义建筑的另外一个美学观点就是 Machine Aesthetic(机器美学),勒柯布西埃认为:今天没有人再否认那个从现代工业创作中产生出来的美学(《新精神》,1920)。

现代主义的背后就是工业制造工艺的介入,和手工技艺相比,后者擅长简单几何形体的高精度加工、平直、光洁,准确复制是其特长。因为手工艺和机器加工的缘故,同是铝合金的电视机外壳和阳台门窗,工艺水准却大不一样。为什么瓷砖铺地要留缝呢?我想主要就是因为加工工艺的不准确造成的,同时也是在调整、遮掩误差。

其实,传统建筑繁缛的装饰从某种意义上讲是遮掩手工工艺对平、直、光精确加工的技术弱势,而传统建筑的曲线和装饰也难以被现在模仿,因为建造逻辑不同。

发明于19世纪中叶的美国Light-frame木结构住宅(2000年占全部住宅的87%),工业化生产的机器加工的规格化小木料,材料的有效利用(剔除朽坏部分),小间距的均匀排列的框架,现场裁截,钉子连接,它的特征是:1. Redundancy(超静定);2. Open System(开放体系);3. Amateur Builder(业余建造者)。有人认为这是美国民主精神和社会结构的体现:各个构件都均匀地负担,个别损坏不影响大局,可以替换,灵活地开洞(门、窗),非专业、非熟练人员亦可参与其中。而中国传统木结构则是"栋梁之材"的结构,体现出模数化的体系、复杂构造和工艺、专业的匠人和术语、"材分制"等级制度。

现代建筑中的精品也体现出很高的技艺。当然,现在许多建筑都缺少体现技艺的细部,即使是一些很著名的建筑。

随着后工业社会的来临,现代主义建筑艺术的两个基础——现代艺术和机器美学——受到挑战。首先是现代艺术本身遇到一定的危机,巴黎毕加索博物馆馆长克莱尔转而批判现代艺术,认为"艺术永远不可能现代,艺

图2　　　　　　　　　　　图3　清华大学理学院

术永恒地回归起源。"(《论美术的现状》)。Giedion认为,"现在是我们重新回到人性,并让人的尺度成为我们一切行动的标准的时候了。"正是在这样

的背景下，密斯的"Less is more."遭到了后现代的猛烈批评。有人宣布，圣路易斯社区住宅在1972年被炸毁拆除，标志着"现代主义死亡了"，后现代主义时代开始了。

寻求传统技艺的再现和体现是对上述挑战的一种回答，如博塔（图2）、莫尼奥和关肇邺的清华大学理学院（图3）。

以更高的工艺水平来设计和"制造"建筑，尤其以精致的节点和精细的加工来体现高超的技艺，是对挑战的另一种回答，这在"Hi-tech"建筑中有集中体现。就连清水混凝土也从勒柯布西埃的粗野主义演变到安藤忠雄等的细致工艺（图4）。

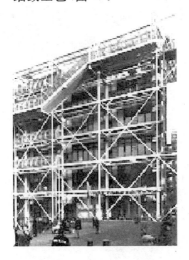

图4 蓬皮杜中心反映了建筑对更高技术的追求

密斯的"Less is more."一度受到批评和冷落时，他所追求的节点设计和工艺技术的精致性，却被"Hi-tech"继承和发扬，而现今当红的"极简主义"似乎又把密斯请了回来。

所以，了解现代工艺，能够把握建筑的细部和构造节点是建筑师的基本功。日本著名建筑师桢文彦也认为："能够把握细部是建筑师成熟的标志"。

一位工作了多年的建筑师和我说："最近，我一直在思考一个问题，也感觉是一个难题，就是墙面和地面如何交接才有意思？""意思"当然就是Architecture Meaning，也就是建筑的意味。这是一个成熟建筑师的思考，他悟到了建筑的真谛。中国近现代建筑的发展史，没有真正经历现代主义建筑发展阶段。1949年以前没有来得及发展；1949年以后，由于种种原因，则没能发展。

80年代初，中国打开国门的时候，发现已经是后现代了，现代主义已经被宣布"死亡"了，我们又错过了时机。现代主义建筑发展阶段的或缺，对中国建筑和中国建筑教育已经产生并将继续产生深远的影响。

我们在建筑上已经丢失了传统的手工技艺，但与此同时却还停留在手工操作的技术水平，没有进入工业制造的现代工艺阶段。"粗糙，没有细部，不耐看,不能近看,不能细看。"

一个中国建筑学的访问学者在美国作建筑考察的旅行,其间有一个美国的建筑学研究生与其同行。每参观一个建筑,他都是站得远远地拍照,拍建筑的全景、建筑的外观;而美国学生却常常是蹲在那儿仔细地观察建筑的细部。

2000年,我在一个大设计院谈建筑工艺技术和细部设计问题,会后被该院年轻建筑师说成"秦先生太'匠气'"。2005年,遇到该院总建筑师谈到此事,他说:"现在可不是这样了,人人案头都是那四本厚厚的《精致设计》(Detail Design)"。

长期以来,中国的建筑设计,就建筑艺术而言,只注重空间与形式的创作,而忽略了 detail design。建筑师应该进行节点构造的造型设计、工艺和材料设计,即具有"architectural meaning"的设计。只有这样,建筑才具有 positive beauty,才可以近看、细看,才耐看。要说现阶段中国建筑与国外的差距,这个方面可能是最主要的。

这不仅仅是技术水平和造价高低问题,最重要的是眼光和眼界问题,是否有技艺上的追求和有精益求精的要求。中国人往往容易"将就"和"凑合"。当中国从粗放的短缺经济向扩大需求的市场经济转化时,当中国加入"WTO"以后,面临激烈的国际竞争时,中国需要呼唤"精致性"设计!

要解决这个问题,既需要建筑师转变观念和改进工作,也需要加强建筑教育,同时还需要业主和领导不能一味要求"形式新颖",但更重要的则是制造业的介入,即整个国家工业水准的提高。

盖房子好比做服装,那些明星建筑师们引导风格潮流的作品,好比在T型台上模特儿展示的时装,形式创新必然是首要的。但社会对"时装"的需要毕竟是少量的,由绝大多数建筑师设计建造的绝大多数房子都是"服装"而非"时装"。时装表达的是"arbitrary beauty",而选材精良、做工精湛的高档西服展现的则是"positive beauty",至于那些粗制滥造却又新奇特异或仿效欧美时尚的东西,只能是廉价的地摊货。遗憾的是,在中国大地上,却到处充斥着这种"地摊货"式的建筑,而许多领导、业主和开发商们也就是要"洋",要"标志性",要"形式新颖"、"与众不同"。

要改变在设计院中对建筑设计人员重方案设计、轻技术设计的看法。能把技术设计做得非常漂亮的人,应该是宝贵的、需要加以稳定的人才,一支高水平的技术设计队伍是需要长期实践积累和磨合才能形成的。这是一个设计单位能够达到和保持高水准的基础,也是建立长久品牌的重要因素。倒是"杀方案"的人某种程度上是可以流动的。

要加强 detail design,把其纳入建筑设计的重要的不可或缺的内容。

要建立建筑师对工程进行监理的制度,赋予建筑师维护已以合约方式确定的设计不被随意改动的权利。那种业主以为"我出了钱,付了设计费,我愿意怎么改,你管不着"的看法是不对的,因为建筑和其他商品不一样,不是你花钱买了就你自己看和用。建筑有公众性,建筑师还要为公众负责。也正因为有公众性,建筑师设计的建筑还关系到他的专业声誉,关系到他以后的客源。所以,建筑师有维护自己的设计不被随意改动的权利。要尽快制定《建筑师法》,明确建筑师的职责和权利。当然,设计费的提高也是对"精致性"设计必要的补偿,设计的深度和工作量也须相应提高和加大。恶性的市场竞争不会得到好的设计。同时也需要对建筑教育进行改革。

首先,要在设计课教学中,通过设计课教师的表率作用教导学生正确全面地理解建筑和建筑艺术;在教学内容和教学要求上,增设和增加 detail design 和 tectonic 的概念与实践,训练学生对建筑细部和构造节点的造型、尺度、材料、颜色、质感、工艺技术的体验把握和设计能力。要根本性地改革现有的建筑构造课教学,从 building 进入 architecture,从 construct 进入 tectonic,从 drawing 进入 design,从"土建"工艺技术进入机械工艺技术,从毫米为单位进入 0.01mm 的精度概念。

随着现代工业制造技术的迅速提高和对建筑业的进入,盖房子已越来越从机械化的现场施工向工业工艺控制下的工厂制造过渡,建筑设计越来越需要和工业设计相结合,但中国的建筑师却还缺乏这方面的教育背景和知识结构。

目前,我国高档次和高品质的建筑材料与建筑部件和配件还依赖于进口,而且需求量越来越大。要改变这种状况,必须提高我国建筑产品的工艺技术水平。这不仅是建筑业的事,还需要制造业的介入,需要工业设计和工业制造的专业人员进入建筑领域,用现代工业制造的工艺技术改造建筑业。要改变机械系的人只关注机床和机械设计和制造的习惯性思维,把视野扩展到建筑业和其他行业产品的生产设备和工艺技术上,这些方面不仅有大量的科研和技术工作可做,也存在极大的商机。

我们已经到了必需变革整个建筑业基本技术体系的时候了。

近年来我国已有越来越多的设计单位和设计人员开始关注这个问题,一些新一代建筑师在自己的创作中也体现了这方面的追求(图5、图6)。

图5 清华的创新(崔恺)

图6 深圳市规划局局部

在可以预见的未来,作为工业革命产物的现代建筑材料的主体——钢材(包括铝合金等金属材料)、混凝土、玻璃和传统建筑材料——木材、砖、石不会被取代。这些材料的性能改进、加工工艺、构造方法、施工技术会得到进一步发展。

计算机辅助设计 CAD 和计算机集成制造系统 CIMS（Computer Integral Manufactory System）开创了新时代的工业制造体系和工艺水平，必将对新世纪的建筑产生影响。我们能否设想将来"计算机集成建造系统"CICS(Computer Integral Construction System)的诞生？计算机控制的制造工艺能否体现人工技艺？

"住房是居住的机器"，勒柯布西埃的这句名言，表达了20年代现代主义建筑思潮强调功能、推崇工业文明和机器美学的新观念。尽管在70年代遭到了后现代的批判，但今天，在新的时代和技术发展的条件下，这句话是否可以有新的理解呢？

谢谢大家！

（任书斌、董晓莉整理　马群编校）

北大清华名师演讲录

郑曙旸

# 装饰·空间·环境
## ——新世纪室内设计的理想定位

郑曙旸(1953— ),甘肃兰州人。清华大学美术学院教授、博士生导师、美术学院副院长;中国建筑学会室内设计分会常务理事、教育委员会主任;中国室内装饰协会常务理事。室内设计主要项目有:中南海紫光阁、国务院接待楼、中央军委办公大楼(其中一层门厅室内设计获国家轻工业局全国第二届室内设计大展金奖)、中国驻德国大使馆、中国银行新加坡分行办公大楼、中国丝绸进出口总公司办公大楼、中国远洋运输总公司办公楼、敦煌宾馆贵宾楼、山东银工大厦多功能厅等。著有《家用室内设计大全》、《室内表现图实用技法》、《室内设计资料集》、《室内设计经典集》、《室内设计》、《室内设计程序》、《室内设计·思维与方法》等。

# 装饰·空间·环境
## ——新世纪室内设计的理想定位

时间:2006年3月9日下午2:30
地点:建筑馆报告厅

　　我今天要讲的题目是"装饰·空间·环境",主要内容是关于新世纪室内设计的理想定位。为什么要讲这个题目?目的是搞清楚我们今天所说"环境艺术设计专业"的主要内容,是室内设计的定位。室内设计在我们国家真正的发展是在改革开放以后,应该说它是我们艺术设计行业中一个发展最为迅速,也是最有生命力的专业。但是这个专业发展到目前为止,它的专业的最终指向并没有达到我们理想的一种状态。也就是说,它基本上还是我今天所讲的这个题目的第一个方面——装饰。

　　今天我主要是对"装饰"、"空间"、"环境"这三个词进行专业时代背景的定位。"装饰"的设计理念代表着传统;"空间"的设计理念代表着当代;"环境"的设计理念代表着未来。

　　大家都知道,在艺术设计专业里面有一个环境艺术设计专业。这个专业发展比较迅速,但实际上这个专业的发展有它一些特殊的历史背景。它的理论研究远远滞后于实践,而真正的社会实践与它的"环境"称呼又名不副实。从今天设计专业整个的运作方式和我们整个社会技术发展的背景来看,它还不足以支撑环境艺术设计的发展,所以"环境"的设计理念代表着未来。

　　首先,我们按照人工环境与自然环境融会的程度来区分建筑的内部空间——室内的发展阶段。为什么要以人工环境与自然环境融会的程度来划分？这要回溯到我们整个人类社会的发展过程。我们人类在一个漫长的历史发展进程中，最初是在山洞里、大树上居住的，在那个环境当中无所谓人工环境可言。从人类建造了第一个人工技术概念的房子开始，我们就有了人工环境，建筑就成为人工环境的一个主题。没有建筑就没有人工环境这个概念，然而建筑只要它矗立在大地上，矗立在这个自然环境当中，就开创了它的整个历史过程。我们大家都知道，建筑始于三角形支撑结构，看似随便搭成的茅草屋，是一种半自然的状态。这种建筑存在的时间，在我们整个人类的历史上占有相当长的一个阶段，那个年代虽然有人工环境，虽然它与自然环境基本还是相容的，但是毕竟开始了人工空间占有的历史，并从此开始影响到自然环境。我们以人工环境与自然环境融会的程度来区分室内发展的历史，实际也就是要研究人工环境与自然环境的关系，以便把握未来发展的方向。

## 一、三个阶段的划分

### 1. 以界面装饰为空间形象特征的第一阶段

开放的室内形态与自然保持最大限度的交融，贯穿于过去的渔猎采集和农耕时期。

为什么这个时期是以装饰为主的空间形象？因为在这个阶段我们的建筑极为简单，当然在农耕时期以后建筑逐渐发展到了一个比较辉煌的阶段，但从时间上来看却是一个漫长的过程。如果我们把整个人类的发展浓缩到一天，以24小时来计算，史前的渔猎采集时期以及再往前的时间要占到一天当中的23个小时，农耕文明占的时间不到一小时，而恰恰就是在这不到一小时的时间内，又创造了我们过去最辉煌的历史文化遗产（包括中国和外国）。最后不到一分钟的时间是工业文明，而工业文明从它开始到今天也不过200多年。然而正是在这短短的200多年时间里，我们创造的人工环境的总量和它对自然环境的影响，已经达到地球快要承受不住的极限——就是我们人类还没有走到的那个临界点,就是自然生态环境恶化无可逆转的那个临界点,不过我们现在还有时间可以挽回。所以说,建筑对生态环境还是有比较大的影响的。

图1

正是因为第一阶段占的时间最长,传统的建筑又都是在装饰上大做文章,即在两个界面上:一个是建筑的外立面,另一个是建筑的室内。现在咱们看到的这个图片(图1),是现存的埃及的一个建筑。从上面看,所有的符号都是注重在空间的装饰上,而装饰又体现在两个方面:一是界面本身的这种平面的装饰,一是空间当中立体的物品,就是我们现在看到的雕塑。这件作品在当时也具有环境的意义,也就是说利用了自然的要素来进行设计。现在这件作品由于修建阿斯旺大坝而整体拆迁后重建。从我们开始有建筑到今天为止,所有的建筑内外都使用了大量的装饰手法,这是什么原因?我个人认为,除了社会因素之外,主

图2

要是当时的技术,不可能做到像今天这样随心所欲地来营造我们想要的空间。

这个图片(图2)是我们中国苏州园林里面的一个传统建筑的室内。我们看到的类似这些东西,尽管处于中国的农耕文明时期,但空间的体现程度很高。就是这样的装饰,依然在建筑上占了非常重要的地位。所有能够装饰的部位,包括空间的隔断和家具上基本雕满了纹样,这和我们后来的一些建筑完全不同。

## 2. 以空间设计作为整体形象表现的第二阶段

自我运行的人工环境系统造就了封闭的室内形态,体现于目前的工业化时期。

当人类进入工业化时期,室内设计是以一个新的起点开始的。它是从什么时间开始的?应该说它是从现代主义建筑运动开始的。我们现在讲的近现代建筑史,最早一般是从英国的世界博览会建筑——水晶宫讲起,但很遗憾的是,这座建筑在1936年的时候被一场大火烧毁了。这个建筑在当时创造了一种宏大的空间,因为它的建材采用的是钢铁和玻璃,所以造就了空间本身的变化。

由于现代建筑的发展,到了后来我们能够盖很高的楼,而每一层楼由建筑师完成之后,他就不可能再有精力再把每个入住客户的房间一一设计出来。也就是从这时候开始,建筑有了从空间上进行二次分割的可能性。以前由于建筑构造的问题,对建筑空间进行二次分割根本不可能存在。到了第二阶段,建筑师要面对更加复杂的结构和整体建筑的功能问题,而他又没有更大的精力和时间来考虑那些细微的房间变化的时候,这才导致室内设计专业的出现。

真正意义上的室内设计,是在20世纪六七十年代之后,逐渐从建筑设计当中又分化出来的一个特殊的专业,到今天为止它在国外的称呼也是不一样的。在美国,分为室内设计和室内装饰两个专业:室内装饰的主要职能就是替业主选选地板、家具和窗帘等一些物品,但这个要有很高的艺术素养;

而室内设计师就有权利对现有的空间进行重新分割。由于室内设计师赢得了对空间重新分割的权利，他才能够脱离第一个阶段从装饰走到空间。

从整体上来讲，现行主流建筑的空间模式，是一个自我运行的人工环境系统。而且这个系统的形态是一个封闭的形态，我们现在完全可以不依靠自然的因素就能够得到我们想要的一切，如采光、通风等。走到后来，人是越来越把自己封闭起来，靠灯光和空调。在这样一种状态下作为室内，它依然表现为两类：一类是空间本体的塑造，另一类就是装饰要素的运用。这时候装饰要素已经脱离第一个阶段而进入了空间装饰阶段。

图 3

由于工业文明的科技发展，种种因素导致第二阶段的装饰表现形式发生了变化。我们现在看到的这两张片子最具典型意义（图3），它是进入21世纪以后日本东京最时髦、被众多建筑师所认可、比较称道的建筑，是六本木的一个综合性的商业文化中心。

现在我们看到的是一个旋转的通向美术馆的通道。这个美术馆在一个三十几层的楼顶，这个建筑的室内设计充分运用了时间的要素，来引导你一步一步到达你需要去的地方。同一个空间，在平时如果不悬挂装饰物的话，平淡无奇，也没有任何创意可言，一旦挂了装饰物，空间的品位马上得以改变,从而影响到整个空间的氛围。所以说,如果你是在两个不同时段来这个地方,你会忽然发现这个地方我以前没有来过。大家知道,空间形态是由实体和虚空两个部分组成,实体可能是一定的,但变化最大的实际是虚空的部分,所以说室内空间虚空的这个形态永远处在变化之中,而设计师也主要是从空间气氛的营造来达到他的设计目的。这一点到今天为止还不被我们绝大部分的设计师所认可,应该说我们今天绝大部分的设计师,还在采用第一阶段中"装饰"的手法。

我再举这样的一个图例(图4)。这个空间,我个人认为它是从空间的概念来设计的。这是一个卖比较低档、但很时髦的首饰店面,它很巧妙地运用圆形的粉红色透明有机玻璃材料,做多点式展示,整个商店只有这一件东西,但是给人在空间中的印象,却是很难忘的,而且空间的氛围和传达的意境也非常到位。这个手法我认为它是以装饰的手法,但通过空间的概念来做。

图4

下面这两个图(图5、图6)是我拍的一个韩国设计师朋友的居所。这个片子看上去其实也很平常,但是它传达出来的空间氛围非常有意境。它基本上是靠装饰陈设的空间理念,来达到的那种感受。遗憾的是,我们今天只能从视觉来感受这个空间。在一个空间当中,它是要靠视觉、听觉、嗅觉,甚至我们所说的第六感来体验的。

图 5

图 6

### 3. 以科技为先导真正实现室内绿色设计的第三阶段

在满足人类物质与精神需求高度统一的空间形态下,实现诗意栖居的再度开放,成为未来的发展方向。

展望未来,人工环境还将会继续发展,与自然环境的共融共生,将会被摆在最重要的位置予以考虑。建筑领域"绿色设计"、"生态建筑",将会成为发展的主流。室内环境只有在生态建筑的基础上,才能达到更高的水平。

室内作为建筑的组成部分,其专业发展必然依托于建筑。绿色生态建筑在目前尚处于试验阶段。我们今天看到的世界上已有的"生态建筑"基本上呈现两种状态:一类是从生态到建筑,一类是从技术到自然。前者利用地形特征,以最小空间的可能性、以地上生出的体量、以走近自然景观的景观元素来开发建筑,或者利用景观改造以及创造居住建筑的生态学来与自然结合。后者利用高技派的进化、高效能的立面和生物气候的屋顶来营造建筑,或者利用技术手段直接将自然要素运用于建筑本体。

图 7

我们现在可以看一个例子(图 7),这是德国新的国会大厦,它所有的构造都是为了它的功能,而且还体现了生态概念。现在大家看到的这个倒锥形体并不是为了艺术造型的需要,它是通过镜面的反光,把光线最大限度反射到下层,靠这样的光线使整个会场,不依靠人工照明就能满足我们认定的光线需求。这种反光如果直接靠太阳光的进入也是不行的,会产生玄光。它需要第二个部件,也就是我们看到图像上的这个庞大的遮光罩。它会随太阳入射的角度而旋转,从而可以保证射入光线是散射光,而不会集中投射到下面。

图 8

图 9

现在世界各地的探索性建筑体现了未来发展的方向,但要把这些观念性建筑推而广之,普及成为社会大规模建筑的主流尚有待时日。作为过渡阶段的室内设计,自然也不可能超越建筑的发展而另辟蹊径。这两张图,(图8)是广东的一家酒店,(图9)是哈尔滨的一家餐厅,也是被冠以某种与自然结合的旗号。有些东西营造的完全是自然的状态,感觉好像你进入了原始森林。这种靠消耗更多能源来维持的所谓生态建筑,决不是什么绿色的生态建筑,实际上是伪生态。假如说我们大家都走这样一条路,那就很麻烦了。

因此,设计的多元化就成为时代典型的特征。在这个时期,室内设计首先要实现观念的转换,在技术条件许可的情况下,以绿色设计的概念创造符合时代要求的多种风格并存的室内空间形象。所以说,随着20世纪后期由工业文明向生态文明转化的可持续发展思想在世界范围内得到共识,可持续发展思想已经逐渐成为各国发展决策的理论基础。环境艺术设计的概念正是在这样的历史背景下,从艺术设计专业中脱颖而出的,其基本理念在于设计从单纯的商业产品意识向环境生态意识转换,在可持续发展战略总体布局中,处于协调人工环境与自然环境关系的重要位置。环境艺术设计最终要实现的目标是人类生存状态的绿色设计,其核心概念就是创造符合生态环境良性循环规律的设计系统。虽然我们现在那么多学校开的这个专业都以"环艺"来命名,而且"环艺"一词也被大家所接受,但是大家要明白,我们现在所干的工作并不是真正的"环境艺术设计",倒也并不是我们不想干,而是我们整个社会还没发展到那一步。

## 二、行业发展的现状对比

建筑装饰与室内设计都属于空间设计的概念。建筑装饰的发展有着悠久的历史,室内设计则是20世纪六七年代之后才作为一门单独的专业发展壮大的。在世界范围内,室内专业的发展基本上是按照两条线进行的:一条线是以建筑设计的概念;另一条线则是以建筑装饰的概念。前者以"室内设计"称谓名副其实,后者则只能以"室内装饰"命名。但无论是"室内设计"还是"室内装饰",都存在具体的设计问题。室内设计是包括空间环境、室内装修、陈设装饰在内的建筑内部空间的综合设计系统,涵盖了功能与审美的全部内容;室内装饰则是以空间的视觉审美作为其设计的主旨。室内设计的概念代表了现代世界的主流,室内装饰的概念则具有强烈的传统意识。

### 1. 国外发展的现状是以发达的工业化国家作为主要背景

从室内设计的概念出发,体现出以下特征:
(1) 完善的知识产权保护机制与科学运行的设计市场。
(2) 探索未来生态建筑条件下的室内绿色设计方式,建立与生态建筑相符的室内环境系统,最终实现室内的绿色设计,实现人类诗意地栖居于大地的理想。
(3) 完善材料与构造体系,以人居环境的基本需求为标准,从家具与设备的空间体系入手,创造适合各种特殊功能需求的室内。
(4) 设计风格的多样性与对应于特定功能空间设计语言统一性的共存,表现出成熟的设计理念与设计市场。

### 2. 国内发展的现状脱离不了现代化进程中过渡时期的制约

从室内装饰的概念出发,体现出以下特征:
(1) 设计的价值概念尚未在社会确立,知识产权得不到保护,设计市场尚未建立,体现在设计中的简单抄袭现象和以施工代设计的所谓"免费设计"运行模式。
(2) 尚未在设计理念上完成从"装饰"到"空间"的过渡,表现在追求空间界面表象的浮华效果,而忽视对实用功能的深入推敲。
(3) 缺乏应有的材料与构造意识,表现在滥用材料和不恰当地运用材料,不能从空间构造的高度去考虑设计问题。

## 三、理想定位的出路在于创新

培养以形象思维作为主导模式的设计方法、以综合多元的思维渠道进入概念设计、以图形分析的思维方式贯穿于设计的每个阶段、以对比优选的思维过程确立最终的设计结果,应该是科学的艺术设计之道。我觉得这段话讲的是室内设计专业真正能够创新的一种方法,但这仅是其中之一,整个创新机制应该建立在社会、经济和技术的条件上。人的创造能力的取得是一个渐进的积累过程。这个积累的过程,实际上就是人的全部后天经历。在所有的后天经历因素中,积累的环境显得尤为重要。家庭、学校、社会是外部环境组成的三个主要方面。而作为一个室内设计师,三者缺一不可,某一个阶段的缺少都会造成你后来要花很大的力量去补,那就很糟糕了。

我最后要讲设计创新的三个层面——这里我先声明一下,今天所讲的创新只界定在专业的技术范围之内。

第一层面:表现语言的创新

什么叫语言的创新?两个方面:一个就是我们目前作为设计师,要如何说服你的业主或你的甲方,你总是要有一种表达手段,今天的表达手段已经非常多元化了,需要跟上时代具有影视的表现能力;另一个就是最终做出来的室内空间,它的形象是什么样的,要求有空间氛围的主题语言定位,也就是说真实空间体现力的表现语言应该是什么。

第二层面:应用方式的创新

就是思维方式在设计的应用中,思路一定要开阔。任何一种设计概念都会有最佳的发展道路,作为设计师就是要找到这条路,千万不要不动脑筋就往下走。

第三层面:精神内涵的创新

就是在一种外在物质当中可能蕴含了你的思想,而这种思想又导致了你的一种设计理念,这时深挖下去就会使设计作品呈现不同凡响的外在表现力。

谢谢大家!

(任书斌整理　赵久满编校)

北大清华名师演讲录 | 许懋彦
## 日本新生代建筑师特征及思潮初识

许懋彦(1960— ),上海人。清华大学建筑学院建筑系主任、国家一级注册建筑师。多年从事建筑设计理论研究及教学工作。参与完成国家自然科学基金项目有《天安门广场空间环境优化研究》(2000年)、《建筑计划学理论与方法研究》(2004年)。在《建筑学报》等核心期刊发表学术论文20余篇。主持完成建筑工程设计20余项,多项获奖。

# 日本新生代建筑师特征及思潮初识

时间：2006年5月9日

地点：烟台大学建筑系报告厅

## 引言：日本现代建筑师人脉溯流

### 1. 1930年代建筑师与新陈代谢运动

1　丹下健三1960年东京湾计划　　　2　矶崎新1962年大分县图书馆

(资料来源：www.ktaweb.com, http://f1.aaacafe.ne.jp)

引领日本现代建筑进入成熟时期的领袖人物非丹下健三莫属。由师从丹下的桢文彦（1928— ）、黑川纪章（1934— ）以及大高正人（1923— ）、菊竹清训（1928— ）四人在19世纪60年代创导的新陈代谢运动，使主流的欧美建筑界开始认真关注一个亚洲小国——日本的建筑活动。可以说新陈代谢运动是日本现代建筑发展的基石,也是随后其建筑发展的原动力(图1、图2)。

## 2. 出生于1940年代的"野武士"们

被桢文彦称作"野武士"的出生于20世纪40年代的一批建筑师在80年代高举着后现代主义的大旗登上了日本的建筑舞台。他们中的代表人物有关东的伊东丰雄(1941—  )、长谷川逸子(1941—  )、石山修武(1944—  )和山本理显(1945—  ),有关西的安藤忠雄(1941—  )和高松伸(1948—  )等人。这一群体是新陈代谢运动的直接受影响者,他们是日本20世纪80年代建筑界的中坚力量。即使在20世纪90年代乃至今日,这群"野武士"的力量仍然十分强大(图3、图4)。

图3　石山修武的幻庵图　　图4　山本理显1986年的GAZEBO

(资料来源:http://f1.aaacafe.ne.jp,www.riken-yamamoto.co.jp)

# 上篇：20世纪80年代后崛起的"泡沫一代"
## ——50代日本建筑师素描

## 一、20世纪80年代的日本泡沫经济环境与后现代主义思潮

### 1. 泡沫经济的虚假繁荣

进入20世纪80年代，日本经济在成功度过了1973和1979年的两次石油危机之后，依然保持着稳健的发展步伐，并成功地打入了由欧美几大发达国家组成的富人圈。

从1983年开始，资本主义世界经济逐渐开始复苏，到1989年共七年间，进入了自70年代以来又一个高涨阶段，虽较前次速度有所放缓，但是经济增长也还较快，也较稳定。这一阶段中，仅有日本出现了史无前例的严重的泡沫经济现象，这是由日本特殊的经济背景造成的。首先是日元的升值所产生的资产浮肿；其次是日本金融自由化的进程以及过松的货币政策；最后是由前面两个原因造成的大量货币流动过剩。

由于日本在此时期经济增长很快，市场上又游荡着大量过剩资本，其出路之一就是扩充固定资产的投资，具体反映到建筑界就是建设量的急剧上升。受泡沫经济的影响，日本企业利用金融宽松条件，争相建厂房、上项目，于是也就形成了固定资产投资的过度膨胀。

市场上笼罩着虚假的繁荣，个人消费支出猛增。据统计，1987至1990年间增长率从4%直至6.3%。阔佬们一掷千金，挥霍无度；企业按照被扭曲了的市场信号投资。于是，大批的高尔夫球场、豪华型商业项目、娱乐设施以及高级轿车生产线纷纷上马。这种实况乃是造成1990年代日本经济长期萧条中私人固定资产投资始终停滞的主要原因之一。

## 2. 后现代主义思潮

现代主义建筑的禁忌之一就是采用历史样式或参考过去的形式。随着历史主义观念的走红,一种新的建筑表现方法应运而生,属于现代主义运动的一段辉煌历史则面临终结。文化因素的重要性和建筑意象的表现力——一些能反映地方文脉的建筑、大众化形式的商业建筑、玩弄隐喻象征的建筑——又重新得到认知。这种能表达历史及形式的建筑,能自由地传达并表现地方性、大众口味及建筑的可把玩性,就是后现代主义。而此时,日本战后现代化进程中的新陈代谢思潮则走到了终点。

然而历史主义、地方主义、大众形式、建筑的把玩性又是如何出现的呢?是不是可以理解为建筑又要返回原来的起点呢?被统一的现代建筑在赋予了历史主义之后,就开始回头寻根西欧文化。源的山墙大楼(图5)、1983年矶崎新的筑波中心(图6)等,均明显地表现出以西欧建筑为本,并引起了大众普遍的兴趣。

图5  山墙大楼　　　图6  筑波中心　　　　　图7  新高轮王子饭店

(资料来源:http://f1.aaacafe.ne.jp/~uratti/index.htm)

值得关注的是,1982年东京的新高轮王子饭店(图7)是由日本前辈建筑师村野藤吾(1891—1984)设计的,他引用了许多反现代主义的装饰于此新潮的商业建筑之上,包括历史主义、日本传统意念等,注重现代建筑中各种奢华的表现已被视为一种必要的文化消费。在后现代主义建筑中,历史主义不是唯一被打破的藩篱,结构上的禁忌同样也被去除了。丹下健三在1983年完成的赤坂王子饭店,就是表达一种具有美学技巧的建筑或是一种高度技巧性的美学。

## 二、20 世纪 80 年代末——在泡沫经济环境与后现代思潮中出道

20 世纪 80 年代日本泡沫经济的虚假繁荣,颇为平静地孕育了一批 50 年代出生的建筑师。他们中有隈研吾(1954— )、妹岛和世(1956— )、青木淳(1956— )、高桥晶子(1958— )、岸和郎(1950— )、北川原温(1954— )、团纪彦(1956— )、小岛一浩(1955— )、内藤广(1950— )、渡边诚(1955— )、宫崎浩(1954— )和坂茂(1954— )等人。这群人在后现代主义的漩涡中观望成长,大部分行走亮相于 20 世纪 90 年代。较之前辈他们更多地摆脱了现代主义的桎梏,把玩着建筑中的个性。与他们同代的建筑评论家村松伸(1954— )称他们为"衣食无忧的一代"。

### 1. 50 代建筑师与后现代主义的追尾

20 世纪 50 年代出生的日本建筑师们,正是在泡沫经济环境与后现代主义思潮中起步与成长的。他们大部分是在 80 年代中后期开始独立的建筑活动,经历了泡沫经济的鼎盛与破灭。这批新生代建筑师出生在战后,直接接受的是本国的建筑教育。新陈代谢派的成员和 40 年代出生的建筑师们成为了他们直接学习的对象,他们不像老一辈建筑师依然留有对勒柯布西埃等早期现代主义大师的怀念。等待他们的是一片经济繁荣景象,刚独立还没多久就纷纷有机会作出一些公共建筑的方案并得以实施。

以上一代建筑师为榜样的 50 代年轻建筑师们,自然而然地耳濡目染了整个建筑设计界的"表现"风。建筑师必须要提出自己的理念,同时为了表达自己的这个理念就要不择手段地进行"表现"。建筑的象征性与隐喻性被大多数建筑师所默认。

20 世纪 80 年代,以矶崎新设计的"筑波中心"为标志,日本建筑迎来了后现代主义大潮。可以说,无论是老一代建筑师还是中青年建筑师,都处在后现代主义潮流的撞击之中,仅有少数一些建筑师在此大潮中做着顽强的

抵抗。

**隈研吾与 M2 大楼**

隈研吾在 1990 年成立了自己的事务所之后，第二年便设计建成了他独立出道后的惊人之作 M2 大楼（图 8、图 9）。"M2"是以马自达公司的新车型命名的汽车销售展厅和办公楼，意指希望在这个新建筑里作出一些超越"M1"时代的事情。"M2"的出发点也显示出了泡沫经济膨胀到极点时期日本企业的野心和挥金如土的状况。

M2 大楼位于东京世田谷 8 号环线上，隈研吾在屋顶设计了一个超大尺度的爱奥尼（Ionic）柱式，过于极端的尺度给人的感觉是相当强烈刺激的。位于建筑顶端的爱奥尼柱头部分仅仅只是拼贴，并无实际功能。这座建筑几乎成为日本泡沫经济时代的纪念碑。隈研吾对"M2"的解释是："在'M2'中，我尝试同时导入对二项对立构造的批判和后现代主义的观点。"隈研吾所说的"二项对立"就是象征资本主义社会表象（爱奥尼柱式）和表现潜移默化的资本主义社会中人的价值观（透明的建筑表层）的对立。隈研吾将这两项同时投影在一个面上，导致了一些建筑元素脱离了重力的束缚，建筑的部件脱离了原有的尺度，建筑的意义脱离了既定的制度。M2 大楼建成不久就因受泡沫经济崩溃的影响而停止了运营，直到最近才开始作为祭葬场得到重新利用。

图 8、图 9　M2 大楼

（资料来源：http://f1.aaacafe.ne.jp/～uratti/index.htm）

### 北川原温与 RISE

在20世纪80年代后半期,北川原温是一个随着后现代主义浪潮和日本泡沫经济的繁荣一同活跃起来的50代建筑师。1985年建成的作品"村山槐多纪念美术馆"建筑表层是一层红色墙壁,进入建筑之后就会站在一个桥之上,同时眼前将会浮现出架于空中的楼梯。

1986年建成的"RISE"(图10、图11)是位于东京涩谷繁华商业区的集电影院和商业店铺为一体的综合建筑。表面用铝合金包裹一层类似幕布一样的柔软材料,给人一种破败感,与建筑内部富丽堂皇的店铺形成了鲜明对比。令人惊讶的是,这样的建筑竟然也融入了街道当中。"RISE"象征了当时畸形繁荣的社会经济面貌,是北川原温的成名作之一。

北川原温是泡沫经济的受益者,进入20世纪90年代仍然没有改变原有的构成手法,留下了许多类似的作品,直到近些年的一些作品才稍微显示出一些变化。"柏原城镇中心"(1992)位于福冈县(图12),是某住宅区中的公共设施。对比80年代北川原温的作品,这个构成组合显得尺度庞大。跟大多数建筑师在玩味符号和意义一样,北川固执地继续为这些象征性的形体元素所表达出的意义而倾倒。

图10、图11　RISE　　　　　　　图12　柏原城镇中心

(资料来源:《新建筑》1986.8,《新建筑》1992.5)

### 渡边诚与青山制图专门学校

渡边诚出道之前曾分别在大高建筑设计事务所和矶崎新事务所工作过。或许是因为渡边诚在学习建筑学之前接触过仿生学,以至于在他的设

计当中经常能看到一些仿生学的影子。

1988年渡边诚赢得了在日本举办的一个国际建筑竞赛第一名,这就是两年后建成的青山制图专门学校1号馆(图13、图14)。这座建筑位于东京一个混杂着办公楼、集合住宅、商店等建筑物,道路曲折,建筑高度参差不齐的地区。这座建筑让人联想到了没有经过任何事先计划的、各个元素处于自由自在状态的一个景象。这座建筑物是由多个自由元素偶然组合而成的"怪物"。类似金属昆虫的椭圆形头部是建筑的高架水箱,红色高挑的类似触角一样的部件,又让人不禁联想起工业产品——摩托车。

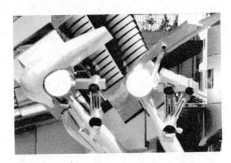

图13、图14　青山制图专门学校1号馆

(资料来源:自摄)

### 竹山圣与TERRAZZA

竹山圣早在1987年完成的东京乃木坂"OXY"(图15)就是在充满广告招牌的街道中,猛然出现一道巨大而厚实的清水混凝土墙面,在视觉上给人造成相当强的冲击。以一道高约八层楼的墙面回应着周遭繁杂的都市空间,墙上罗列着一些正方形的开口,具有一定的建筑表情。

进入20世纪90年代之后的一件重要作品是位于东京的商业建筑"TERRAZZA"(图16)。它同样是一个巨大的混凝土建筑,依然有着泡沫经济时代建筑的共性——视觉冲击性。位于建筑正立面之前的三个巨大的混凝土柱子,让人疑惑是电梯,而内部空空如也只是柱子而已。竹山圣在建筑外观上延续着日本现代主义所惯用的清水混凝土,但在空间含义上,他的作品又充满着丰富的隐喻。

图 15　东京乃木坂"OXY"　　　　图 16　TERRAZZA

（资料来源：自摄）

泡沫经济崩溃之后，50代建筑师当中有如隈研吾一样急速转型的建筑师，也有一些仍然处在后现代主义阴影当中的人，竹山圣应该算是后者。1992年后他担任了京都大学的副教授，就此从当红偶像建筑师转向了幕后执教生涯。

## 2. 在竞赛中出道，在获奖中成长

20世纪90年代初，竞赛是年轻建筑师角逐的最佳舞台。有几个重要的竞赛使得50代的建筑师崭露头角，一夜成名。他们其中一部分人在短暂的演出之后迅速淹没在众人中，一部分人则继续保持着敏锐的捕捉力，逐渐形成自己独有的建筑策略，并走上了日本最主流的建筑舞台，如今他们已经成为日本建筑界的中坚。这无疑也是泡沫经济的大背景带给50代建筑师的恩惠之一。

**高桥晶子 + 高桥宽与坂本龙马纪念馆**

由高桥晶子和高桥宽夫妇组成的Workstation，就是这一现象的典型的代表。1991年设计建成的坂本龙马纪念馆（图17、图18），是他们的第一个实施作品，也是其成名作。

该纪念馆是为了纪念日本幕府末期的英雄人物坂本龙马诞辰150周年而建的。在当时的公开竞赛中，Workstation的方案通过轴线的交叉，一个红色与蓝色两个方盒子交错朝向太平洋方向,形成了单纯的构成,使人不由得联想起矶崎新的北九州市立美术馆。

坂本龙马纪念馆基本上还是属于 Workstation 的初期探索作品,并没有显示出不同寻常的理念。这或许就是尽管他们在这个竞赛中一举成名、但日后却渐渐失去光芒的原因所在。

图 17、图 18　坂本龙马纪念馆

(资料来源:http://f1.aaacafe.ne.jp/~uratti/index.htm)

### 宫崎浩与中原中也纪念馆

宫崎浩从 1979 至 1989 年在桢文彦综合计划事务所工作,1989 年成立了自己的事务所。1992 年当事务所刚步入正轨运营不久,宫崎浩便通过竞赛赢来了第一个实施作品——"中原中也纪念馆"(图 19、图 20)。

图 19、图 20　中原中也纪念馆

(资料来源:《新建筑》1994.1)

这是一次为纪念被称为日本近代诗人代表中原中也而举行的纪念馆公

开竞赛。建筑地上两层,为清水混凝土构造。这个建筑将室外景观和柔和的光线导入室内,通过吹拔使空间具有更多的层次感和进深感,使空间具有了"回游性",即参观者在建筑当中可以重复地与中原中也这个人物邂逅。比例精美的几何体构成和对空间的把握,依然可以看到桢文彦的影子。

**团纪彦与八丈岛的工作室**

20世纪90年代设计建成的"八丈岛的工作室"(图21、图22),获得了1995年日本建筑家协会JIA新人奖。早期团纪彦建筑的一个凸现特征是探讨建筑功能和建筑类型的关系、建筑类型与从建筑类型产生出的建筑实体风格之间的关系问题,这种对功能模式的探讨在1990年代后才引起山本理显、小岛一浩等人的普遍关注,可见80年代的团纪彦已经走在时代的前端。尽管团纪彦在80年代做出了超越同辈们的尝试,但是进入90年代,随着其注意力从建筑的功能模式转向主观个人感情的表达,其建筑也随之缺少了力度。

图21、图22 八丈岛的工作室

(资料来源:《新建筑》1994.8)

**青木淳与泻博物馆**

1995年建成的"马见原桥"(图23)的不寻常之处在于上下两道的交通模式:上拱用作日常的普通交通,下拱则是"无目的"动线。在一般的认识当中,道路是为了"联系"而产生的。也就是说,先有了目的,之后才有了手段。青木淳则反其道而行,提出了"动线体"概念,即:先是出现无目的的只供人们活动的道路,之后为了形成更固定的活动方式,围绕道路开始出现特定的

图 23 马见原桥

（资料来源：《新建筑》1995.7）

性格并结构化，这才产生建筑。小桥的下拱，就是青木淳试图创造的一个"动线体"。

位于新潟县境内的"游水馆"和"潟博物馆"（1997）就是早期青木淳关于"动线体"概念的完美表达（图 24、图 25）。游水馆中设置了一条专门为不买票而进馆参观者准备的长廊，几乎是"马见原桥"的翻版。而"潟博物馆"则是"动线体"概念的最为纯粹的表达，整个建筑造型其实就是由参观者的流线所构成的。"潟博物馆"1999 年获得了日本建筑学会奖。

图 24 潟博物馆

图 25 游水馆

（资料来源：自摄）

**小岛一浩与千叶市立打濑小学校**

小岛一浩 1985 年同其他合作者共同创立 C＋A 事务所。该事务所成立之初，由一群主要师从原广司的年轻人组合而成，主要策略就是通过大家每个人的努力来获得设计实践机会。因为在事务所成立的 20 世纪 80 年代，是 40 代的"野武士"和他们的师长们活跃的时代，刚出道的年轻人很难获得设计机会。随着 C＋A 事务所逐渐壮大，各个成员也逐渐脱离出去，这也是当初组建事务所的目的所在。这与后来的 60 代建筑师组合的性质是不同的。

1995 年设计建成的"千叶市立打濑小学校"（图 26、图 27）获得了日本建筑学会奖。这个建筑是小岛一浩后来一直主张的活性空间实验系列的初期作品。建筑物围绕一个内院分栋布置，形成一个方形平面，采用了清水混凝土构造。可能同是原广司研究室出身的原因，对于活性空间的兴趣，小岛一浩与山本理显有些相似。

图 26、图 27　千叶市立打濑小学校

（资料来源：自摄）

## 三、20 世纪 90 年代末——泡沫破裂后的反思、转型与成熟

### 1. 泡沫经济的崩溃

20 世纪 80 年代末，日本泡沫经济崩溃的导火线是从 1989 年 3 月开始的 5 次大幅度的法定利率提升，即从原来的 3.25% 提高到 1990 年 8 月的 6%。并且，从 1990 年 4 月到 1991 年末日本银行实施严格的窗口管制。在财政政策上导致泡沫经济崩溃的有力一击是 1991 年制定的"地价税"，规定从 1992 年起不管地价涨跌，凡土地持有者必须向国库缴纳土地税，从而彻底打击了土地投机，导致城市地价连续下降，到 1999 年为止，已经连续下降了 8 年。这一系列的财政金融紧缩政策，导致了泡沫经济的崩溃。

银行的破产必然会使企业发生倒闭，从而引发社会经济危机。日本企业经营所需资金来源有近 70% 是依靠从银行借款；其余大部分是依靠发行股票和其他直接融资方式。日本企业的借款额达到了名义 GNP 的 1.1 倍，日本的银行的倒闭直接影响了整个社会经济的发展。泡沫经济崩溃的主要表现有二：一是引发金融危机与银行的大批倒闭；二是引发 20 世纪 90 年代日本经济的长期萧条。

## 2. 引领风气之先的代表人物

极端热衷"表现"的建筑潮流一直持续到 20 世纪 90 年代前期,即膨胀到极限的日本泡沫经济宣告崩溃的时期。银行倒闭、公司破产,并伴随着金融危机,许多新盖好的建筑无法运营,直接被弃置荒废。50 代建筑师们经过了这次洗礼之后,在建筑策略上发生了质的改变。其中,有三位 50 代的建筑师脱颖而出,引领着建筑界的风向,他们就是妹岛和世、隈研吾和青木淳。

### 妹岛和世——从 PLATFORM 到再春馆制药女子宿舍

妹岛和世在 20 世纪 80 年代的代表作品是获得吉冈奖的 "PLATFORM Ⅰ"(图 28)。金属折板屋顶显示出轻盈的姿态,使建筑更加具有开放性。这个住宅将必须私密的空间进行了最小化设计,剩余的空间则是尽量地让它向室外开放。之后妹岛和世相继设计了"PLATFORM Ⅱ"、"PLATFORM Ⅲ",都是使用了轻型铝板,建筑极其轻盈。当时伊东丰雄的"银色住宅"(1986)引起普遍关注,这三个住宅从一个侧面也体现了出自伊东事务所的妹岛对 20 世纪 80 年代伊东丰雄建筑理念的另一种诠释。

妹岛和世真正显示出不同于常人的建筑理念并震撼日本建筑界,则是在进入 20 世纪 90 年代之后。建筑评论家村松伸说:"回顾整个 90 年代,我们会发现日本的建筑活动是围绕妹岛和世为中心发展的。"

图 28　PLATFORM Ⅰ

图 29　再春馆制药女子宿舍

(资料来源:《迷宫都市》Sezon Museum of Art Akiko Ichijo Niimi 1993)

(资料来源:http://f1.aaacafe.ne.jp/~uratti/index.htm)

妹岛和世进入 20 世纪 90 年代后的第一个重要作品就是 1991 年设计完成的熊本县"再春馆制药女子宿舍"(图 29),这是其设计策略的最早见证。两排宿舍主体与基地平行方向布置,之间加入了一个公共活动场所,使 80 人的生活显示出了整体感,更类似于一个家庭。这个建筑因为大量使用了半透明玻璃,白天看建筑内部影影绰绰,到了夜晚则会因内部照明而使建筑室内完全展现。

建筑中玻璃的应用几乎成了其后几年妹岛和世的主要关注方向——在玻璃的透明与不透明、半透明之间寻找新的建筑表现方式。此后,妹岛的创作方向出现了一些极少主义倾向,但却始终没有放弃对透明性的追求——透明性不仅与视觉方面相关,还意味着多样性、灵活性,试图通过操纵建筑表层的透明性,解决尺度、制度、气氛等建筑问题。

### 隈研吾——从龟老山展望台到石头美术馆

隈研吾的成熟是在进入 20 世纪 90 年代之后。泡沫经济崩溃后,隈研吾的建筑策略发生了质的改变,体现在"龟老山展望台"(1994)(图 30)和"水/玻璃"(1995)(图 31、图 32)两个建筑之中。隈研吾对"龟老山展望台"的说明是这样的:"展望台本来是为了'看'的设施,但是大多数的展望台却是'被看'的物体,经常突出在环境当中。改变这种状况是这个设计的目标之一",为了消除展望台的体量而将建筑埋在了山体中。与"M2"利用夸张的造型取得极端的"表现"相比,这个建筑却是在"消除表现"。

图 30　龟老山展望台　　　　　图 31、图 32　水/玻璃

"水/玻璃"是位于热海悬崖上的住宅。隈研吾从这个住宅起开始关注透明玻璃的暧昧性和"建筑的非构筑性"问题。几年后,隈研吾又从印象派

绘画得到灵感，用"粒子性"来解说他的建筑，即建筑是需要分解的，通过重组这些分解后的粒子来获得更大的自由度。此后的作品，无论运用木头、还是运用石材，都体现了隈研吾对材料的独特理解和奇思妙想。通过材料的粒子化，光影、时间、空间产生微妙的关系，从而使建筑中充满了均质的空气感。

2000年的"石头美术馆"（图33），是对原有石材建筑物的保护和扩建项目。一般情况下，新建建筑采用大片玻璃才能凸现老建筑的美并达成协调。隈研吾在这里决定采用石材，但是如何才能体现出和谐的关系，奏响石头的乐章？方法就是将石材粒子化，用微小尺度的石材砌筑拼贴来形成二者之间的暧昧关系。

图33 石头美术馆

（资料来源：《新建筑》1994.11）

（资料来源：http://www.archi-map.net）

### 青木淳——路易·威登品牌店系列实践

青木淳自1998年设计路易·威登名古屋分店获得业主信赖以来，接连设计了东京表参道、六本木、银座（2座）共五家日本境内分店和一家纽约分店。借助于品牌集团的资本实力和影响力，每每出手都能给人意想不到的细腻表现，使得青木淳在20世纪90年代末步入新锐建筑师的行列。

图34 Louis Vuitton 名古屋

图35 Louis Vuitton 表参道

（资料来源：http://f1.aaacafe.ne.jp,自摄）

从1998年建成的路易·威登名古屋（图34）开始，在备受局限的表层上进行着肆意的表现。在这个建筑中他设置了两重玻璃墙,对其表面实施了"市松模样"的饰面,形成了错综复杂的视觉效果。白天建筑的表层玻璃会映出天空和街景,夜晚建筑则会被灯光照射成完全的"市松"图案。青木淳为了避免在透视法中固定的视觉焦点,有意排列了这两层玻璃,形成了错觉。

位于表参道中部南侧的路易·威登店(图35)建成于2002年。表参道最为典型的特征是沿街两侧茂密的山毛榉树,设计者考虑了怎样才能让人们从不同角度获得各自独特的感受。店铺从一层到七层每一表层都有不同的处理,透过它可以看到不同尺度的榉树:树荫,大片绿叶,缝隙,绿海……就像显微镜变换不同倍率一样。

这一系列店铺虽然做的都只是外部装修方面的工作,但是青木淳对现代装饰有自己的理解——装饰并非对主体的修饰,装饰本身不仅塑造了时尚,也塑造了体积,让人对内部空间产生想象。20世纪90年代后半叶以来,青木淳的设计风格迅速从对流线体的关注转向表层,路易·威登店铺系列的设计,正是体现了青木淳对建筑表层游刃有余的驾驭能力。

### 3. 潮流之外的建筑师

在20世纪80年代后半期,日本建筑界的表现呈多样化状态。多样化有两层含义:一是热衷于建筑"表现"的主流多样化,即作品带有明显的实验性和探索性,但是并没有坚实的理念背景在这些建筑后面作为支撑;二是一批建筑师徘徊于主流周围,走着一条时而靠近主流、时而脱离的路线,他们就是生存在潮流之外的"边缘"建筑师。除了40代的安藤忠雄、伊东丰雄始终坚持自己的创作理念之外,50代建筑师当中的岸和郎、坂茂、内藤广等人在20世纪80年代后半期基本上也属于潮流之外的建筑师。他们在建筑策略上的演变,几乎没有受到后现代主义浪潮和泡沫经济的影响。这些潮流之外的建筑师从80年代过渡到90年代,经受了各种时代的诱惑与考验,作品呈现出成熟的力度。

### 岸和郎——从 KIM HOUSE 到日本桥之家

岸和郎是一个关西建筑师,但是他的影响面却远远超出了关西地区。20 世纪 80 年代以来,新生代建筑师基本都是从个人住宅的设计开始起步的,岸和郎也不例外。1987 年建成的"KIM HOUSE"(图 36)是建在大阪下町地区的一个单体住宅。建筑基地周边是从战前保留下来的大批的长屋,这个建筑的基地只有 2.58m 宽,5.4m 进深,可称为极限住宅。建筑分为两层,由钢结构构成,庭院内置;让人联想起安藤忠雄设计的"住吉的长屋"。

进入 20 世纪 90 年代,岸和郎的建筑开始更加纯净化,对建筑的阐述也更加文学化。"京都科学中心"(1990)是专门研究修复出土文物的科研中心(图 37、图 38)。一层沿着东西和南北方向形成 L 形混凝土厚壁,二层则是矩形钢框架。整个建筑如同深陷在基地当中的一个风景,通过厚重的混凝土基座和轻盈的钢结构的并置,实现了丰富的室内外空间。

岸和郎的真正成名是"日本桥之家"在 1992 年获得日本建筑学会奖之后。回溯他在 20 世纪 80 年代所做的工作,能发现在他成名之前已有非常出色的作品作为铺垫。或许是因为他是关西的建筑师,不容易被以东京为中心的日本主流建筑媒体所发现。岸和郎的作品秉承着对传统现代主义理念的尊重,颇有密斯流极少主义的典型风范,在日本也是有数的几个极少主义的代表人物。由于他长年坚守自己的信念,并反复在住宅项目中进行试验和探索,终于获得了建筑界的肯定。

图 36　KIM HOUSE

(资料来源:http://k-associates.com)

图 37、图 38　京都科学中心

(资料来源:《新建筑》1990.10)

### 内藤广——从海之博物馆到 Autopolis 艺术中心

内藤广是 50 代建筑师中很少见的一位,泡沫经济几乎对他没有产生影响。他每年都保持着一定数量的建筑作品,且设计品质也在逐年完善,没有 50 代建筑师中普遍存在的浮华现象。

内藤广最主要的作品是位于三重县鸟羽市的"海之博物馆"(图 39、图 40)。这座建筑竣工于 1992 年,是内藤广的成名作,获得了日本建筑学会奖、

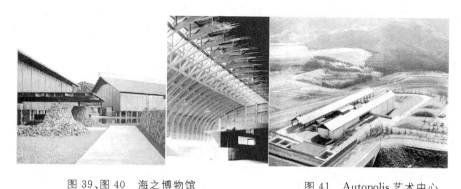

图 39、图 40　海之博物馆

(资料来源:http://f1.aaacafe.ne.jp/~uratti/index.htm)

图 41　Autopolis 艺术中心

(资料来源:《新建筑》1992.1)

日本文化设计奖、吉田五十八奖等奖励。建筑的具体功能是展示伊势志摩地区的渔具。博物馆分为收藏库、展示馆和研究栋三个单体。为防止盐化建筑屋面而覆瓦,形成了与周边地区协调的景观。该建筑群在严峻的资金条件下仍然达到了传统与现代技术的完美融合,并体现出了朴素的力量美。

位于大分县的"Autopolis 艺术中心"(图 41),是继"海之博物馆"之后内藤广的又一力作。一面寻求建筑构造的合理性、纯粹性表达,一面又探索着建筑的空间和时间问题。"建筑不是通过空间差异的程度来衡量它的价值的,而是通过建筑中孕育出的时间的质量来衡量的",因为相对其他事物,只有建筑才能内涵那么长的时间。

对材料性能的独特感悟和对结构逻辑的偏好,导致内藤广平直朴素的建筑风格和自成体系的结构表现。近年,他受聘为东京大学构造学科教授。一个建筑师成为土木构造学科教授,其意义是深远的。

### 坂茂——从诗人书库到纸的教堂

20世纪80年代坂茂的建筑活动基本上可与"纸建筑"画等号。他最早的纸建筑是在1986年阿尔瓦·阿尔托展览中作为装置出现的。展览没有留下恒久的建筑实物,但是却提出了纸作为建筑材料的几个优点:具有强度、轻盈、可回收、具有独特的材料美感。

进入20世纪90年代坂茂积极地将纸建筑赋诸实施。1991年建成的"诗人书库"(图42、图43)是坂茂的第一个获得实施的永久性纸建筑。既然书是由纸做成的,那么书库也可由纸来建造。为说服业主,坂茂进行了包括强

 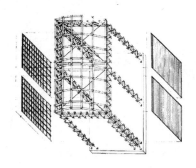

图42、图43　诗人书库

度各种的试验。用纸筒做柱子,中空的部分还可以用作建筑的设备空间,并且纸制建筑具有很好的绝热性。最后,采用了直径10cm、厚度为12.5mm的纸管,并灌入钢筋混凝土作为承重材料,与其他的钢支柱共同形成了一个坚固的框架结构,节点处简单地用木构来完成。

长期关注纸质建材研究的坂茂,在国内外的公益活动中充当了光荣的志愿设计师,将纸建筑的研究继续推广,终于在20世纪90年代中后期成为国内外援助活动中一颗耀眼的明星。1994年春,非洲的卢旺达发生民族斗争,难民四处流窜居无定所。坂茂将纸建筑方案提议给联合国难民所(UNHCR),经过会议讨论后决定实施。从1995年开始,建造了100多个纸制的临时庇护所。1995年阪神地震后,坂茂在已被烧毁的教会原址上建成了"纸的教堂"(1994)作为临时的集会场所。他还在公园里亲自为难民建成了一个纸住宅,这个住宅后来被一些社会志愿者复制了21栋(图44)。

图 44　纸的教堂

（资料来源：www.dnp.co.jp/millennium/SB/VAN.html）

## 四、50 代建筑师众生像

20 世纪 80 年代日本泡沫经济的虚假繁荣，颇为平静地孕育了一批 20 世纪 50 年代出生的建筑师。这群人在后现代主义的漩涡中观望成长，大部分行走亮相于 90 年代。较之前辈，他们更多地摆脱了现代主义的桎梏，把玩着建筑的个性，难怪与他们同代的建筑评论家村松伸称他们为"衣食无忧的一代"。

20 世纪 90 年代是值得深入研究的十年。在这十年里世界建筑界发生了巨大的变化，并将对今后的建筑发展方向产生深远影响。20 世纪 90 年代可以说是重新思考什么是现代主义的十年，也是流行了二十多年的后现代主义走向没落的时期。历经了 20 世纪七八十年代大发展的后现代主义，到了 90 年代也已经是强弩之末。在这十年里，建筑师努力清除后现代主义遗留下的过量的符号化形式，另一方面又在肆意进行建筑的"新造形"。

在 20 世纪 90 年代初日本经济还未出现大幅下落的时候，"泡沫一代"们谁都难免乘着经济势头挑起繁重的建筑任务。进入 90 年代——日本泡沫经济走向崩溃的年代，50 代建筑师变得异常活跃，他们的建筑策略变化基本上也是以泡沫经济的崩溃为分界点。经济发展几乎处于停滞状态，大型基本建设或公共建筑的建设量急剧缩减。对于这批 20 世纪 50 年代的建筑师来说，无疑在生存问题上形成了极大的威胁。他们积极改变建筑策略，与其说是顺应这个时代，不如说是从泡沫大潮中惊醒，找到了自己的方向。

## 下篇：世纪末孕育的"Super Flat"一代
### ——年轻的60代日本建筑师之现状

这是一批20世纪60年代出生的日本年轻建筑师，他们在当今日本的建筑舞台乃至国际建筑界初露端倪。这群年轻建筑师中的代表人物有西泽立卫（1966—　）、阿部仁史（1962—　）、塚本由晴（1965—　）、贝岛桃代（1969—　）、佐藤光彦（1962—　）、梅林克（1963—　）、西泽大良（1964—　）、千叶学（1960—　）、远藤政树（1963—　）、池田昌弘（1964—　）、手塚贵晴（1964—　）、手塚由比（1969—　）、曾我部昌史（1962—　），以及建筑评论家五十岚太郎（1967—　）等人。

20世纪60年代至70年代是日本经济持续高速增长、城市快速膨胀的年代。安藤忠雄评价这个年代"是从战败后堆积如山的瓦砾当中奇迹般复兴的年代，是日本释放在20世纪50年代积聚的能量，开始急速奔跑的年代"。他们作为日本当代建筑的新生力量，正蓄势待发。

何以轻而易举地将他们从上一代中划分出来呢？这一代年轻人在20世纪80年代接受或完成建筑学业，大部分人在90年代中后期开始涉入建筑行业或设立个人事务所。90年代恰好是日本泡沫经济走向崩溃的年代，经济发展几乎处于停滞状态，大型基本建设或公共建筑的建设量急剧缩减，对于刚刚独立谋生、准备开始个人建筑活动的这一批年轻建筑师来说，无疑在生存问题上形成了极大的威胁。正是由于这种不同于上一代的成长生存环境，构成了这一代年轻建筑师独特的活动轨迹。他们的活动范围非常广，已不局限于建筑设计本身，对于与数字时代相关联的影像、媒体等多种领域也表现出了极大的热情，并有着强劲的活动能力。这一切不仅是为了生存，也给他们的建筑实践打上了时代的烙印。

这样一群蓄势待发的日本年轻建筑师们理应受到关注，他们也伺机发布了自己的宣言。2000年10月由五十岚太郎、阿布仁史、曾我部昌史、千叶学等人牵头主办的"Gallery 间"15周年纪念展中，以《从空间到现状——来自十位年青设计师的10城市剪影》为题，以五个主题展示了十个当前走红的年轻建筑师个人或组合的作品，几乎可视作是这一代新人立身日本建筑界的亮相之举。直到 2003 年 8 月由日本建筑期刊《建筑文化》以"1968 年出生的建筑师们能否开拓未来？"为题所出特集为止，其间不断有一些专门介绍这群年轻建筑师们的活动以及各种对他们评价的书籍、报刊或展览出现。

## 一、Unit 群体的集体无意识

### 1. Unit 现象

Unit 现象是指由几个成员组合成一个集体来从事建筑设计创作的状况，这是当今这批 60 代日本建筑师的特征之一。在日本，较早的建筑设计集体，有以吉阪隆正为核心的"U 研究室"和"象设计集团"等元老级的设计组合。

在日本，那些老的设计组合有着某些原始共同体的性质，如"象设计集团"所进行的集体迁移，要求所有员工都住在一起，在员工生活的社区里经常有足球比赛等集体娱乐活动。

现在的 Unit 现象，存在着与从前不同的社会背景。年轻建筑师组合的内部关系也与以往大不相同。他们是一种若即若离的关系，组合与外界的交流也很频繁。正如建筑评论家五十岚太郎形容的那样，如果把"象设计集团"的活动比喻为正规足球比赛，那么年轻建筑师的组合就如同五人制足球赛。

进入 20 世纪 90 年代，在欧洲、日本等发达国家地区，由于经济状况的持续低迷，导致建设量的饱和和骤减，从世界范围来讲 Unit 现象也颇为盛行。相对老一辈建筑师单枪匹马地挑战各种国际竞赛，年轻建筑师们则形成了组合与之对抗。分析大量出现 Unit 现象的原因，其中社会经济状况是很重要的因素。年轻建筑师独自进行建筑活动获得设计任务的机会，远比建筑师之间进行组合，通过各自的关系来获得设计任务的机会要少。

当今日本娱乐界也普遍存在着Unit现象。"早安少女"是近年来娱乐界

图45　Atelier Bow-Wow 的《东京制造》
（作者自摄）

最耀眼的一群少女组成的超人气团队。与单个明星最大的区别，不是因为她们是一个集体，而是因为她们是一些极其普通的中小学女生。

再看日本建筑界中的 Unit 派，会发现他们作为建筑师的姿态与地位已经发生了变化。设计主体从拥有特权的个人变成了一个多人数的、主次与责权暧昧的设计结合体。与 40 代建筑师们盛行的个人英雄主义相比，这批出生于 20 世纪 60 年代的 Unit 派目前走的是一条走向平凡的、少被关注的建筑之路。相对于强烈的建筑个人化表现，转而走向多人数的、抑制个性的"弱势"表现。

Unit 现象的另一个表现形式是夫妇组合的出现，继 Workstation 之后有 Atelier Bow-Wow、手塚贵晴夫妇等。他们大部分从承接小型的住宅设计开始出道，是这一批日本年轻建筑师有别于前辈的一个主要特点。夫妇组合的出现可以让业主把自宅设计任务更加放心地交给还没有什么实际经验的年轻建筑师（图45、图46、图47、图48）。

图46、图47、图48　FOB. A 的 PLEATS
（资料来源：www.fob-web.co.jp）

## 2. 崩溃与群体无意识

关于 Unit 问题,日本建筑评论家饭岛洋一(1959— )在 2000 年 8 月号的《住宅特集》上发表了一篇题为《崩溃之后——Unit 派批判》的文章。由此引起的讨论一时成为日本建筑界的热门话题,人们也开始更加关注这一批 20 世纪 60 年代出生的新生代建筑师。文章主要从以桔子组、Atelier Bow-Wow 为代表的 Unit 派的非明星化和少个性化入手,将这批建筑师们的现象归咎为 Unit 派的虚无主义来加以批判。

日本后现代主义建筑的领军人物矶崎新在其著作《废墟论》中,谈及他在 20 世纪 60 年代开始建筑生涯,初创事务所面对空旷的图桌时,眼前浮现的只是一片废墟。这是他对战时家乡遭空袭留下的深刻的印象。矶崎新将这种废墟景象称为"精神创伤"。

这种精神创伤不仅可能在个人身上发生,也可能在同一个群体中以另一种方式发生。联想到所谓的"集体无意识"理论,可以判断 1945 年 8 月 15 日发生的"崩溃"事件不仅只是对于矶崎新个人的精神创伤,而且是对更大范围人群的精神创伤。即便是没有战败体验的下一代人,也有可能以集体的记忆间接地得到感受。

1995 年在日本先后发生了阪神大地震和东京地下铁沙林毒气事件。如此重大的从物质到精神的"崩溃"事件,于 20 世纪 30 年代出生的矶崎新们是空袭之后的废墟体验;于 20 世纪 40 年代出生的"野武士"们是 20 世纪 60 年代的安保斗争和学生运动带来的震荡;而对于 20 世纪 60 年代出生的这一批年轻建筑师们而言,这种"崩溃"的记忆,将会在何时何地重新体验?

## 二、Super Flat 现象

### 1. 亚文化的帝国

战后的民主化进程,以及经历了经济高速发展之后的日本国民文化价值取向也在发生根本的变化：相对于众多经典的高雅文化，倒是更愿意接受以漫画为中心的流行亚文化。特别是20世纪90年代以来这一流行亚文化在日本广为盛行，影响遍及世界，并发展至世界的顶峰。

回顾红色动荡的20世纪60年代，恐怕很难相信现在日本所处的是这样一种文化状态。如果向现在的日本年轻人问及"20世纪60年代"或"左翼"等概念，对他们中的大多数人来说就如天方夜谭，与自己目前的生存环境毫不相干。从他们看着动画片《阿童木》长大，伴随着电子游戏成熟的经历，就不难理解这群年轻人的世界观了。

日语汉字流行词"御宅-OTAKU"被关注已有10余年了，它意思是指对某项事物异常发烧的人，现在特指喜欢动画片、漫画和电子游戏等虚构世界的一群人。目前这群OTAKU们已是整个日本社会中的重要成员，因为他们大多数在20岁至40岁之间，所以也可说目前渗透于整个社会的电脑、网络文化是由OTAKU文化所构成的。OTAKU文化并不完全停留于亚文化的层面上，这里包含着战后日本面对主要来自美国的种种现代、后现代文化入侵的抗衡，以及被这些文化冲击扭曲的一切。这也是为什么OTAKU群体没有能力分析自我和历史的原因。如今以动漫和电子游戏为主的OTAKU文化已经从日本覆盖到了整个亚洲乃至世界其他地区。

## 2. Super Flat 概念的产生

Super Flat概念最早是由日本现代艺术家村上隆提出的。这位同是20世纪60年代出生的艺术家，他的一些主要以动画等亚文化群（Subculture）为基调的作品首先在海外艺术圈得到了肯定，并反过来影响国内，在不景气的日本美术界中成了一颗耀眼新星（图49、图50）。

图 49、图 50　村上隆作品

（资料来源：www.kaikaikiki.co.jp/plofilenew/murakami/index.html）

Super Flat 可以看做是描述当今时代的一个关键词。比如当今社会中的人们缺乏感情深度，孩子们也变得越来越多地依靠电脑程序般的交流模式来进行交流，同时对应他们也更多地出现了电子游戏和动画片等一些从形式到内容都很"薄"的作品。相对电视、电台和报章等主流媒体的主导功能的衰退（上升意志的消退），取而代之的是以网络为媒介的各种类型和规模的媒体却在更广泛的范围深入到生活的各个领域（水平意志的增强）。村上隆的作品对应了这种媒体的转变，成为一种象征。

那么 Super Flat 究竟指的是什么？我们可以从日本当代独特的漫画文化现象中领略一斑。日本现代漫画的一个主要特征是透视感的弱化、取景架构或构图概念的暧昧与模糊性。整个图面是没有中心的，各个角色如同活在各自的异质空间当中。漫画的读者并不在意作者构图设计有哪些章法，而只关注作者为作品编造出的各个精彩的角色，也更关注漫画册子自身由内而外从各个角度观看是否都很精美。这类似于日本传统的能剧里面具的审美取向，同一个面具从各个角度看去会呈现出不同的脸部表情，多个视点同时存在。作为一个文化现象，它是过去与现在的共性所在，也更适应这类 Super Flat 化的文化载体。作为看着漫画成长的这一代年轻建筑师，对此更是无不感同身受。

### 3. Anti 态度与 Super Flat

矶崎新的《废墟论》，其核心是一种"非-"或"反-"的姿态，也就是必须要在任何事物上附加一个"anti"的过敏反应。这种反应来自战败后价值观念的大转变，面对任何事物都持"怀疑主义"的态度。受矶崎新影响的后一代建筑师，如伊东丰雄、山本理显等人，也由于经历了 20 世纪 60 年代到 70 年代的从学生运动到石油危机等一系列"崩溃"事件的影响而见地相仿。伊东丰雄在对仙台媒体文化中心进行解释时，就不断重复了"不想做成建筑"的初衷。海草一样的柱子表达了对建筑流动性的追求。同样提出反纪念性而"消除建筑"口号的是隈研吾。

"反纪念性"的建筑姿态是矶崎新受到 1945 年式的精神创伤的反映，"消除建筑"则是真实体验 20 世纪 60 年代"崩溃"事件的伊东丰雄等人在建筑上所做的回应。作为前辈的以伊东丰雄为首的这批建筑师直接影响着 1960 年代出生的建筑师们，他们也以类似的建筑姿态来加以表现。例如 Atelier Bow-Wow 为代表的 Unit 派和以西泽立卫为代表的年轻建筑师们所共同追求的均是建筑的"轻"与"弱"的特质，即以对"Flat"感的追求而重蹈上一代人的覆辙。西泽大良的"熊谷住宅"、西泽立卫的"周末住宅"（图 51、图 52）的建筑外观，往往令人联想起仓库。无任何装饰的平面，主观上是出于对表现欲的放弃。从整个世界来看，数字化、信息化确实促成了各领域的均质和平面化。

图 51、图 52　周末住宅

（资料来源：http://f1.aaacafe.ne.jp/~uratti/index.htm）

五十岚太郎是一位 20 世纪 60 年代出生的日本当红的建筑评论家,他在评价同代年轻建筑师的特征时首次引入了 Super Flat 概念。对年轻建筑师们作品中的 Super Flat 现象,他特别归纳出两点:一是将建筑表现集中在其表层,一是打破建筑中各层面的构成和顺序间的关系,不再区分或强调建筑中的主与次,而是将其等同排列后重新定位考虑。隈研吾、青木淳、妹岛和世和西泽立卫等人被其称为"Flat 派"的代表,即他们的作品呈现出对建筑表层的关注和对既成建筑体系的无视,这与 Super Flat 概念的具体内容极为接近。由他们引领的 Flat 建筑潮流,其影响不仅仅局限在日本国内,已经波及到世界上其他一些地区。

## 三、透明性及对表层关注的盛行

### 1. 关于透明性的讨论

　　关于建筑透明性的广泛讨论,在 20 世纪发生过两次:一次是现代主义的鼎盛时期,另一次就是在 20 世纪 90 年代。
　　早期现代派认为形式必须服从功能,即立面表现与内部空间的统一、完整性,这种做法适合当时工业化时代的大量标准化生产。"表层"的概念也就出现在这个时期。勒柯布西埃在雪铁龙住宅方案中充分体现了他对"自由立面"的关注。勒柯布西埃所倡导的是中性架构、纯粹立方体外壳的现代建筑,架构与建筑外皮通常是分离的。20 世纪 90 年代,日本年轻建筑师又从勒柯布西埃的理论中得到了灵感。他们将勒柯布西埃的语言用于自己的建筑游戏中,各自享受着乐趣。
　　建筑的内与外是怎么区分的呢?有人试图提出这样一种标准来判断什么是室内、什么是室外:包围在建筑表层之内的空间即为室内,而不被包围在建筑表层之内的空间即为室外。据此假设也许我们还可以推断出另一情况:当包围建筑内部空间的表层由透明体构成,此时原来被定义的内部,还是不是真正的内部?对于这种状况,早在 1945 年由密斯·凡·德·罗设计的范斯沃斯住宅就是一个实证案例。建筑极端地走向周围的环境,透光、透视、毫无遮挡,这一切使得建筑的室内与室外已无分别。透明性的介入使原本比较混乱的内与外概念变得更加模糊化。

相对早期现代主义主张的由内至外的革命,今天所发生的表层变化更像是一次由外至内的革命。透明的玻璃成了体现透明性的重要材料,玻璃因有足够的刚度而充当着墙体;因透光又透视而充当一层薄膜。作为墙体的物质性,恐怕只有通过触摸才有可能体会得到。现如今有一部分建筑师习惯于以媒体的方式来表达建筑,常见的是将伴有声音的画面投影到建筑内外表面,究其根源应该是对透明玻璃虚无性的另一种延伸与探索。

## 2. 探索表层

何谓表层?在现代主义的理解中,表层往往代表着二维的平面化、非本质的东西。提出表层概念需要一个前提,即是建筑的非表层的部分,比如建筑的内部空间、结构框架等。建筑师的思考也是由内而外,往往建筑立面成为了设计的最后一道工序。妹岛和世对表层的理解显然没有停留在二维平面之上,而是有着由表及里的革命性的思考。观看她的建筑犹如直视建筑的剖面。妹岛和世认为二维的图案更容易被人们所理解,所以试图将环境完全转化为二维的平面。1999年西泽立卫与妹岛共同设计完成的"饭田市小笠原资料馆"(图53、图54)中,利用玻璃腐蚀技术在弧形的玻璃表面刻入

图53、图54 饭田市小笠原资料馆

(资料来源:http://f1.aaacafe.ne.jp/~uratti/index.htm)

了图案。直至在 2004 年建成的东京"Dior 表参道"(图 55、图 56),他们在近几年的合作中几乎一直没有转移其对表层的关注。

图 55、图 56　Dior 表参道

(资料来源:www.japan-architect.co.jp,自摄)

透明性作为近年来的流行趋势,引发了建筑师对建筑表层的进一步思考。表层直接与外界环境相作用具有社会性,同时又是改变内部空间形态的动力。

当今建筑的表现因素不再停留于体量与体量之间的构成组合,以及由此造成的强烈的光影对比,建筑师转而追求其他方面的表现力。具有冲击力的纯净体量之外,用材料的丰富表现和巧妙精致的建造来构筑表层,追求建筑体量的纯净品质和"消失感"。正是由于建筑自身具有时代性,特别是 1990 年以来信息化的飞速发展,城市和环境中种种新问题的出现,各学科间方法论的革新改进等等,这些时代特征都在或者即将在建筑上得以体现。

## 五、结语——20 世纪 60 年代建筑师的成长

60 代日本年轻建筑师们的建筑活动与日本经济的持续低迷相伴随,就是在日本国内对于他们的评价也是褒贬不一。不过,社会状况的不景气,反而给了他们更多思考建筑的时间,以自己的方式寻找新的建筑策略。

当历史的车轮迈进 20 世纪 90 年代的时候,整个日本建筑界弥漫的是一种"朴实性"。与从动荡的 20 世纪 60 年代获得能量的 40 代建筑师相比,当

前的60代建筑师已经放弃了个人英雄主义式的建筑师形象，开始更加关注自身的生存环境。他们没有独树一帜的主张，他们的建筑可能混迹在东京的街头让人无法辨认。

对日本建筑现象的关注，也是对世界建筑的关注。20世纪90年代日本建筑的这三个现象，也是整个世界建筑界经常讨论的三个主流问题，它究竟会对新世纪的建筑发展起到什么作用，还有待长时间的探索。

这一时期也是不同年代建筑师轮番登台表演的交替时代。以原广司、矶崎新等为代表的第二代建筑师渐渐地退出了主流视野，之后的安藤忠雄、伊东丰雄、山本理显等一批20世纪40年代出生的建筑师则引导了建筑发展的主流。在20世纪90年代的后半程，更有一批年轻的50年代、60年代出生的建筑师开始登临舞台。

同时，关注他人的目的在于更好地反观自己、警示自己，因为开放的世界更为互动。日本建筑期刊《a+u》在2003年12月号出版了特集，把关注的目光投向了被称作"实验建筑师"的一批中国新生代建筑师身上。其中大多数人同样是出生在20世纪60年代，从这个意义上讲，或许我们更多了一个理由去关注20世纪60代日本年轻建筑师的活动。

（任书斌整理　孙旭涛编校）

| 北大清华名师演讲录 | 骆正<br>**运动心理与情绪控制**

  骆正(1935— )，山东烟台人。北京大学心理学教授，主要教授生理心理学、运动心理学、情绪控制学、文艺心理学和戏曲审美心理学等课程，在后三个领域里有开拓性的研究与贡献。1995年获中华人民共和国文化部表彰。主要著有《中国心理学大词典·生理心理学分卷》、《心理学词典·生理心理学分卷》、《华夏简明百科全书·文艺心理学分卷》、《情绪控制的理论与方法》；主要译著有《研究脑行为的技术与基本实验》等。近年来致力于用现代心理学的观点和方法研究中国传统文化，在传统戏曲、书法和国画方面，从理论到实践都有较大的收获。撰写并出版了《大专院校京剧讲座》、《中国京剧二十讲》(台湾再版)、《中国昆曲二十讲》等。

# 运动心理与情绪控制

时间:2004 年 12 月 14 日下午 2:00
地点:烟台大学体育学院多媒体教室

## 一、前　言

体育的分类多种多样,最主要的是群众体育和竞技体育。群众体育是以增强人们体质为主,竞技体育的问题则比较复杂。我们在这里主要讲竞技体育中的心理训练问题,重点讲一下对紧张情绪的调节操纵的方法。心理训练有广义和狭义之分,从古至今的教育和宗教都可以成为广义的心理训练。进行心理训练时要坚持以人为本的指导思想,从世界观、人生观等各个方面去训练。

在重大比赛中运动员成绩失常,与运动员的临场发挥和心理素质有关系。运动员精神压力大、过度紧张,就会出现超限抑制的现象。教练员和领队的精神压力也不小,他们的思想动员、工作作风、说话态度,也能影响运动员的比赛成绩。另外还有锦标主义,也就是金牌第一的思想,也是影响成绩的因素。

随着心理学不断向前发展,关于情绪的概念和理论更加丰富,提出的理论近 30 种。这里我们主要从情绪控制的角度出发,介绍和讨论其中几种。

### 1. 詹姆士的兰格理论

这个理论的主要内容是：由受干扰器官产生的反馈，在大脑皮层形成了情绪的感受，意识对这种感受的直觉就是人们的情绪体验。其具体过程可以归纳如下：外界刺激—受纳器—大脑皮层—骨骼肌或内脏—反馈到大脑皮层—情绪。

### 2. 巴甫洛夫的动力定型理论

巴甫洛夫认为，大脑皮层的高级神经活动，可以建立、维持和破坏各种条件反射和动力定型。这在主观上就构成了我们各种积极和消极的情感和情绪。

### 3. 神经中枢机制理论

许多学者通过对中枢神经系统（主要是大脑）的刺激和损伤、电的和化学的研究，提出了一些理论：坎农—吉德强调丘脑和下丘脑在情绪产生中的作用；帕别兹强调扣带回的作用；马克林强调海马的作用；林斯利强调脑干网状结构的唤醒作用。还有些实验研究，揭示了杏仁核、隔区、内侧前脑束、额叶、颞叶、中脑等神经结构在情绪活动中的重要作用。

### 4. 普拉丹斯的理论

普拉丹斯认为，通过想象和对想象的相信，记忆中的影响变得更有感情、更为活跃，情绪和情操均在想象中产生。想象在情绪的产生和控制中具有重要的意义和作用。在语言暗示的放松训练、催眠和气功中，都利用了想象来控制情绪。演员在表演前对感情的酝酿，在表演中对感情的控制，以及作家在创作时对作品中人物和情节的构思，都需要想象。

## 5. 萨特的理论

萨特以存在主义的观点来说明情绪。他认为,情绪的主体与客观密不可分,情绪是人们去理解世界的一种方式。他还认为,情绪包含着对世界看法的改变,情绪能够产生一种对外部世界的想象上的改变。如果一个人在实现某个目标的过程中受阻或出现障碍困难,这个人就会改变对世界的看法。

## 6. 情绪的认知理论及其他有关的理论

把认知看成是对情绪起重要的甚至是决定性的因素,是这类理论的主要特点。情绪会以各种形式和途径表现出来,让别人知道并发生影响。情绪表现主要有以下几个方面:

(1) 表情动作。与情绪有关的或者说由情绪引起的身体各个部分的动作称为表情动作,例如面部表情、身段表情和言语表情等。人们根据自己的生活经验,可以根据这几个方面的表情动作,迅速准确地观察判断别人的情绪。演员、戏剧家和舞蹈家专门学习、运用和研究各种表情动作。心理学家利用演员的表情动作照片进行研究,找出各种情绪表现的特征,以便对各种情绪进行辨认和测量。

(2) 达尔文对表情的研究。达尔文提出了三个表情原理:第一个原理是有用的联合性习惯原理。许多表情动作在进化的原始阶段曾经是有用的,以后成为习惯遗传下来,成为表情动作。第二个是对立原理。相反的情绪会有相反的表情动作,即使这些动作没有用处也会产生。第三个是神经系统的直接作用原理。例如紧张时肌肉会颤抖,消化系统的活动会减弱或停止等。这些实际上就是不受习惯和意识控制的生理反应。

(3) 情绪的生理反应和表现。现有的科学方法还难以从各种生理反应中去辨认不同种类的情绪,但却可以从生理反应中去测量情绪状态的强度,如情绪激活或紧张的程度。A. 当人或动物处于情绪高度紧张或激活的时候,交感神经系统就会兴奋起来,交感神经的节后纤维释放去甲肾上腺素的数量会增加,其支配的各种器官组织的活动就会发生各种变化。B. 植物性机能障碍。由交感神经及其所控制的器官组织的活动来反映情绪的变化有一个前提:即这个交感系统本身的功能应是正常的,否则就不能正确和有效地反映情绪状态。

(4) 情绪的病理—临床表现。这些表现主要有四大类:第一类是情绪和情感的高涨、兴奋、爆发、持续的欣快、易冲动、躁狂等病理性激情。第二类是情绪情感的抑郁、恐怖、焦虑等消极表现。第三类是情绪情感的错乱表现:主要是情感倒错(主客观不符合,刺激—反应不一致)、表情倒错和矛盾情绪。第四类是情绪情感的淡漠、衰退,没有表情活动。

(5) 人类情绪表现和测量中的问题。第一个问题是人类会抑制、掩饰和伪装情绪的表现。第二个问题是人类的情绪表现和生理反应有很大的个体差异,有不同的反应类型。第三个问题是每个人的后天经历不同,国籍、民族、生活习惯、文化水平、社会地位、宗教信仰、人生观、世界观的不同,其情绪的表现和放映模式也会受到很大影响。

心理学对情绪的分类多种多样,这里只介绍几种。有人把情绪分为六类。第一类是原始的基本的情绪,常常具有高度的紧张性。它们是快乐、愤怒、恐惧和悲哀。第二类是与感觉刺激有关的情绪,可以是温和的或强烈的。它们是疼痛、厌恶、轻快。第三类是与自我评价有关的情绪,主要取决于一个人对自己的行为与各种行为标准的关系的知觉。它们是成功与失败感,骄傲与羞耻,内疚与悔恨。第四类是与别人有关的情绪,经过一定的时间,这类情绪常常凝结成为持久的情绪倾向或态度。它们主要是爱与恨。第五类是与欣赏有关的情绪,它们是惊奇、敬畏、美感和幽默。第六类是比较持久的情绪状态,也就是心境。

情绪这个题目下面,有许多重要的内容与情绪的控制有关。例如按照情绪的定义和产生来看,情绪是对需要是否得到满足时的态度和体验,因此需要可以说是情绪的一个基础。

情绪控制是心理训练的一部分。紧张和放松、兴奋和抑制,都是情绪。情绪可以做成一个 x 轴、y 轴、z 轴组成的三维图形,所有的情绪都可用它来定位。今天重点讲对紧张和放松的控制。直接控制就是直接的操纵,司机开车完全是由方向盘来控制的。今天对直接控制简单介绍一些,主要讲间接控制。所谓直接控制就是对被控制对象的大脑进行控制,而对于运动员的大脑我们是无法进行直接控制的,我们大都采用通过感官对运动员的听觉、视觉等进行刺激来传输兴奋。

我们对运动员的压力不要太大,不要把政治上的影响提得太高。有些运动员平时训练成绩已经打破纪录,可到比赛时却发挥不出来,这就是过度紧张造成的,一旦过度紧张就会出现超前控制。要从根本上解决运动员心理失常的问题,不仅要制定一套短期的计划,还要制定一套长期的计划。组队的时候不仅要看成绩,还要看心理素质。两个运动员成绩差不多时就要进行心理选材。

## 二、崛起的运动心理学问题

心理学各种各样,有人类心理学,还有动物心理学。人类心理学又分集体心理学和个体心理学。所谓的集体心理学就是说社会心理学。个体心理学又分老年心理学、青少年心理学、幼儿心理学等等。

运动心理学实际上是正常的心理学。运动心理学中重点是情绪问题,情绪里面的重点则是过度紧张。紧张也称应激,是现代文明社会中人们日益关心的一个问题。因为过度的长时间的紧张会损害人们的健康,妨碍操作的正常进行,引起人格特征的变化等,因此现代心理学、医学以及其他一些相关学科都有人在研究紧张的问题。

### 1. 关于紧张的含义

对紧张的理解和看法是多种多样的,这反映了紧张的复杂性和重要性。人们从不同的角度,例如从紧张的特点、紧张的产生原因和过程、紧张的后果,来解说紧张。这些说法有助于我们对紧张有一个比较全面的了解。主要的说法有以下这些:

（1）紧张是由刺激引起的全身性非特异性的适应综合症，或者说是身体对任何需求的非特异性反应。这种说法强调的是反应的共同性。

（2）紧张是个体处于先发生强烈的紧张和随后所做的消除紧张的努力之间的状态。这种说法强调的是状态。

（3）紧张是在生活情境中对威胁性或不愉快因素的情绪反应的唤起性反应。这种说法强调的是情绪的唤起反应。

（4）紧张是同时反映了一定环境压力和人对这种压力的反应。这种说法强调的是压力。

（5）紧张是导致人体基本功能不平衡的任何环境力量。这种说法强调的是刺激。

（6）紧张是使机体做好行为准备的生理反应形式。这种说法强调的是准备行动的心理反应。

（7）紧张是由于外部的不利影响引起的所有非特异性生物现象的综合，包括损伤和防御。

（8）紧张是扰乱人体自然平衡的任何影响，包括物理、生物的和心理上的创伤。

## 2. 紧张产生的原因和条件

（1）紧张产生的原因。紧张经常产生于人们直觉到的各种不同的要求和自己的能力之间的不平衡，即自己感到自己的能力太小，解决不了需要解决的问题或完成的任务。

（2）紧张产生的条件。第一个条件是人体质上的脆弱性。第二个条件是个人的人格结构中的某些特征，例如抑郁型的气质、内向的个性、胆怯的性格以及某些人格防御机制。第三个条件是难以解决的互相冲突的目标或活动，以及已经发生在人身上的危险或伤害、在通向目标中遇到的障碍等。第四个条件是存在着的威胁，即预料中将要发生的生理的、心理的或社会的危害。

### 3. 紧张状态的行为反应

(1) 简单的行为反应。这类反应为人类与动物所共有。一种是抑制行为,表现为遇到危险时木僵不动、畏缩、哀鸣、消沉、抑郁;另一种反应是激化行为,表现为搏斗或逃跑。

(2) 复杂的行为反应。每个人的反应不完全一样。平均每个人约有 6 种反应。

(3) 高度紧张时的行为反应。在生死存亡的关头,人们处于高度紧张的状态。

### 4. 紧张状态的一般控制

(1) 控制的方面与原则。a. 控制的方面。控制包括两个相反的方面:第一个方面是产生、维持和加强紧张状态;第二个方面是预防、缓解和消除紧张状态。b. 消除与缓解紧张状态的措施的理论原则,即阻断导致紧张的有关环节、途经,基本上是两条:一个是"防",改变各有关因素,以预防紧张的产生;另一个是"治",对于已经产生了的紧张状态要加以限制和缓和,从根本上消除致使紧张的根源。

(2) 改善环境。环境可分为物质环境与心理环境。a. 改变客观的物质环境,如生活工作的环境。b. 改变心理环境与要求。要注意防止或消除各种引起强烈的矛盾、冲突、挫折的因素。比较重要的有以下几个方面:第一个方面是人际关系,第二个方面是人的需求,第三个方面是精神负担过重,第四个方面是社会上的不正之风,第五个方面是民族习惯与性格。

(3) 改善和支援个体的应付能力。这里所说的应付能力,指克服困难、完成任务和适应环境的能力。主要有以下几个方面:第一个是通过教育和锻炼,提高原有的能力,获得新的技能;第二个是要锻炼和改进自己的个性特征,以适应环境的要求。

### 5. 应对紧张的措施

如何对付紧张，下面是几点建议：一是尽可能地使自己忙于工作；二是判断自己属于哪类人，这要靠自己的仔细观察；三是服药或休息不是对付紧张的好办法；四是确立正确的人生目的和生活动力。

一个人的个性、性格等问题比较复杂，不是一个能短时间内改变的问题，和个人情绪有直接的关系。情绪基本上以需要是否得到满足为转移。当人们的需要得到满足的时候，就会产生愉快的心情。人们的需要是各种各样的。按照不同的层次，人们的需要和满足的方法，大致有以下几个方面：第一，生理性的需要。即维持个体生存和种族生存或延续的需要，主要就是饮食、睡眠、温暖和性行为的需要，也就是一般所谓饮食男女或温饱的问题。第二，心理性的需要。在心理性的需要之中，最主要的是人们需要各种适宜的刺激来引起和保持正常的心理活动。所谓适宜的刺激有两大方面：一个是能被人们所感受到的刺激形式，另一个是刺激的强度，太弱或太强都不能构成人们适宜接受的刺激，都不能引起快感。第三，社会性的需要。一个是友谊，另一个就是爱情与婚姻。第四，美的需要。爱美之心、人皆有之。许多事物能使人产生不太强烈的但较为持久的愉快感，也就是所谓的美感。客观事物中能使人产生美感的特殊性质就是所谓的"美"了。第五，自我实现的需要。这是马斯洛提出来的一个概念。需要是后天产生的，应该满足正常的、合理的、健康的、积极的需要。

无论在多么艰苦困难的环境里面，都要善于找到一些办法来调整自己的生活和心态。天无绝人之路，救你的就是你自己。有许多机会可以调节自己的心态，就看你自己去做不做。感觉生活单调是一种心理问题。嗜好要减少一些，爱好要增加一些。

### 三、情绪控制

情绪这个词，在人们的生活用语中经常出现。人们在使用这个词时并不感到困难,互相之间在认识和理解上也没有多大的分歧和误解。情绪的重要性日益为人们所认识,对情绪的谈论和研究也在日益增加。情绪是对生理性的需要是否得到满足而产生的态度的体验;情感则是对社会性的需要是否得到满足而产生的态度的体验。冯特1896年发表了情感的三维理论,提出情绪需要有三个维度才能作出有效的描述。它们是愉快—不愉快;紧张—松弛;兴奋—抑郁。冯特认为情感是这些基本情绪的复杂的复合体,而对于每一种基本情感,都可以根据它在三维的每一维度上的定位,生动地描述出来。

要想控制情绪的变化,需要知道是什么因素在控制着人的情绪。总的说来,情绪变化的原因不外两大类:一类是外部原因,如声响、色彩、天体的作用等;一类是内部条件,主要是性格和气质。

情绪控制按照方式的不同可以分为多种,这里主要讲直接控制和间接控制。直接控制就是对大脑直接采取措施。直接控制的手术是对病人的下丘脑外侧区进行白质切除术。直接控制的行为是明确地、直截了当地进行控制,如医生给病人服用镇静剂或抗焦虑药物以解除或减弱病人的紧张焦虑情绪。间接控制的行为常常是不很明确的,有时是隐蔽的,但常常是针对根本性原因,因而也常常是治本的办法。病人得了阑尾炎,很痛苦,情绪当然不好。要使病人情绪转好只有治愈其病,如把阑尾切除后才行。

对于运动员来说,很多直接控制的手术都无法使用,但是可以通过对视觉、听觉、嗅觉等感官进行控制,取得很明显的效果。运动员情绪控制的具体方法有:

第一,通过视觉方面进行控制。可以通过色彩、形状、画面、绘画、雕塑、玩具等进行控制。这里主要讲一下通过色彩进行控制的方法。粉红色或浅红色有放松和安静的作用,女性喜欢粉色代表柔和。对于许多运动员来说,给予色彩信息最简单的办法就是戴个有色眼镜,比如打双向飞碟的戴橙色眼镜感觉眼前发亮、压力减小。绿色和红色对神经都有刺激作用。

第二,通过听觉方面进行控制。影响情绪的因素是音乐和语言(噪音)。有的声音使情绪高涨,有的使情绪平静。要科学地、全面地、更有效地去调整情绪,可以运用世界名曲加上一些图画作为调节情绪的手段,这就是所谓的功能音乐。另一个是语言调节，这里主要讲对过度紧张的放松。不同的项目对于紧张度的要求不同，紧张总有一个限度，紧张过度会影响成绩，放松的办法是语言配合肌肉。再有一个是呼吸，呼吸还可以配合语言。还有一个就是笑。

第三，通过嗅觉方面进行控制。嗅觉与情绪（主要是愉快与厌恶）的关系很大。香的气味（如自然界的各种花香）、人工制作的各种化妆品（香水、香皂、香脂）等等，都会给人以愉快性的刺激。由于每个人的嗅觉灵敏度和爱好有差异，实际上，并不是所有的带香气的刺激都能引起每个人的快感。有的人不喜欢浓烈的香味，而喜欢清幽淡雅的香气，有的人则相反，只有浓烈的香气才能打动他；有的人喜欢喝带花香的花茶，有的人喜欢喝清茶；有的人喜欢在屋子里燃起卫生香，有的人则不能忍受。

第四，通过味觉方面进行控制。味觉的生物学意义主要是为了辨别食物，哪些东西能吃，哪些不能吃。人类的味觉已经高度发达，不仅对事物的好坏、生熟、冷热、硬软、干湿能进行多方面的辨别，而且对于各种饮食的特殊风味，也可以经过训练而具有高度精细的鉴赏能力。

第五，通过触觉进行控制。比如温度、软硬、按摩敏感带等，都可影响情绪。拥抱和亲吻也属于体觉刺激。随着年龄的增长，社会和家庭对触觉限制增加，只有很小的婴幼儿，才有权利要求别人给予触觉刺激；成年人只有夫妇或爱人之间，拥抱才能被认为是合法的。触觉刺激被许多人认为是一种下等的感官享受，只能产生肉体的快感，不能像视觉和听觉那样产生精神上的美感。

第六，综合刺激。比如看电视、听戏曲等。

第七，其他。比如宗教仪式、瑜伽、气功、催眠、沉思等。

## 四、功能性音乐与情绪控制

### 1. 功能性音乐的科学含义

对于功能性音乐的研究工作，无论是国外或是国内，大多集中在其实际应用方面。至于对功能性音乐作用的系统深入的研究和探讨还不多见。

功能性音乐这一名称已被广泛应用。但究竟什么是功能性音乐,并不十分清楚。一般说来,有两种不同的认识和理解:广义说来,功能性音乐是指具有某种使用价值的音乐,它不同于过去的一般职工欣赏的艺术性音乐。但是这种理解过于宽泛,因为即使是一些古典世界名曲也可以产生一定的实际作用——生理或心理的效用——而被用于社会实践。例如《蓝色多瑙河》就可以用于生产车间或病房,以调节或消除单调环境引起的抑郁情绪,有助于达到提高生产效率与治疗疾病、恢复健康的目的。第二种看法是狭义的,把功能音乐局限于目前用于生产和治疗中所采用的音乐。实际上具有社会实践效益的活动绝不仅限于生产和治疗,例如战争中的军乐、葬礼中的哀乐、体育运动中的伴奏音乐都具有实用价值,这些音乐并非用于被欣赏。因此,所谓"功能性音乐"是相当不确定的。"功能性"并非是某种音乐或某种乐曲本身固有的属性,它是由被使用动机、目的、场合或引起的作用和效果所决定的。尽管如此,还是可以或者也有必要把音乐做一相对的划分:一类是主要用于欣赏,很难用于或者至少目前很少用于其他场合的音乐;另一类是主要用于非欣赏的使用场合的音乐,例如专用于某些礼仪性场合的音乐,或者用来发泄郁闷心情的噪音性的音乐。笔者认为还应该划分出第三类音乐,它们是大量的,既可欣赏,也可实用。第一类可以叫做"艺术性或欣赏性音乐";第二类可以叫做"功能性音乐";第三类可以叫做"中间型或双重性音乐"。目前的所谓"功能性音乐",实际上大量采用的都是第三类音乐。

## 2. 功能性音乐的基本情绪效应

在把功能性音乐用于实践时,常常要区分音乐的不同性质或不同效应,这样才便于应用者的选择。目前常见的定性不大统一,也不科学。例如在国外有的医生研究世界名曲,对这些名曲的心理效应,用如下一些形容词来定性:疲乏、不安、厌世、忧郁、急躁、渴望、希望、明朗、轻快、增强、自信、愉快、催眠、增进食欲等等。这些用语的优点是通俗易懂,缺点是不够严密、确切，或者不够科学。笔者认为，从功能性音乐的实用性看来，最重要的心理效应主要是对人类基本情绪的影响。人类基本情绪也有不同的划分归类，例如我国传统的说法是：喜、怒、哀、乐、悲、恐、惊。在国外有不同的说法：心理学家冯特的情绪三维说比较切合实际，也便于把握应用当代生理学的研究发现，在任何高等动物的中枢神经系统内，都存在着物质结构：在大脑边缘结构内有愉快神经中枢和奖赏系统；相邻处有厌恶神经中枢和惩罚系统；在脑干网状结构中存在着上行激活系统和上行抑郁系统来控制大脑的兴奋和抑制。由大脑皮层——下丘脑——垂体——肾上腺皮质和交感神经——肾上腺髓质两个系统来控制紧张的程度。从音乐方面来看，与愉快和厌恶关系密切的是乐音、噪音、乐音性噪音和音色；与兴奋和抑制关系密切的是音乐声响的强度、节奏快慢以及音乐的旋律和调性，与紧张和放松密切的是人们在生活中建立的某些与音乐相关的情绪性条件反应。例如战士听到紧急集合的号声或冲锋号声时，其情绪紧张性的变化与未受过军事训练的人是不同的。

当然，上述划分并不是绝对的，音乐中的各种成分和各种情绪的产生和变化是十分复杂的，并且还受到许多其他因素的制约，例如每个人的气质、神经类型、音乐素质、听觉能力、文化修养、年龄、性别、民族习惯等都会影响到音乐的情绪效应。因此，在评定功能性音乐的情绪效应时是有条件的、有局限性的。

### 3. 功能性音乐在控制情绪中的应用

功能性音乐在实用时，常常是通过对情绪的控制、调节和影响来发挥作用。用音乐来控制情绪的活动过程，一般可分为几个阶段：开始是动员性音乐，常用于活动、运动或工作的起始准备阶段，主要是使大脑皮层处于兴奋状态。中间是进行性音乐，包括：A. 结构——情节性音乐，用于提示、协调或伴随各种表演动作，这种音乐可以说是功能性音乐的主体；B. 背景性音乐，这类音乐一般音量小，不引起人们的注意倾听，起到衬托环境的气氛、调节和维持精神系统的一定程度的兴奋性，特别用于在单调的工作和活动，消除由于单调刺激引起的大脑皮层的抑制——负引导；C. 专题性音乐用于固定的或特定的场合或仪式，如婚、丧、迎宾、升旗等场合。这种音乐与背景性音乐不同，常常和所配合进行的活动同处于人们意识或注意的中心位置，严格准确地控制着人们情绪的性质和程度。这种音乐常常是专门谱写的，有很强的针对性，又是在特定的场合下使用，因此受其他因素的影响比较小，所发挥的控制情绪的效果比较稳定。当活动结束时，常用放松性音乐，例如，体育课结束时的整理活动阶段等。

除去上述在一般活动过程中常见的几个阶段采用的相应的音乐之外，功能性音乐主要集中在对紧张与放松有适当调控中。运动员在参加重大比赛前，精神上压力大，常常处于高度紧张状态，表现为不安或压抑，消化系统功能紊乱，临场发挥不好，出现失误，此时选择某些音乐让运动员听，可以起到适度放松转移注意的作用。在临床治疗上，有些病人高度紧张，对疾病和痛觉敏感，听到某些音乐可以转移注意，减轻疼痛或其他症状（如在手术中）。

### 4. 功能性音乐应用的一些问题

从我国实际情况看，功能性音乐应用中存在以下几个问题值得研究和注意。

一是应用的范围比较狭窄，例如在国外，早已有人将音乐用于车间生产，在提高劳动生产效率、降低废品率方面取得明显效果。但在我国，见到有关的报道不多。

二是研究单位比较少，研究工作不够系统深入，对于某些基本概念不清楚或不一致，科研交流不够。例如功能性音乐的种类和性质问题；功能性音乐是否包括自然界的非人工的音响问题；功能性音乐和操作性音乐治疗的关系问题；功能性音乐与其他刺激的配合应用问题等。

三是关于世界名曲与地方的作用问题。世界名曲多为广大群众长期欣赏喜爱，其作用具有一定的超时空性，国外用于实践中颇多。例如曾在我国书刊（《世界之窗》、《医学心理学》、《咨询心理学》等）上多次被介绍的一份用于治疗精神疾患的乐曲名单上,全部都是西方的音乐大师的名曲。这些乐曲用于我国的情况值得研究,特别是一些乐曲结构复杂,内涵深邃,其对情绪与情感的影响,也不是一句话能概括的。国内许多音乐(如地方戏、民族音乐等)的应用及对其效果的分析,都要紧密结合各地人们的地方性和民族性来进行。

四是关于在国内流行的现代歌曲和音乐,对于人们特别是青年人有着不可忽视的影响。这类音乐,笔者认为主要不是用于欣赏和产生美感,这类以大量、多噪音、快节奏为特色的音乐,主要用于渲泄压抑之情绪,抒发野性之快感,它们可归于功能性音乐之列。它们在舞台上大量展现,引起人们的关注,但对其进行科学研究还不够。

音乐是人类社会和精神文明的宝贵财富。音乐对人们的影响日益广泛深入,而功能性音乐的应用正是一个很具体的方面。它在生产、医疗、军事、文化、教育(包括德、智、体、美)等各方面都有着重要的效果和价值。对这方面的深入研究和扩大应用,将会为我国的建设发展带来巨大益处。

### 五、放松训练

放松训练是个很大的题目,有各种各样的放松训练方法,例如气功中就有专门训练的功法。这里介绍的主要是用言语进行放松训练的方法。最早提出这种方法的人是舒尔兹,他在1932年出版了《自我暗示和放松训练》一书。他把暗示的程序变成由准确言语表达的几个句子,教会病人或运动员自己利用这些暗示。后来许多国家(德国、日本、美国和前苏联等)都推广了这种方法,并做了改进。

第一,舒尔兹的自我暗示和放松训练的基本内容。1. 我非常安静。2. 我的右(左)手或脚感到沉重。3. 我的左(右)手或脚感到暖和。4. 心跳得很平稳、有力。5. 呼吸非常轻松。6. 腹腔感到暖和。7. 前额凉丝丝的,很舒服。

第二,前苏联的放松训练内容。1. 我放松了,安静了。2. 我的两臂完全放松了,暖和了。3. 我的腿完全放松了,暖和了。4. 我的躯干完全放松了,暖和了。5. 我的颈部放松了,暖和了。6. 我的脸完全放松了,暖和了。

第三,我国的放松训练内容。我国心理学界和体育界也编制了一些这类放松训练的指导语和暗示语,内容基本相同,但也有自己的特点。1. 通过调节呼吸放松全身——下肢——上肢——头颈部。2. 通过想象由阳光照射产生暖流去放松右上肢——左上肢——右下肢——左下肢——内脏。3. 暗示精神转入自身内部,与外界联系停止。4. 结合双手举落的动作进行放松。5. 让被训练者自己进行自我想象的放松训练。

第四,自我放松。有才能的人在工作、学习、待人接物、克服困难中使得身心状态有一个共同的特点——放松。要注意解除精神上的忧虑、恐惧、自卑。要解除身体上的僵硬、呆板、麻木。演员要特别注意放松。紧张会影响、破坏演出效果。无谓的紧张会导致挫折、失败、失去信心、麻木、无能和愚蠢。在工作、思索、观察、分析、计划、判断、想象、回忆时要不紧张,心情平静,神志清醒。放松是一种愉快的情况,感到生动、放松、自由、舒适、不紧张。放松不是放软和松懈。不要忧虑、心急,不要患得患失,不要三心二意,要拿得起、放得下,才能晚上睡得好,白天工作起劲。打球时要放松得像灰尘,奔跑跳跃时感到自己的身体没有重量。跳舞时要放松才能维持平衡,动作优美。普希金认为安静是产生灵感的必要条件。神经紧张降低学习效率,妨碍创作活动。神经紧张是现代许多疾病的根源,现代人常有神经质的肌肉紧张,要注意不断地克服。要培养自己观察自己的行为习惯,来监视和排斥自己不必要的紧张。要形成能下意识地监视、调节自己的紧张情绪,不断适当放松的习惯。培养这种习惯要每日每时自己练习。自我放松的方法:1. 头部。抬起头来走路,"高瞻远瞩",不要"埋头苦干",要"抬头乐干"。打呵欠可以清除血液中的废物。放松面部肌肉,放松下巴、喉头、胸腔、腹部,可以解除疲劳。要深呼吸,放松鼻孔,使之扩大,按摩鼻孔周围的肌肉。要自然的笑,不要虚伪、逢迎、勉强、应付、做作的笑。放松口唇,不要紧闭。舌头放在口腔中间,不要顶住牙唇。看东西时要有目的、有计划、有顺序,但不要用目的和计划限制眼睛的活动。不要向前瞪大眼睛。要后退,在想象中让眼球退到"脑后"。多眨眼,这样可以拭净眼球,润滑眼球,转动灵活,有利于眼球内的血液循环,使视觉新鲜,防止注视引起的紧张。眼睛要力求灵活、生动、犀利和明亮,力求避免木、呆、死和发直。2. 颈部。揉捏自己后颈部的肌肉,按摩颈椎骨。小转头:吸气时把下巴向左上方或右上方抬几次,然后把下巴尽量向后拉,保持这类姿势向左右看。大转头:垂头,下巴接近胸部,由右向后向左向前转圈,头在正前和正后方时略停一下,头由前转向后时吸气,由后转向前时呼气。颈部肌肉紧张僵硬可以造成血流不畅,呼吸不顺,声带紧,神经容易疲倦。3. 胸部与呼吸。要练习养成充分呼吸的习惯,这样可以下列好处:使血液中的氧气更充分,使肺部更强壮,避免支气管发炎。在空暇时间内,多练习深呼吸,扩大肺活量和肺容量,少屏息憋气。力争空气新鲜流通,不要紧闭窗门蒙头睡觉,乐观者习惯深呼吸;悲观者习惯浅呼吸,常有一对倾斜的背和狭窄的胸。4. 全身肌肉放松。躺卧时想象自己的身体是一堆棉花或羊毛,让四肢、躯干和头部都瘫压在床上。然后深呼吸,什么也不想。经常按摩玩弄自己的手,先放松大拇指的根部与手腕的连接处,按摩手的各关节,摇动全手。做"飞"的动作:吸气时左右两臂平举,手心向下,好像鸟的展翅,两脚略分开轻松随便地站立,双臂不用力,随胸肋而上举和自由放松地落下来。起作用的不只是这种动作本身,而且是动作引起的新鲜感觉。学习动作、看戏、听歌和看文章都要善于体会、鉴别和把握新鲜的感觉,将其保持和吸收。不要养成双臂在胸前交叉的习惯。因为这种习惯动作会把肩胛骨拉离原来的位置,阻碍呼吸,还会给人以傲慢和自负之感。

## 六、自我激励

智商不高情商高,有时也能办成大事。情绪可以影响智商,俗话说:"聪明人办傻事"。一个人如何控制自己的情绪,这是要在平时进行训练的。镜子是最好的自我,当你情绪不好时、当你发怒时可以拿出镜子照一下自己的嘴脸。要经常了解、监控自己的情绪。当一个人情绪低落时,如何进行自我激励?可以把旧日的照片拿出来看看或者摆摆自己以前的成绩等。很多情况下都是自己激励自己,自己给自己打气。

## 七、结束语

情绪控制的科学理论和方法是个非常复杂和困难的事情,涉及的方面很多,本次讲堂只介绍了其中的一部分,既有可靠的理论和方法,也讨论了一些问题。由于时间有限,像情绪的测量、皮肤的电阻、气功、生物反馈和测谎技术等内容只能留待以后再讨论了。

(杨瑞之、刘超整理　赵久满编校)

北大清华名师演讲录 | 曹和平
## 当前经济热点问题与中国产业发展战略

  曹和平(1957— ),陕西富平人。教授,博士生导师。北京师范大学哲学学士和哲学硕士。毕业后先后在中共中央书记处农研室、国务院农村发展中心、农业部工作,曾获聘为实习研究员、助理研究员和研究室副主任。2002年获美国俄亥俄州立大学农业经济系经济学硕士和发展金融专业博士学位。2002年7月至2004年11月,任北京大学经济学院副院长兼北京大学环境经济系主任。2004年12月至今任云南大学副校长。主要从事发展金融与环境经济学研究。发表中英文论文36篇,出版中文专著1本,英文专著1本,译著2本。主编论著5本。

# 当前经济热点问题与中国产业发展战略

时间:2004 年 9 月 26 日

地点:烟台大学综合楼 422

按照国际标准,当固定资产投资增加速度超过 25% 时,经济就会面临危险。而中国 2003 年固定资产增加速度增幅为 26.7%,2004 年第一季度增长速度为 47.8%,中国经济已面临十分危险的境地,因此国家做出了宏观调控。这么快的增长速度,其他产业部门会明显滞后,影响经济的可持续发展和健康运行。

去年中国生产了 9000 多万吨小麦,占世界产量的 24%;6000 万吨油,占世界产量的 27%;7000 万吨水果,约占世界产量的 24%;第一、第二产业产量约占世界的 24%。去年中国 GDP 为 12 万亿人民币,约合 1.35 万亿美元,世界 GDP 为 36 万亿美元,由此可知中国 1/3 的产量份额只实现了世界 3% 的价值。这说明肯定是中国的产业结构出现了问题。

## 一、准备知识

### 1. 国际观

北纬 15—50 度之间的国家与地区创造了占世界 75% 左右的 GDP 产值。中美两国处在同一个纬度,其资源应大致相似,但统计资料显示:中国人均淡水量只占全球人均淡水占有量的四分之一,600 多个城市中有四分之三的城市严重缺水;人均耕地只占全球人均耕地的四分之一。但实际情况是:中国人均淡水占有量占全球水资源最丰富的几个国家人均淡水占有量的四分之一,而耕地由于历史原因也少丈量了6亿亩。因此,我们有理由创造更多的财富。

### 2. 宏观经济基本变量

宏观经济基本变量主要有GDP、物价指数、固定资产投资、就业等。

## 二、当前宏观经济热点问题

### 1. 国民经济成长回顾

从1984年以来,除了极个别年份外,工业生产总值增加幅度都超过了当年GDP的增速,这说明从1984年以来中国工业对GDP的贡献已经超过农业。(见图1)

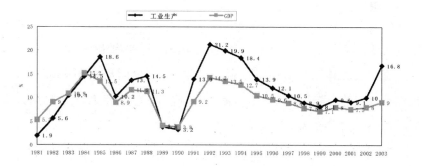

图1 1981—2003年间GDP与工业生产增长

### 2. 固定资产投资增加

1981—1985年固定资产投资增幅达到38.8%,1992—1993年增速达到61.8%。2003年固定资产投资增长速度为27.8%,具体来说:黑色金属选矿业增幅为 763％,其原因是由于去年钢铁价格的飙升,导致各地方政府纷纷上马钢铁厂。因此,去年一年的钢铁产量就达到从 1959 年到 1989 年 30 年间的钢铁总产量;35 种非黑色金属选矿业增速为 1019％,是由于住房装修等相关行业的飞速扩张引起的。(见图 2)

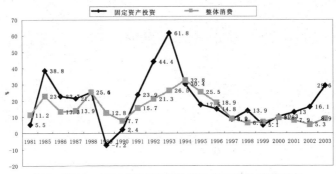

图 2　1981—2003 年间固定资产投资与整体消费增长

### 3. 物价指数与存货

今年(2004 年)1—5 月,社会消费品零售总额同比增长 12.5％,比去年同期提高 4.5 个百分点。居民消费价格指数在 1998 年出现负增长之后,近几年一直在通货紧缩的阴影下徘徊。去年以来,全国居民消费价格总水平出现逐季上涨的态势,全年平均比上年上涨 1.2％,今年前 5 个月同比上涨 3.3％,比上年同期提高 2.7 个百分点。

6 月汽车库存率为 25％,一汽、二汽和上汽从建厂就没有创造新品牌,这是由于国家的保护致使它们没有创新的动力;而非国企创造了大部分的 GDP。(见图 3)

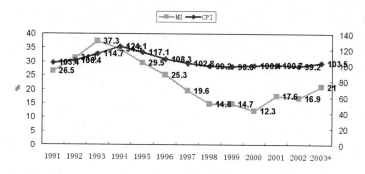

图 3　1991—2003 年间货币供应与消费价格指数

去年(2003年),在我国的 13 个主要贸易伙伴中,只有对中国香港、美国和欧盟,我们是贸易顺差,对韩国、日本和中国台湾地区都是逆差。今年中国极有可能是年度贸易逆差。对此贸易逆差,中国没有必要恐慌,作为大国,贸易逆差是很正常的,因为我们存在巨大的需求。美国几十年来一直是贸易逆差,其经济依然保持良好发展势头。(见图 4)

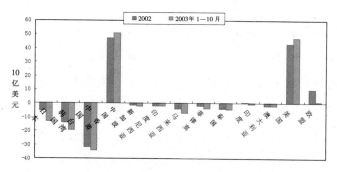

图 4　中国与几个所选国家与地区的贸易均衡

### 4. 原因分析

(1) 结构快速变动

当人均 GDP 超过 1000 美元时,恩格尔系数会下降 2%。中国民众对房对车的消费急剧增长,1959 年到 1989 年,中国一共产出了 100 万辆汽车,而去年一年就生产了 100 万辆。预计到 2015 年,中国的汽车市场会和美国一样大。

1984年实行体制改革,从1985年开始,各地当年信贷额以去年信贷额为基数,导致各地银行纷纷发放贷款,导致了那一时期固定资产投资增速过快。而这一次则不是当地政府的过错,只是对钢铁等产品价格变动的正常反应。

(2) 超经验增长与对策

这一次的投资增长过快,一是由于我国的人均GDP首次超过1000美元,人们的消费行为会有一个突变,对住和行的消费将增长很大;二是由于相关产品的价格同以往大不一样;因此这次的增长是超经验的,需要有新的思考和对策,不能拿老眼光看新问题。

## 三、21世纪中国产业发展战略

### 1. 产品份额与价值份额大分流

(1) 产品份额与价值实现份额

前面说过,中国生产全球1/3的产品,但只实现了全球3/100的价值。以世界名牌男衬衣POLO为例:产地在中国,一件POLO衬衣出口价格仅为七八美元,但在美国却可卖到70美元,一件产品大部分价值是被国外拿到了。

中国彩电产量占世界的29%,收录机产量占世界的70%,VCD机产量占世界的70%,显示器占世界产量的42%等等,实现的价值份额与产品份额极不相称。(见表一)

在产业链中,处在链条的高端处,其获得的附加值就越高,占的价值份额就越大,因此中国的产业应尽量将产业链条延长,向产业链的高端发展。

### 表一  中国在世界主要产品贸易中的区位

| | 总产量 | 排位 |
|---|---|---|
| 玉米 | 1.33 亿吨 | 2 |
| 棉花 | 492 万吨 | 1 |
| 小麦 | 9937 万吨 | 1 |
| 肉类 | 5949 万吨 | 1 |
| 水果 | 7238 万吨 | 1 |
| 电力 | 1.9 万亿千瓦小时 | 2 |
| 煤炭 | 18.3 亿吨 | 1 |
| 石油(2002) | 1.67 亿吨 | 6 |
| 钢铁(2002) | 2.32 亿吨 | 1 |
| 水泥(2002) | 8.6 亿吨 | 1 |
| 铜(2000) | 143 万吨 | 4 |
| 彩电 | 3936 万台 | 1(29%) |
| 收录机 | 24 亿台 | 1(70%) |
| VCD 机 | 2000 万台 | 1(70%) |
| 电话机 | 9598 万台 | 1(51%) |
| 钟表 | 15 亿只 | 1(75%) |
| 显示器 | 4500 万台 | 1(42%) |
| 微特电机 | 30 亿台 | 1(60%) |
| 洗衣机 | 1443 万台 | 1(24%) |
| 电冰箱 | 1279 万台 | 1(16%) |
| 空调 | 1827 万台 | 1(30%) |
| 电风扇 | 7661 万台 | 1(51%) |
| 照相机 | 5514 万台 | 1(51%) |
| 微波炉 | 1257 亿台 | 1(30%) |
| 摩托车 | 1153 万辆 | 1(44%) |
| 汽车 | 487 万辆 | 3(——) |
| 人造金刚石 | 10 亿克拉 | 1(61%) |
| 拖拉机 | 210 万台 | 1(83%) |
| 集装箱 | 153 万 TEU | 1(83%) |

(2) 中美产业比重比较

去年中国农业产值占 GDP 的 15%,工业产值占 GDP 的 53%,服务业占 GDP 的 32%;美国的服务业占 GDP 产值的 80% 以上,正是由于在服务业的差别使我们的价值实现大打折扣。

去年中国生产了 1600 万吨大豆,进口了 2020 万吨大豆,这进口的大豆主要由美国船队运输,相当一部分价值由美国人拿走,而进口到国内的大豆放在家乐福超市(法国人开的),其中一部分价值又被法国人拿走,真正剩给中国人的已是很少。

中国玉米产量占全球的 16%,棉、油、水果等均占世界产量的 20% 以上,但我们没有价格的制定权。在美国,有 70—80 个农产品期货交易所,目前中国农产品期货交易所数量极其有限,在未来应当设立 7—12 个农产品期货交易所。可以设想,如果我们设立 7 到 12 个农产品期货交易所,将产业链条向高端延伸,其产品价值将会增加 3 倍。

在过去,我们农业现代化的标准是实现了用拖拉机等机械化耕作。根据要素禀赋理论,土地是我们的稀缺要素,因此技术应当朝着替代土地的方向发展,才能增加我们的收益,因此有了袁隆平的杂交水稻替代土地要素的技术,我们用 20 年的时间纠正了这样一个错误。在当今信息社会,或者时间可能会短一些,用十年左右的时间来实现增加我们的期货交易所。

## 2. 产业链条中的价值实现差

(1) "铸币收益"

简单地说,在一个经济体中,开始是物物交换,当发现物物交换有诸多不便时,人们选择了更易携带更易分割的金银。在流通过程中,出现了金银成色、分割不便的问题,因此出现了铸币业(一般由政府承担)。铸币匠负责将金银铸造成大小成色相同的金币银币在市场流通,在铸造过程中,铸币匠发现当自己铸造的硬币分量不够时也不影响其流通,因此他们便克扣一部分金银归为己有,这部分所得的金银便是铸币收益。在当今社会,流通的是纸币,铸币收益更是无本万利(纸张成本很低,但代表的价值却可很大)。

"一流企业卖标准,二流企业卖服务,三流企业卖产品",说的便是这个道理。

美元作为世界货币,美国会从中取得巨额的铸币收益。美国多发放的美元相当于向全世界征收了一次通货膨胀税。

由于通货膨胀,政府给事业部门增加了工资,农民自然是没有加发。设一瓶矿泉水通胀前是1元,由于通货膨胀价格涨到了1.2元,由于事业部门加发了相应的工资,因此实际收入不受影响,但农民却由于通货膨胀不得不多付出20%的货币,这20%便是通货膨胀税。

(2)"类铸币收益"——抽象证券铸造权

从期货等金融衍生品能取得类铸币收益,因此需要大力发展产业链高端的金融衍生品,取得较高的收益。

不仅仅如此,社会经济的平稳运行也需要金融衍生品的良好发展。走钢丝的杂技运动员手持一根竹杆从高空的钢丝一端走向另一端,其手中的竹杆波动起伏很大,人却很平稳地走到了另一端。对经济运行来说也是如此,期货类金融衍生品波动起伏较大,但却可使整个经济运行得比较平稳,它们是经济运行的自稳定器,不可或缺。

## 四、结语　泛渤海区域经济未来

泛渤海区域已经成为世界经济发展的发动机,其在世界上的作用和影响将越来越大,烟台应当把握住这一机遇使自己尽快地发展起来。

(王淑云整理　孙旭涛编校)

北大清华名师演讲录 | 宋豫秦
# 我国典型城市生态问题评析

宋豫秦(1953— ),陕西西安人,祖籍河南郑州。历任北京大学环境科学中心(系)学术委员、环境生态室主任、副教授、教授、博士生导师,兼任中国第四纪科学委员会环境考古专业委员会副主任委员、北京大学古代文明研究中心副秘书长、中国社会科学院客座研究员。其代表作有《中国文明起源的人地关系简论》、《淮河流域可持续发展战略初论》、《西部开发的生态响应》、《历史时期我国沙尘暴的东渐原因分析》等。目前的主要研究方向为人地关系理论、城市生态学。

# 我国典型城市生态问题评析

时间:2005 年 11 月 4 日

地点:烟台大学综合楼 413 室

## 一、导　言

城市是拉动经济增长、推进社会发展、改善人类生态和保育区域环境的摇篮,也是国家竞争能力强弱的重要标志。建国以来,我国的城市化取得了很大的成就,对我国的经济社会发展、人民生活水平的提高以及现代化建设起到了巨大的推动作用。截至 2003 年底,我国有设市城市 660 个、建制镇 20 601 个,分别比 1949 年增加了 524 个和 15 000 个,城镇人口由 5 765 万人增加到 51 782 万人,城市化率由 10.64% 提高到 40.5%。但与此同时,我国城市生态面临的压力也在不断增强,既存在早期工业化国家环境污染、资源耗竭的贫困病;又有后工业化国家资源浪费、消费过度的富裕病。发达国家在不同发展阶段出现的生态环境问题,我国却在近 20 年间集中爆发出来。我国城市生态问题的严重性已经不仅仅在于排污总量的增加和生态破坏范围的扩大,而是变得更加复杂,威胁和风险更加严峻。

王如松先生将城市生态问题的实质归纳为:一、以腹地自然生态系统耗竭为代价流入城市的资源,多数以废弃物的形式滞留在环境中,其实质是资源代谢在时空尺度上的滞留和耗竭;二、城市的硬化地表、密集建筑、管网设施、道路系统和"摊大饼"式的空间格局,导致土壤板结、水脉枯竭,其实质是系统耦合在结构、功能上的破碎和板结;三、社会的生产、生活与生态管理职能条块分割,以产量产值为主的政绩考核指标和短期行为,其实质是社会行为在局部和整体关系上的短见和调控机制上的缺损。

## 二、快速城镇化引发的重大生态环境问题辨识

### 1. 城市和区域频繁出现大面积灰霾

区域性灰霾现象是我国面临的一个新的、重大的复合型大气污染问题，我国东中部地区几乎所有特大城市的大气灰霾现象都异常严重，华北、中原、华南、华东地区均呈现出明显的区域性特征。例如，2002年广州的灰霾天气为85天，2003年为98天，其中2002年一次灰霾的持续时间最多7天，2003年一次灰霾天气最长持续了20天。从2003年10月至12月，深圳有霾的天气为62天，其中12月份达22天。北京市近十年来灰霾日的总天数每年均在120天左右，市区甚至每每出现能见度低于2公里的情况。灰霾不仅会导致空气品质恶化，引起呼吸道疾病、佝偻病等，还会严重影响植物的呼吸和光合作用。形成灰霾天气的大气细粒子除来源于自然界外，更多还是来自人类活动的排放，包括化石燃料形成的细粒子、机动车尾气排放的细颗粒、公路交通引起的扬尘、建筑施工造成的粉尘，还有城市与区域排放的大量气态污染物经化学反应转化成的二次细粒子。

图1  2004年9月10日北京附近距地面不同高层大气灰霾现象

煤烟型污染和因机动车尾气造成的光化学污染的共存，是造成我国灰霾天气的根本原因，而许多发达国家都是在煤烟型污染得到有效控制后才

出现机动车尾气污染,所以,我国的大气灰霾现象在世界其他国家和地区十分罕见。

需要指出的是,目前各个城市所发布的空气质量监测结果,均未能客观地反映出灰霾指标。这就使得许多城市虽然已经享誉"花园城市"或"山水城市"等,但其灰霾现象却异常严重。

## 2. 流域和湖泊普遍呈现富营养化趋势且日益严重

目前流经我国城市的江河段中有90%受到严重污染,以北方城市河段居多,主要分布在黄河、淮河、大辽河和海河流域以及京杭运河江南段。城市河段水质大都在Ⅳ水质以上,其中,约有40%的河段为劣Ⅴ类,约15%的河段为Ⅴ类,约25%的河段为Ⅳ类。我国2003年监测的28个重点湖库中,满足Ⅱ类水质的湖库1个,占3.6%;Ⅲ类水质湖库6个,占21.4%;Ⅳ类水质湖库7个,占25.0%;Ⅴ类水质湖库4个,占14.3%;劣Ⅴ类水质湖库10个,占35.7%。城市内湖水质也较差,北京昆明湖和杭州西湖水质为Ⅳ类,南京玄武湖水质为Ⅴ类,武汉东湖和济南大明湖水质为劣Ⅴ类。

2003年我国全海域共发现赤潮119次,累计面积约14550平方公里,其特点是延续时段长、高发期集中。

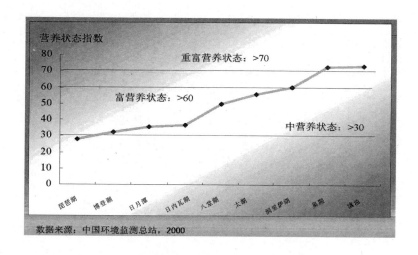

图2　世界主要湖泊营养状态指数比较

全国约有50%城市市区的地下水污染严重,主要污染指标包括矿化度、总硬度、三氮、铁、锰和氟化物等。三氮污染在全国各城市均较突出,矿化度和总硬度超标主要分布在东北、华北、西北和西南地区,铁和锰超标主要分布在东北和南方地区。

### 3. 持久性有机污染物与环境激素的隐患日益凸现

我国河流污染的特征是有机污染突出,表现为水体中COD、BOD浓度增高。在我国水体、底泥、沉积物、大气环境等环境介质以及农作物、家畜家禽、野生动物,甚至人体组织、乳汁和血液中均检测出大量各类有机物,种类高达数十种乃至数百种。

我国是世界上化肥农药施用量最大的国家,用量高达2500万吨/年,农药施用量超过130万吨/年,高出世界平均水平的2~3倍。日趋严重的农田污染,造成有毒有害物质在食品中的富集。2001年,国家质量技术监督局对23个大、中城市的大型蔬菜批发市场所进行的抽检发现,有47.5%的蔬菜农药残留超标。据90年代的统计,我国城乡居民六六六摄入量曾经是日本的15倍、美国的84倍;滴滴涕摄入量是澳大利亚的16倍、日本和美国的24倍。

近年我国新生儿出生缺陷占出生人口数的比例达4%~6%,每年新增先天性残疾儿童数高达80万~120万。其原因一是遗传因素,二是污染,包括食品污染所致,后者大约占65%。

1981~1996年间对我国年龄在20~50岁之间的男性精液质量进行的分析表明,精子数量已由$103.02 \times 10^6$/毫升(1983)降至$83.84 \times 10^6$/毫升(1996)。精液质量也呈下降趋势,不育症发生率从1976~1985年的6.8%上升到1998年的12.6%。

### 4. 固体废物无害化处置比率和资源化水平低

我国城市固体废物的污染问题覆盖面宽,包括城市建成区、城中村和城乡结合部。

据统计,2000年度全国30个省、自治区、直辖市(西藏和台、港、澳地区未统计)的城市生活垃圾清运量达1.18亿吨,处理量为0.49亿吨,处理率为41.5%。而90%左右的垃圾经填埋处理后,渗滤液没有经过任何处理就直接排放的垃圾填埋场占65.4%;产生的沼气无任何收集或处理设施的垃圾填埋场占80.5%;垃圾渗滤液对地下水已经造成污染的占40.9%。另外,城市污泥污染、危险废物、医疗废物、废旧电子电器等还造成了极为严重的二次污染问题。

城市建成区越来越尖锐的人地矛盾和昂贵的垃圾处置成本,使大量的城市生活垃圾被转移到城乡结合部,给城乡结合部造成严峻的环境和生态健康问题。城乡结合部承担了本不该承担的垃圾污染负担。

图3　我国部分城市城乡结合部的"垃圾场"和"垃圾村"

## 5. 区域性生态系统的功能退化

首先,区域性水污染加剧。70年代以来,太湖水质每10年下降一个等级。80%的工业废水未经处理直接排入湖中,导致70%的太湖水体达不到国家三级标准的要求。珠江三角洲地区承担了广东全省64%的工业废水和74%的生活污水,大多直接排入江河。目前国家一级保护动物白海豚已很难见到。珠三角地区属于丰水区,但许多城市如佛山、深圳、东莞等,却都出现"水质性"缺水。

其次,长江三角洲由于过量开采地下水而造成的地面沉降面积达约 8000 平方公里,水位下降速率为 1.0~3.0 米/年。上海、苏州、无锡、常州、嘉兴、湖州、宁波和绍兴,均因过量开采地下水而引起地下水位严重下降,苏锡常地区现已形成大面积的区域漏斗,1995 年水位埋深 40 米等值线的漏斗面积为 3300 平方公里。70 米水位埋深等值线已将常州、无锡两市相连,面积达 480 平方公里。最严重的漏斗中心位于无锡洛社,其水位埋深已达 84m。目前已形成以苏州、无锡、常州三城市为中心的沉降洼地。

## 6. 扩张占地威胁城市生态安全

城市土地的过度扩张主要表现在旧城改造中的"摊大饼"模式和城市新区及开发区建设过程中土地资源的低效率利用。北京市过去 20 年间城市总体规划沿用以前的环状外延式格局,城市原本不同的功能区逐渐融为一体,使 70% 以上的内圈绿化带和约 40% 的第二绿化带已被占或被批为建成区。珠江三角洲甚至出现一条街道的两边分属两个不同的大城市的建成区。摊大饼式的发展造成城市功能混杂与过度集中,绿色空间缺失和破碎化趋势愈加显著,城市生态服务功能不断下降。目前北京市区严重存在的交通拥堵、"热岛效应"等问题,都与城市"摊大饼"结构有关。

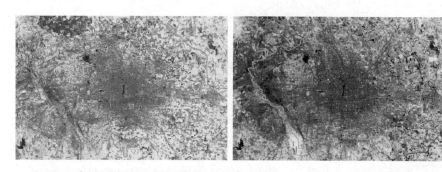

图 4　北京城区的"摊大饼"扩展(北京市区影像图:1991 年(左)与 2001 年(右))

截至 2003 年,全国开发区规划用地从 1.2 万平方公里激增至 3.86 万平方公里,超过现有全国城镇建设用地面积的总和。在珠江西岸新产业区的古镇,4000多家企业散布在20多个自然村,可以说村村有企业小区。2001年,广州市番禺区20个镇共有163个工业区,平均每个镇8个工业小区,最小的仅45亩。有些园区每平方公里的总产值还不到500万元。北京市原有各类开发区470个,2005年经过整顿减少到28个,削减率94%。

盲目的开发建设给区域生态系统带来巨大压力。北京从20世纪60年代到70年代中期有8个湖泊共33.4hm2湿地面积被填;天津在1920年代其湿地面积占城市面积高达45.9%,但到了2000年所占城市面积比例只剩3.6%。

## 7. 土地"占补平衡"危及生态安全

近20年来,我国土地开发经历过三次大的起伏,从上世纪80年代中期和90年代初期的大规模圈地热发展到2001—2003年的开发区、工业园、房地产和大规模基础设施建设热,一轮比一轮对经济和生态的影响大。为保证耕地总量的平衡和提供城市及工业适量的建设用地,1998年8月29日修订通过的《中华人民共和国土地管理法》第十九条阐明规划的编制原则之一就是为了"占用耕地与开发复垦耕地相平衡";第三十一条"非农业建设经批准占用耕地的,按照'占多少,垦多少'的原则,由占用耕地的单位负责开垦与所占用耕地的数量和质量相当的耕地";第四十条进一步明确为"开发未确定使用权的国有荒山、荒地、荒滩从事种植业、林业、畜牧业、渔业生产的,经县级以上人民政府依法批准,可以确定给开发单位或者个人长期使用。"国土资源部的通报显示,2003年度全国土地整理复垦开发补充耕地466.2万亩,补充耕地大于建设占用耕地的数量,总体上实现了数量上的占补平衡。

然而,土地数量占补平衡的政策在实施中存在哪些弊病呢?

首先,数量平衡不等于质量平衡。各开发区占用的大多是肥沃的耕地、园田或河口、滩涂湿地,如以熟土层平均厚度30厘米计,自然形成这些土壤至少需要3000年的时间。而异地开垦的新地,大多是贫瘠或水土流失严重的生地,其生产力远远低于被占的熟地。

其次,异地耕地平衡不等于就地功能平衡。城郊被占用的农田、菜地、园田或河口、滩涂湿地不仅能提供生物质产品,还担负着调节水文,净化环境,调节气候,缓冲灾害,维持生物多样性等多项生态服务功能,对周边城市、工矿起着重要的生态支持作用。这些半天然生态绿色屏障和氧吧所起到的生态服务功能不是异地开荒所能平衡的。

另外,所谓的"三荒"仅是指针对经济发展、人类短期的直接效用而言是"荒"的;而对于维护整个生态系统平衡、保障人类长期的福祉,这些"三荒"的作用是不可替代的。将这些三荒土地转变成耕地,将会使原有的生态服务功能丧失。

### 8. 生态需水制约我国大多数城市的良性发展

城市自然生态需水(简称生态需水),是指为维持市域自然生态系统结构和功能不致退化、其为城市提供正常生态服务的能力不致减弱的最小需水量。包括生物及其赖以生存的物理环境用水,以及水文循环、气候调节、景观维护用水。

我国目前城市生态用水面临的困境是:工业用水挤占农业用水、而农业用水又挤占生态用水。生态缺水的后果是河流断流、湖泊干涸、河床沙化、植被退化、湿地萎缩、生物多样性锐减,最终导致自然生态系统服务功能降低。北京市植被最小生态需水为 37.4 亿立方米,目前生态缺水为 13.3 亿立方米。由于挤占生态用水,导致海河自 60 年代初即开始断流,潮白河、永定河非汛期基本干枯,下游天津地区湿地也所剩无几。

在严重缺水的同时,我国城市水利用效率却很低,每万元工业产值用水量高达 159 立方米,是发达国家的 10～20 倍。

### 9. 交通拥堵危害城市和谐和人体健康

汽车客运(人公里)所造成的单位污染强度是铁路运输的 10 倍左右,尾气所排放的污染物包括可吸入颗粒物、一氧化碳、氮氧化物、铅、硫化物等。

每年一辆普通小轿车平均排出330公斤污染物,行驶12500英里产生4.5吨一氧化碳。由于我国汽车性能相对较差,很多没有安装尾气处理设施的汽车污染物排放量甚至超过环境标准的几倍至几十倍。

国外的例证表明,车流量超过33000辆的道路旁50码以内区域生活的青少年患哮喘的可能性增加近一倍。据《新英格兰医学杂志》报道,德国国家环境与健康中心在德南部开展的一项研究表明,每12例心脏病发作中就有1例与交通堵塞有关。广州市交警的血铅浓度为$14.2 \sim 16.7 \mu g/dl$,而交通干线附近小学生的血铅浓度为$14.2 \sim 16.7 \mu g/dl$,超过目前国际公认的$10 \mu g/dl$儿童铅中毒临界值。

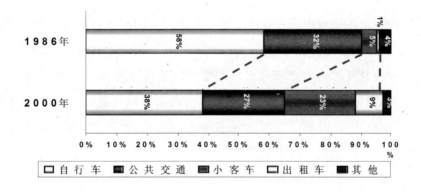

图5 我国道路交通车型变化比较图

## 三、对我国城市生态建设的若干建议

西方发达国家以掠夺殖民地生态资产为代价,实现了农业社会向工业社会、乡村社会向城市社会的过渡,实现了本国环境、经济的双赢,却造成了全球范围更大的不公平、不健康、不和谐。同样,我国沿海一些地区近20年的经济腾飞也是靠全国广阔的腹地提供生态资源、耗竭本地及周边生态资产换来的。所以,我国未来的城市生态建设不可能再走国内外的老路,而必须密切结合中国的国情,重点是必须符合区域的生态承载力,并强化城市的生态管理。

## 1. 城市发展必须区域生态规划先行

国外经验表明,城乡发展和自然保护必须区域生态规划先行。德国的区域规划是联邦政府统筹区域间生态经济耦合关系的重要手段,其核心就是生态系统规划。区域规划均要经过议会批准,成为法律性文件。各级城市和地方规划都要以区域规划为前提和法律依据。区域规划的实施通过协调机制解决,一般性区域规划通过联邦政府与地方政府签订合同,其间不因政党更替有所变动,保持规划的连续性和权威性。高层次规划以总理令的形式发布实施。

我国传统区域规划只是在特定地域范围内对国民经济和社会发展进行综合性、战略性和政策性的总体战略部署,而未包括作为社会经济本底的自然生态系统及其间的生态耦合关系的规划。目前建设部正在起草的《城乡规划法》也未包括自然生态系统规划。当前我国旧城改造的"摊大饼"、新区建设的"圈地热"以及城市同构、产业同型的城市病,都同区域生态规划的缺位相关联。国家土地部门只强调土地的地籍管理和基本农田保护,对生态功能的保护和管理因为缺乏法律依据而根本没有给予应有的重视。

区域生态规划是人与自然、资源与环境、生产与生活间共轭关系的复合生态系统规划,包括生态结构保护和生态功能建设规划。一方面要保护生态系统组分不被开发性破坏,辨识和避开那些不宜建设的生态敏感用地或生态脆弱结构,克服或减缓生态限制因子的消极影响,另一方面还要在城市建设过程中充分利用、有意营建和积极保育生态系统为人类活动可能提供的支持、孕育、供给、支持、调节和流通等服务功能,诱导和强化生态利导因子的积极作用,保证城乡环境的净化、绿化、美化、活化和文化层面的进化。

区域生态规划先行要求生态要素评估、生态功能区划和城乡生态关系规划在时序编制上的先导,空间发展上的先决,规划实施上的先行,和资产管理上的先理。当前特别要注意区域城镇化的生态规划与管理、城郊结合部的生态关系、城市自然生态与人类生态建设的关系、生态产业与生态环境建设的关系、人居环境建设与景观生态建设的关系。

## 2. 城市群发展必须符合区域生态系统支撑条件

我国的城市群发展普遍存在着单个城市发展的相对有序性和城市群体发展的相对无序性。在未来的城市群发展过程中,必须充分考虑如下方面:

城市群发展必须密切结合自然生态系统的承载能力,符合区域的自然本底状况和自然资本储量。为此,城市群内部应保留适量的农田和各类生态用地,倡导田园城市,遏制城市群内普遍盛行的县改市、改区趋势。

如前所述,我国城市群的扩张是以大面积侵占农田为前提的。受国家土地占补平衡政策的约束,许多城市不得不大面积地开垦山地、湿地或林地,导致城市群所在区域的农田和各种类型的生态用地普遍急剧减少。不少城市外围的关键性生态过渡带、生态景观廊道未能得到应有的维护。因此,今后在城市群发展过程中,应大力倡导园田城市,使各个城市内部和各个城市之间都保留适度面积的农田和各种类型的生态用地。尤其重要的是:必须将城市生态服务功能状况作为评价城市环境综合质量的一项重要指标。同时建议国家对城市群普遍盛行的县改市、县改区的趋势予以重新审视。

## 3. 城市群发展必须充分考虑水资源的承载力

水是城市的血脉,而水资源短缺目前已经成为我国城市群发展的最大制约因素。如京津城市群所在的河北省,人均、亩均水资源仅为全国平均值的11%略多,不足国际通行标准严重缺水地区人均水量的1/3,比世界上以干旱著称的以色列还少。城市化的发展使海河断流50年,区域95%以上湿地消失,地下水位大幅度下降。水缺导致水污,水环境影响气环境。不仅北方地区如此,在珠江三角洲这样的向以水资源丰沛的区域,一些城市也面临着水资源短缺的压力。未来城市群的发展,必须严格依照区域生态规划,充分考虑水资源的承载能力。对于受到水资源制约的城市,在严格控制城市人口规模的同时,要严格控制耗水量大的工业和服务业的数量和规模。

### 4. 把握小城镇建设的正确方向

小城镇作为农村与城市之间的过渡地带,是连接城乡的二传手,因此,小城镇建设的重点目标应该是:其一,对广大农村地区发挥带动作用;其二,对中心城市发挥支撑作用。因此,不能将小城市建设等同于拉大城镇框架、增加城镇人口,而应将增强小城镇自身实力与提高所辖农村的整体实力密切结合起来。

小城镇发展的规模、速度应当密切结合本地区的社会、经济水平和资源、环境条件。与大城市相邻的小城镇,应着眼于人口与产业的合理分布,时机成熟时可发展成为卫星城。在经济发达地区,应重点提升小城镇的实力和品位;在经济欠发达地区,应重点建设城关镇和部分区位优势和发展潜力明显的小城镇,使其成为周边农村的"增长极";在经济发展水平滞后的西部地区,应在控制大中型城市规模和数量的同时,根据其地广人稀的地域特征,通过扶持政策增加小城镇的数量,最大限度地发挥其在新技术推广、生态保护、新能源开发等方面的带动作用。

目前全国小城镇建设普遍采取"沿路开发"模式,这种开发模式往往导致耕地浪费、建筑低劣、景观脏乱和基础设施匮乏、交通隐患突出、社会治安紊乱等一系列负面效应。应变无序的沿路"线"状开发模式,为有序的沿路"点"状开发模式。中心镇区要严格控制空间规模,切忌一味追求"十里长街"、"三纵三横"等好大喜功的倾向。

我国在农村地区推广沼气、太阳能、生物质能等可再生能源技术已经取得了显著成效,广大受益的农村干部、群众甚至将新能源利用的意义与农村土地承包责任制相提并论。目前在广大农村和小城镇全面推广这些新能源技术,无论社会条件还是技术条件均已具备,各级政府应将这件事情当成改变农村面貌的重大举措。

### 5. 西部生态脆弱地区城镇建设必须因地制宜,循序渐进

我国的生态脆弱带占国土面积的近10%,主要分布在西北和西南地区。

西北干旱地区的自然景观主要为沙漠、荒漠和戈壁景观,绿洲面积仅占国土总面积的 3.5% 左右。西北地区有许多绿洲城市在经历了繁荣昌盛阶段之后,先后走向衰亡,如尼雅、楼兰、交河、高昌等。除了政治、经济、军事方面的原因之外,与其所处区域脆弱的生态系统的波动变迁也密切相关。

西南地区多为高山峡谷地貌,坝子(山间平原)面积只占国土总面积的 3% 左右。西南山地的生态系统大多具有多重过渡带的性质,稳定性差,极易引发山体滑坡、泥石流等自然灾害。由于特殊的政治、历史、地理等原因,导致社会、经济发展阶段严重滞后,虽然汉唐时期成都、昆明、大理、拉萨等地已经出现统领四方的政治中心和泱泱都会,但直到上世纪 50 年代初期甚至 60 年代中期,广大少数民族才分别脱离原始社会、奴隶社会或封建领主制社会。因此,许多少数民族聚居区至今仍保留着种种旧时代的烙印,表现在思想意识、等级观念、婚姻形态、生产方式、生活方式等方面。一些少数民族群众温饱即安,难以紧随时代步伐。

我国的西部大开发是在本已经历了多轮低水平过度开发的基础上的再开发。西部大开发既为西部地区的城镇建设提供了一个历史机遇,也使本已脆弱的生态环境面临着新的挑战。

西部地区的城镇化应当特别关注以下问题:

改变农业用水过量的局面。粗放型的农业开发对水资源的过度利用,导致西部土地荒漠化严重,制约了城镇用地。因此,西部地区应当发展节水型农业,增加生态用水的比例。要变"一方水土养一方人"为"一方人养一方水土",加强对水资源利用的集约度,提高水资源的利用率。

区域生态规划先行的原则在西部地区尤其关键。城市化可以有效缓解粗放型经济开发活动对生态环境的压力,带动地方经济的增长,但如果缺乏科学的规划,也会对当地或区域的环境和景观造成负面影响。例如,几年前敦煌市批准青海省石油管理局在本市建立了一个 5 万人口的居民新区,目的之一是为当地的农产品开辟一个稳定的市场。但这进一步加剧了对地下水源的开采力度,导致月牙泉水位下降达 6 米左右。当地政府不得不花费高价补充地下水源。

合理安排大城市的空间分布。西北地区许多城市都制定了在近 15 至

20年内将目前10万至20万人口的城市规模发展到50万人的目标。由于目前这些区域的城市密度和规模已经对下游的生态安全构成严重压力,如果每个城市都盲目扩大自身的规模,势必对下游的生态安全构成更大威胁,最终不仅难以真正成为区域性中心城市,自身的生态安全也难以得到保障。

城镇化的重点区域宜布置在河流下游。这样可以保障上、中游地区的生态用水,从而使下游城市和土地获得生态保障。

着力培育特色城镇。国内外游客对祖国大西北和大西南的自然山水、历史文化和民族风情向往日甚,应着力保护和培育一大批类似中瑞合作建立的"生态博物馆"(即将整个少数民族村镇的建筑、文化完整保留)。

## 6. 强化城市生态系统管理

城市生态系统管理包括生态资产、生态服务、生态代谢、生态体制、生态文明等各个方面的管理。其中城市生态资产是指,城市的生存、发展、进化所依赖的有形或无形的自然支持条件和环境耦合关系,它是城市生态系统赖以生存的基本条件。有形生态资产如太阳能、大气、水文、土地、生物、景观等自然生态资产和附加有人类劳动的水利、环保设施、道路、绿地等人工生态资产;无形生态资产包括生态区位、风水组合、气候组合等自然生态资产及交通、市场、文化等人工生态资产。生态资产审计、监测和管理是生态城市建设的重要环节。城市生态服务是指为维持城市的生产、消费、流通、还原和调控功能所需要的有形或无形的自然产品和环境公益,它是城市生态支持系统的一种产出和功效。城市生态代谢是流入和流出城市的食物、原材料、产品、能流、水流及废弃物的生命周期全过程,具有正负两方面的生态效益和生态影响。对此可以通过生命周期评价和投入产出分析来测度。

城市生态系统管理需要变有为为无为。无为而治,不是无所作为,也不是无所不为,而是无形之为,重点在为"无"而不是为"物",即规划、建设与管理那些看不见的生态关系,维持城市的生态整合性和持续的生态服务功能。

另外,城市生态系统管理要变强制性的行政控制为诱导性的功能调节;变城市摊大饼的二元蚕食政策为城乡一体化的生态管理;变寄生性的资源利用为生态技术支持下的自生性生态建设。

  在机构调整方面,具有区域生态资产和生态服务功能的综合、专职管理部门,可以在国家和省、市的改革与发展委员会下面设置专门的管理部门,由该部门来总体协调土地、林业、环保、水务等现有独立、平行的部门,以加强对各现有部门的协调和促进部门间的管理协作。

(宋建国整理　栾浩编校)

# 编后记

2004年9月,在烟台大学二十周年校庆之际,我们在北京大学出版社的鼎力支持下,出版了第一本《北大清华名师演讲录》,在全国公开发行,得到广大读者的厚爱。两年多过去了,"北大清华名师讲堂"在烟台大学越办越好,影响越来越大。今年,"北京大学、清华大学支援烟台大学建设委员会"第九次会议即将召开,我们特编辑这第二本《北大清华名师演讲录》,以飨读者。

几年来,"北大清华名师讲堂"得到了北京大学、清华大学党政各级领导和所有名师的大力支持,尤其是北京大学的许智宏校长、林钧敬副校长、岳素兰副校长、校办雷虹主任、孙基男秘书,清华大学的顾秉林校长、岑章志副校长、校办许庆红主任、赵雨东副主任、万荣先生等,对我们的工作给予了许多具体帮助,我们表示万分感谢!本书的编辑始终在学术委员会的指导下和编辑委员会及秘书队伍的具体工作下完成,有关人员名单已列于扉页,在此不再一一感谢。特别要感谢的是,北京大学出版社培文教育文化公司的总经理高秀芹博士和责任编辑徐文宁先生,他们为本书的出版给予了大力支持,加班加点,付出了许多辛苦劳动,并在工作中与烟台大学建立了良好的学术友谊。

《北大清华名师演讲录》编委会  
2007年7月